FYLATOS PUBLISHING

Copyright για την ελληνική έκδοση
Γεωργία Αντωνίου
© Εκδόσεις Φυλάτος, © Fylatos Publishing, Θεσσαλονίκη 2024

Συγγραφέας: ΓΕΩΡΓΙΑ ΑΝΤΩΝΙΟΥ

Επιμέλεια: © Fylatos Publishing
Γραφιστική επιμέλεια: Χρύσα Γκανούδη © Fylatos Publishing

Το παρόν έργο πνευματικής ιδιοκτησίας προστατεύεται κατά τις διατάξεις της ελληνικής νομοθεσίας (Ν. 2121/1993 όπως έχει τροποποιηθεί και ισχύει σήμερα) και τις διεθνείς συμβάσεις περί πνευματικής ιδιοκτησίας. Απαγορεύεται απολύτως η άνευ γραπτής άδειας του εκδότη και του συγγραφέα, κατά οποιονδήποτε τρόπο ή μέσο (ηλεκτρονικό, μηχανικό ή άλλο) αντιγραφή, φωτοανατύπωση και εν γένει αναπαραγωγή, εκμίσθωση ή δανεισμός, μετάφραση, διασκευή, αναμετάδοση στο κοινό σε οποιαδήποτε μορφή και η εν γένει εκμετάλλευση του συνόλου ή μέρους του έργου.

© Εκδόσεις Φυλάτος, © Fylatos Publishing
e-mail: contact@fylatos.com
web: www.fylatos.com

ISBN: 978-960-658-247-9

JOJO A

ΑΙΩΝΙΟ ΚΑΛΕΣΜΑ

Δύο Κόσμοι, Ένας Πόνθος

Εκδόσεις Φυλάτος
Fylatos Publishing
MMXXIV

Ένα τεράστιο ευχαριστώ στην οικογένεια και κυρίως στον άντρα μου γιατί χωρίς αυτόν δε θα είχα καταφέρει τα όνειρά μου... Σε ευχαριστώ λοιπόν γιατί είσαι εσύ το δικό μου αιώνιο κάλεσμα και πεπρωμένο...

Το σκοτάδι έπεσε ξανά
Ενώ η πόλη τώρα μοιάζει να ξυπνά
Σαν μαύρο πέπλο την τυλίγει
Και όλα μοιάζουν πια θολά

Άγρια πλάσματα θα συναντήσεις
Μονάχα αν βγεις και συ να αναζητήσεις
Με ένα τους βλέμμα θα τα αγαπήσεις
Μα όταν θα έρθει η ώρα μην αφήσεις τον φόβο,
Να τα νικήσεις!

Αν όμως είναι αληθινό αυτό που πρόκειται να ζήσεις
Να αφήσεις την καρδιά και αυτή θα σε καθοδηγήσει
Σε μονοπάτια της αιώνιας ζωής
Θα βρεις σκοπό να συνεχίσεις
Γιατί στο κάλεσμα να δεις,
δε θα μπορείς να σταματήσεις!

Κίννεα

Η φθινοπωρινή νύχτα έπεφτε βαριά πάνω στο Μανχάταν. Ο αέρας ήταν τσουχτερός και οι διαβάτες βάδιζαν βιαστικά κουκουλωμένοι στα χειμωνιάτικα παλτά τους. Εγώ όμως δεν ένιωθα τίποτα. Για μένα ήταν μια ακόμη συνηθισμένη μέρα, όπως όλες οι άλλες.

Βγαίνοντας από τη δουλειά και οδηγώντας στους δρόμους της πόλης, άρχισαν να ξεπηδούν αναμνήσεις. Πάτησα γκάζι για να τις διώξω. Πριν πέντε χρόνια, τέτοια μέρα, είχα χάσει τη μοναδική μου ευκαιρία να νιώσω ξανά άνθρωπος. Το πρόσωπό της όμως δεν είχε φύγει ούτε στιγμή από το μυαλό μου.

Οι κόρνες των αυτοκινήτων με έφεραν πίσω στο παρόν. Η κίνηση στο Μανχάταν ήταν αφόρητη, ειδικά τις ώρες που η πόλη θα έπρεπε να κοιμάται. Αν κοιμόταν ποτέ. Έτσι ήταν σαν εμένα - αγρύπνια χωρίς ύπνο, κάτι που για τους ανθρώπους ήταν πολυτέλεια.

Η ανάμνηση της Λόρεν επέστρεψε στο μυαλό μου σαν ένας απαλός αγέρας μέσα στη θύελλα. Μολονότι είχα ήδη πάρει εκδίκηση από αυτούς που τη σκότωσαν, η ευθύνη βάραινε εμένα. Δεν ήμουν εκεί όταν με χρειαζόταν, ενώ εκείνη φώναζε απεγνωσμένα για βοήθεια. Όταν με κάλεσαν από το αστυνομικό τμήμα για να μου ανακοινώσουν τον θάνατό της, σκοτάδι κάλυψε τα πάντα. Το μόνο που ήθελα ήταν να χυθεί το αίμα αυτών που μου την αφαίρεσαν. Ήπια μέχρι την τελευταία σταγόνα από τα σώματά τους, έσχισα τις σάρκες τους και τα έκανα κομμάτια.

Καθώς σκεφτόμουν το κατακρεουργημένο κορμί της, με σπασμένα πλευρά και κακοποιημένο πέρα από κάθε φαντασία, όπως ανέφερε ο ιατροδικαστής, ένας κόμπος έσφιξε τον λαιμό μου. Δεν ήθελα να τη θυμάμαι έτσι, αλλά όπως ήταν πραγματικά - τόσο όμορφη και γεμάτη ζωή, με μαύρα μαλλιά σαν τη νύχτα και μάτια σαν το χρώμα του ουρανού, τόσο γαλάζια που φώτιζαν την ψυχή μου.

Η Λόρεν ήταν άνθρωπος που δεν έκρινε ποτέ κανέναν. Γνώριζε την αληθινή μου ταυτότητα και παρόλα αυτά ήθελε να είναι μαζί μου. Της είχα ξεκαθαρίσει πως δε θα τη μεταμόρφωνα, καθώς δεν ήθελα να της στερήσω τη ζωή της. Αν είχα την ευκαιρία για ανθρώπινη ζωή, θα την άλλαζα με την αθανασία. Αλλά σε αντίθεση με εμένα, δε μου δόθηκε ποτέ η επιλογή.

Δεν είχαμε πολλές προσδοκίες ο ένας από τον άλλο, απλά να περνάμε καλά μαζί. Με άφηνε να τρέφομαι από εκείνη, να έχουμε ερωτική επαφή. Ήταν ο άνθρωπος με τον οποίο μπορούσα να μιλήσω για τα πάντα. Με τον καιρό την αγάπησα κι εκείνη εμένα, αλλά δεν μπορούσα να την αλλάξω - θα έχανε την πολύτιμη ψυχή της, την οποία τόσο ζήλευα.

Η Λόρεν πέθανε τραγικά νέα, μόλις στα είκοσι οκτώ της χρόνια. Ειρωνεία της τύχης, αφού ο μεγάλος της φόβος ήταν μην τη δω να γερνάει και αηδιάσω. Δε γνώριζε πως θαύμαζα αυτή την ανθρώπινη πραγματικότητα περισσότερο από οτιδήποτε άλλο.

Καθώς οι σκέψεις μου πετούσαν, συνειδητοποίησα πως πλησίαζα στο σπίτι. Έστριψα από την 5η Λεωφόρο

και φτάνοντας στη Μάντισον ήταν θέμα λεπτών να μπω και να απομονωθώ, όπως συνήθως.
Μπαίνοντας στο σπίτι, με υποδέχτηκε η κυρία Γκρέις, πάντα τόσο ευγενική να με εξυπηρετήσει. Ήταν στην οικογένεια χρόνια, πλέον μεγάλωσε αρκετά, ίσως γύρω στα εξήντα πέντε. Δε μου άρεσε η παρουσία θνητών στο σπίτι, ωστόσο εκείνη ήταν τόσο πιστή που την κρατήσαμε. Μικροκαμωμένη, με κοντά γκρίζα μαλλιά και ένα γλυκό πρόσωπο που έδινε αίσθηση φιλοξενίας.

»Κύριε Μπλέικ καλώς ήρθατε, να πάρω το παλτό σας;»

«Όχι κυρία Γκρέις, μια χαρά είμαι, είναι αργά, πήγαινε να ξεκουραστείς».

Είδα την έκφρασή της να με ευχαριστεί τόσο σιωπηλά.

«Καληνύχτα κύριε Μπλέικ».

«Καληνύχτα κυρία Γκρέις».

Δεν ήξερα γιατί συνήθιζε να το λέει αυτό, ενώ γνώριζε πως ποτέ δεν κοιμάμαι. Φαντάζομαι από ευγένεια.

Το σπίτι ήταν βουβό και άδειο, καθώς οι υπόλοιποι μάλλον είχαν φύγει για κυνήγι. Μια ευλογία για μένα, που ήθελα ησυχία για να σκεφτώ. Δεν είχα καμία διάθεση να ασχοληθώ με τον αδερφό μου και τις ανοησίες του. Ο Τζακ υπήρξε πάντα παρορμητικός και ευέξαπτος, με ακόρεστη δίψα για αίμα. Έγινε βρικόλακας στα είκοσι πέντε του, καθώς θα πέθαινε από ασιτία και ο πατέρας μας τον λυπήθηκε, χαρίζοντάς του την ευκαιρία να ξαναγεννηθεί ως βρικόλακας -κάτι που ο ίδιος πάντα εξυμνούσε.

Ο πατέρας μας το έβλεπε σαν μια δεύτερη ευκαιρία στη ζωή, ενώ εγώ σαν τον απόλυτο θάνατο. Κανείς όμως δεν μπορούσε να αντισταθεί, καθώς ήταν ο μοναδικός Δράκουλας, ο πρώτος του είδους του, με τεράστια δύναμη και κύρος. Ο ίδιος είχε μετατραπεί σε βρικόλακα πριν από περίπου 1500 χρόνια, μαζί με δύο συμπατριώτες του, τον Όριον και τον Ίαν, στη Ρουμανία. Η μεταμόρφωσή τους συνέβη όταν, προκειμένου να επιβιώσουν σε έναν πόλεμο, αναγκάστηκαν να πίνουν αίμα από τους νεκρούς, καθώς δεν υπήρχε άλλη λύση. Δεν το αποκάλυψαν ποτέ στους υπόλοιπους συμπατριώτες τους, φοβούμενοι ότι θα τους θεωρούσαν κανίβαλους. Σταδιακά όμως η δίψα τους μεγάλωνε, οδηγώντας τους σε όλο και περισσότερες δολοφονίες, ώσπου ο πατέρας μας σκοτώθηκε στο πεδίο της μάχης. Μερικές μέρες αργότερα ξύπνησε, χωρίς ίχνος τραύματος, έχοντας αποκτήσει ασύλληπτες δυνάμεις. Στη συνέχεια μετέτρεψε και τους δύο φίλους του στο ίδιο πλάσμα που είχε γίνει ο ίδιος...

Με το πέρασμα των χρόνων ο πατέρας μας ήθελε να μοιραστεί την αιώνια ζωή του με μια σύντροφο, πέρα από τη δημιουργία ενός δικού του στρατού. Όταν συνάντησε την Κλαιρ, τη γυναίκα της ζωής του όπως την αποκαλούσε, στη Γαλλία όπου εκείνη ήταν ακόμη ακόλουθος στη βασιλική αυλή, κατάλαβε αμέσως πως επρόκειτο για το ταίρι που έψαχνε. Το ίδιο δε συνέβη φυσικά με τη μητέρα μου, η οποία τον αγάπησε πολύ αργότερα, χωρίς να της δοθεί η ευκαιρία να επιλέξει.

Στη συνέχεια η μητέρα μου επιθυμούσε να δημιουργήσουν μια οικογένεια, καθώς δεν μπορούσαν να αποκτήσουν βιολογικά παιδιά. Επέλεξε εμένα ως πρώτο παιδί, μετατρέποντάς με στα 28 μου, καθώς έφευγα από τη ζωή εξαιτίας της πανώλης στις αρχές του 17ου αιώνα. Ακολούθησε ο Τζακ και τελευταία η μικρή μας αδερφή Τζέιν, στα 18 της, λίγο πριν χάσει τη μάχη με μια μορφή καρκίνου. Μας διάλεξε μεταξύ πολλών και μας θεωρεί την οικογένειά του, όπως μας λέει συνεχώς.

Κανείς μας δεν έχει όμορφες αναμνήσεις από την ανθρώπινη ζωή του, εκτός από την αδερφή μου, που μερικές φορές αναπολεί το παρελθόν. Οι γονείς μας ζουν πλέον απομονωμένοι σε έναν πύργο κοντά στο κάστρο Doune της Σκωτίας, ενώ εμείς κατοικούμε στο Μανχάταν τα τελευταία επτά χρόνια. Υποθέτω πως η ζωή σε μια τόσο μεγάλη πόλη μάς κάνει να αισθανόμαστε πιο ανθρώπινοι, ή τουλάχιστον αυτή την ψευδαίσθηση μας δίνει.

Βυθισμένος στις σκέψεις μου για τη Λόρεν μετά από αρκετές ώρες υποθέτω, ποτέ δεν είχα την αίσθηση του χρόνου, ξαφνικά φωνές και γέλια έσπασαν τη σιωπή. «Αδερφούλη πάλι είσαι μόνος σου και μελαγχολείς, εμείς περάσαμε τέλεια, μπορεί να μην πεινάσουμε για καμιά εβδομάδα» δήλωσε με αυτάρεσκο ύφος ο Τζακ. «Ελπίζω να ήσουν προσεκτικός, σου έχω πει, οι μαζικές σφαγές μπορεί να δημιουργήσουν πρόβλημα» συνέχισε.

Δεν περίμενα και κάτι άλλο από τον Τζακ αλλά πήγαιναν και οι άλλοι μαζί του. Μέσα σε έναν χρόνο είχε μεταμορφώσει ακόμα τέσσερα άτομα για να έχει παρέα στις ακολασίες του.

«Ξέρω τι σκέφτεσαι αδερφούλη, σε αντίθεση με σένα που σου αρέσει η μοναξιά και οι κανόνες».

«Σου είπα να μη μπαίνεις σε μπλεξίματα» γρύλισα από μέσα μου και αμέσως στο πρόσωπό του εμφανίστηκε ο φόβος, όπως γνώριζε καλά ότι δεν έπρεπε να με φέρει στα όριά μου.

«Καλά αδερφούλη, κάνε ό,τι θες, εγώ με τα παιδιά σκεφτόμαστε να πάμε στο κλαμπ να δούμε πώς πάει η δουλειά αν θες να έρθεις, σου χρειάζεται λίγη διασκέδαση».

«Δε χρειάζεται να πας, γνωρίζεις πολύ καλά ότι ο Πωλ χειρίζεται τις υποχρεώσεις που του αναθέτω πολύ καλά».

Ο Πωλ είναι πολύ πιστός παρόλο που είναι θνητός, είναι υπεύθυνος για όλα τα οικονομικά και γενικά ζητήματα της εταιρείας, ώστε εγώ να μην εμφανίζομαι δημόσια, όπως επίσης πολύ διακριτικός με το τι είμαι.

«Έλα τώρα αδερφούλη, απλώς θα πάμε να διασκεδάσουμε, τι το κακό υπάρχει σε αυτό;»

«Καλά κάνε ό,τι θες, θα περάσω αργότερα αν είναι».

Μόλις έφυγαν πήγα στο δωμάτιό μου να κάνω ένα μπάνιο, πάντα μου άρεσε η αίσθηση του νερού να διατρέχει ολόκληρο το σώμα μου. Άνοιξα την ντουλάπα μου, όλα ήταν μαύρα, το είχα συνηθίσει πλέον, ήταν το χρώμα που ταίριαζε στη διάθεσή μου εδώ και αρκετά χρόνια. Πήρα ένα μαύρο πουκάμισο και ένα κοστούμι και ήμουν έτοιμος να πάω στο κλαμπ, περισσότερο για να προσέχω τον αδερφό μου πριν καταστρέψει το μέρος, παρά για τον εαυτό μου. Είχα ήδη πιει αρκετό κονιάκ αλλά σήμερα μου φαινόταν σωστό να το παρακάνω με το αλκοόλ. Άκουσα βήματα και κατάλαβα ότι ήταν η Τζέην.

«Μπορείς να περάσεις Τζέην».

Άνοιξε την πόρτα και σαν σίφουνας με πήρε αγκαλιά, τόσο ευγενική, έδινε φως σε αυτό το σπίτι και σε μένα.

«Κέννεν, σε πεθύμησα αλλά σκεφτόμουν ότι δε θα ήθελες να δεις κανέναν σήμερα εφόσον... ξέρεις».

«Καλά είμαι Τζέην, θα πάω στο κλαμπ».

Πάντα ξαφνιαζόμουν από τη διαχυτικότητα της αδερφής μου αλλά δεν την αποθάρρυνα.

«Σε ποιο από όλα Κέννεν, μπορώ να έρθω και 'γώ;»

«Στο καινούριο, στη δυτική μεριά του Μανχάταν, και όχι δεν μπορείς να έρθεις, δεν μπορώ να νταντεύω και σένα».

Είδα την απογοήτευση στο πρόσωπό της αλλά δεν μπορούσα να το δεχτώ, θα είχα ήδη να προσέχω τον Τζακ για να μη δημιουργήσει χάος.

«Κάποια άλλη στιγμή μικρή μου».

«Πάντα αυτό λες!»

Χτύπησε δυνατά την πόρτα και χάθηκε όσο ξαφνικά εμφανίστηκε. Πήγα στο πάρκινγκ και αποφάσισα να πάρω την Aston Martin απόψε για την έξοδό μου. Η ώρα κόντευε δύο τα ξημερώματα, έτρεχα υπερβολικά με το αυτοκίνητο και είχα φτάσει στο κλαμπ πιο γρήγορα από όσο υπολόγιζα. Το κλαμπ Β6 ήταν αρκετά μεγάλο, πολυτελές με μοντέρνες πινελιές. Από έξω δε φαινόταν τόσο μεγάλο, το μαύρο είχε την τιμητική του και στην εξωτερική, αλλά και στην εσωτερική του εμφάνιση. Πήγα στο πάρκινγκ, στην πίσω είσοδο που ήταν για το προσωπικό και κατευθύνθηκα προς το γραφείο μου. Ακούγονταν ομιλίες, μπορούσα να διακρίνω τη φωνή του Πωλ καθαρά να συνομιλεί με κάποιον στο κινητό έντονα για την καθυστέρηση της παράδοσης των ποτών. Με το που μπήκα μέσα τα μάτια του γούρλωσαν, δεν είχε συνηθίσει σε απρόσμενες επισκέψεις μου. Διέκρινα φόβο στην έκφρασή του, αλλά αμέσως βρήκε τη δύναμη και σηκώθηκε να με χαιρετήσει. Γνώριζε πολύ καλά τι ήμουν ικανός να κάνω και ήταν κάπως απόμακρος.

«Γεια σας κύριε Μπλέικ, δε γνώριζα ότι θα περάσετε».

«Γεια σου Πωλ, και εγώ τελευταία στιγμή το αποφάσισα».

«Ο αδερφός σας είναι εδώ με κάποιους φίλους, τον τακτοποίησα στο κεντρικό σημείο του κλαμπ στον εξώστη, αν δε σας ενοχλεί, ήθελε να έχει οπτική πρόσβαση σε όλο το κλαμπ».

«Ηρέμησε Πωλ, καλά έκανες».

Ο Πωλ ήταν πάντα τόσο ταραγμένος με την παρουσία μου, αλλά έπρεπε να γνωρίζει μέχρι τώρα ότι δε θα έκανα κακό σε όσους εργάζονταν για μένα, εκτός και αν κάτι δεν πήγαινε καλά.

«Ευχαριστώ κύριε Μπλέικ, μπορώ να πάω σπίτι τώρα που έχετε έρθει εσείς αν μου επιτρέπετε, η γυναίκα μου είχε γενέθλια και...»
Τον σταμάτησα πριν αρχίσει να φλυαρεί να τον επιβεβαιώσω ότι όλα είναι εντάξει. Πρέπει να ήταν κάπου στα σαράντα, μελαχρινός, γύρω στο 1.80 και καλοδιατηρημένος και πάντα νόμιζα ότι θα είναι εργένης αφού ποτέ προηγουμένως δεν είχε αναφέρει ότι έχει γυναίκα τελικά έπεσα έξω.
«Καληνύχτα Πωλ» με κοίταζε σαν να μην ήξερε τι να μου πει.
«Ευχαριστώ κύριε».
Μόλις έφυγε, έμεινα για λίγο στο γραφείο υπογράφοντας κάτι χαρτιά επί της ευκαιρίας, τα οποία ήταν αναγκαία. Χρειαζόμουν απεγνωσμένα ένα ποτήρι κονιάκ και αποφάσισα να ακολουθήσω τον αδερφό μου και τους άλλους μέσα. Βγαίνοντας από το γραφείο και μπαίνοντας από την πίσω πόρτα που επικοινωνούσε με την κράτηση του Τζακ στους κεντρικούς καναπέδες, η μουσική γινόταν όλο και πιο δυνατή.
«Αδερφούλη, τα κατάφερες τελικά ε; Μύρισε λίγο και πες μου ότι δεν είναι σαν Παράδεισος εδώ μέσα, ευτυχώς που πήγαμε για κυνήγι αλλιώς θα μου ήταν δύσκολο να συγκρατηθώ.»
«Γνωρίζεις τους κανόνες Τζακ, μην κάνεις καμία ανοησία».
Αν και η εκνευριστική παρουσία του με απασχολούσε, ο νους μου είχε ξεφύγει σε άλλες αισθήσεις. Μια ανεξήγητη μυρωδιά αιωρούνταν στον αέρα του κλαμπ, διεγείροντας τα ρουθούνια μου με μια αδιανόητη ένταση. Ένιωθα μια πρωτόγονη, σκοτεινή δίψα να με κατακλύζει, μια επιθυμία που δεν μπορούσα να απωθήσω. Παρά την απεγνωσμένη προσπάθειά μου να επικεντρωθώ αλλού, η

έλξη προς τη μυρωδιά του αίματος ήταν σχεδόν εθιστική, μεθυστική. Ήξερα ότι δεν έπρεπε να ακολουθήσω αυτή την επιθυμία – ήταν κατά των κανόνων μου, ειδικά εδώ, μέσα στο κλαμπ. Ωστόσο, η απόφαση είχε ήδη ληφθεί στο βάθος της ψυχής μου: θα έψαχνα την πηγή αυτής της μυρωδιάς. Και όταν αυτή θα έφευγε, θα γινόταν το δείπνο μου. Αυτή η ανεξέλεγκτη έλξη με εξέπληττε. Πάντα είχα υπερηφάνεια για την αυτοσυγκράτησή μου, αλλά τώρα κάτι με ωθούσε πέρα από τα όρια, μια ακατανίκητη επιθυμία να γευτώ, να νιώσω. Ήταν μια επιθυμία που ξεπερνούσε κάθε λογική, μια έλξη που δεν μπορούσα να αντισταθώ.

Το κλαμπ ήταν ένας θρόισμα ζωής και χρωμάτων, κάθε γωνιά του γεμάτη από την ηχώ των συνομιλιών και της μουσικής. Το μπαρ, σε κυκλική διάταξη, αποτελούσε το επίκεντρο, με τα τραπεζάκια και τις καρέκλες να το περιβάλλουν σε μια αρμονική συμμετρία, ενώ η μικρή πίστα ζωντάνευε με κάθε νότα. Το κλαμπ είχε σκοτεινιάσει, με τους φωτισμούς να εναλλάσσονται ρυθμικά στο πέρασμα κάθε μελωδίας, δημιουργώντας ένα παιχνίδι σκιών και φωτός που γοήτευε.

Εγώ, ως το απόλυτο αρπαχτικό της νύχτας, βρισκόμουν σε πλήρη επαγρύπνηση. Οι αισθήσεις μου είχαν ενταθεί στο έπακρο - έβλεπα κάθε κίνηση, άκουγα κάθε ψίθυρο, αναζητώντας τη λεία μου. Καθώς το βλέμμα μου στράφηκε προς το μπαρ, πήρα μια βαθιά ανάσα, γνωρίζοντας ότι είχα εντοπίσει τον στόχο μου. Τα μάτια μου, πιθανόν να είχαν σκουρύνει σε ένα βαθύ, απειλητικό μαύρο, αλλά αυτό ήταν το τελευταίο πράγμα που με απασχολούσε.

Η γυναίκα στο μπαρ δεν είχε αντιληφθεί την παρουσία μου. Στεκόταν εκεί, η πλάτη της γυρισμένη προς εμένα, ντυμένη με ένα μακρύ, μαύρο φόρεμα που συνδύαζε την απλότητα με την κομψότητα από μέσα κοντό, στενό, μαύρο και από έξω ενσωματωμένο μακρύ στενό ύφασμα από δαντέλα. Οι κόκκινες γόβες της έδιναν μια έντονη πινελιά στη συνολική εμφάνισή της, ενώ τα μαλλιά της έπεφταν μακριά και ίσια, σχεδόν μέχρι τη μέση της, αναδεικνύοντας ένα πλούσιο χάλκινο χρώμα που δεν είχα ξαναδεί. Το έβρισκα συναρπαστικό, θηλυκό και ακαταμάχητα σέξι. Ήταν η στιγμή να κινηθώ.

Μόλις γύριζε προς το μέρος μου θα την αποτύπωνα ώστε να την κυνηγήσω και όλα θα τέλειωναν, παρόλο που ήταν κρίμα να πάει χαμένη, αν μη τι άλλο είχε ωραία μαλλιά. Όταν ζήτησε από τον μπάρμαν μια μαργαρίτα λεμόνι, η φωνή της ακούστηκε σαν μελωδία στα αυτιά μου. Μετά παρατηρώντας την αντίδραση των άλλων, διαπίστωσα μια περίεργη αλήθεια: όλοι οι άνδρες γύρω της φαίνονταν να λιώνουν στη θέα της, ενώ οι γυναίκες την κοίταζαν με μία έκδηλη αίσθηση φθόνου. Αυτό μόνο ενίσχυσε την περιέργειά μου να δω το πρόσωπό της. Και τότε, μετά από μερικά λεπτά παρατήρησης, γύρισε αργά προς το μέρος μου. Σε μια στιγμή απόλυτης έκπληξης, τα βλέμματά μας συναντήθηκαν. Υπήρχε κάτι ανεξήγητο στον τρόπο που με κοίταξε, ένα βλέμμα που έφτανε βαθιά, όχι μόνο στην όψη μου, αλλά στην ίδια την ψυχή μου. Ήταν σαν να με ήξερε από πάντα, ή σαν να ήξερε ακριβώς γιατί βρισκόμουν εκεί. Μόλις την αντίκρισα ήξερα ότι δεν υπήρχε επιστροφή για μένα, ένας ηλεκτρισμός διαπέρασε όλο μου το σώμα και το μόνο που υπήρχε για μένα στον χώρο ήταν αυτή. Βυθίστηκα στην αβάσταχτη ομορφιά των σμαραγδένιων ματιών της. Ήταν τόσο λαμπερά, τόσο βαθιά πράσινα και γεμάτα έκφραση, σαν να κρύβονταν μέσα τους ολόκληροι κόσμοι ανεξερεύνητοι και μυστηριώδεις. Τα χείλη της, βαμμένα σε έναν τόνο έντονης φράουλας, ήταν σαρκώδη και προκλητικά, προσφέροντας μια υπόσχεση γλυκύτητας που δε θα μπορούσε κανείς να αγνοήσει. Το δέρμα της, λευκό και αψεγάδιαστο σαν πορσελάνη, σε συνδυασμό με τη μικρή και κομψή μυτούλα της, την έκανε να μοιάζει με ένα όνειρο, ένα παραμύθι που πήρε μορφή. Η εικόνα της ήταν σαν να είχε βγει απευθείας από τις σελίδες ενός βιβλίου με ελληνικές ημίθεες, μια σειρήνα που παγιδεύει τους άνδρες με την υπέροχη φωνή και την ακαταμάχητη ομορφιά της, μόνο για να τους κατασπαράξει αργότερα.

Καθώς στεκόταν εκεί, με το βλέμμα της να κολλάει στο δικό μου, αναρωτήθηκα αν ήταν πραγματικά μια σειρήνα, ένα πλάσμα του μύθου και της φαντασίας, ή ένας άγγελος που είχε έρθει να με σώσει από το σκοτάδι που με περίβαλλε. Και σε αυτή τη στιγμή, ο χρόνος φάνηκε να σταματά, καθώς εγώ παρέμενα ακίνητος, μαγεμένος από την εμφάνισή της, χωρίς να μπορώ να αποφασίσω αν ήταν ένας δαίμονας ή η σωτηρία μου.

Η μοίρα μου κατά κάποιον τρόπο ήταν δεμένη μαζί της, την καλούσε να γίνει αιώνια δική μου. Τόσο όμορφη και εκθαμβωτική που σου κόβεται η ανάσα, με σώμα αρκετά λεπτό εκτός από τα σημεία που όλες οι γυναίκες υποθέτω θα ζήλευαν. Διαγράφονταν το πλούσιο μπούστο και οι καμπύλες της με τα υπέροχα οπίσθια κάτω από το φόρεμα της. Όλος αυτός ο συνδυασμός που προκαλούσε, μου ξυπνούσε αισθήματα πρωτόγνωρα που δεν μπορούσα να εξηγήσω. Απέτρεψε το βλέμμα της από πάνω μου και πάγωσα σαν να μου πήραν τα πάντα, και τα ήθελα πίσω, τώρα που το ένιωσα δεν μπορούσα να το στερηθώ, με τίποτα!

Ένιωσα ένα χέρι στον ώμο μου και τινάχτηκα ενστικτωδώς.

«Τι έπαθες αδερφούλη, εδώ και λίγη ώρα σου μιλάω και δε βρίσκεσαι εδώ, τι συμβαίνει;»

«Τίποτα Τζακ, απλώς χάζευα τον κόσμο!» και το αξιολάτρευτο πλάσμα μου που δεν αντέχω να μη το κοιτάζω, ήθελα να πω αλλά το κράτησα για εμένα.

«Ξέρω ότι το βλέμμα σου ήταν πάνω στην καυτή κοκκινομάλλα αδερφούλη, δε χρειάζεται να κρύβεσαι από μένα, αν θες μπορούμε να τη μοιραστούμε». Μια έκρηξη θυμού και αδρεναλίνης γέμισε το σώμα μου όταν άκουσα να βγαίνουν αυτές οι λέξεις χωρίς να το καταλάβω είχα στριμώξει τον Τζακ στον τοίχο έτοιμος να τον κατασπαράξω, και οι λέξεις βγήκαν από το στόμα μου αυθόρμητα. «Είναι δική μου, μακριά τα χέρια σου από πάνω της αλλιώς θα έχεις να κάνεις μαζί μου!!»

«Καλά καλά χαλάρωσε Κέννεν, δεν ήξερα, μάζεψε τους κυνόδοντές σου από πάνω μου, δεν πρόκειται να την αγγίξω».

Τι είχα πάθει; Πήγαινα να πληγώσω τον αδερφό μου μόνο και μόνο επειδή είπε κάτι γι' αυτήν. Μετά από αυτό ήξερα ότι δε θα ήμουν ποτέ ξανά ο ίδιος.

Έβελυν

Δεν μπορούσα να το αρνηθώ, Παρασκευή, και το μόνο που ήθελα ήταν να τελειώσει η δουλειά και να επιστρέψω στο ζεστό μου σπιτάκι για λίγη ξεκούραση. Η εβδομάδα αυτή είχε τεντώσει τις δυνάμεις μου στο έπακρο, ήταν πολύ κουραστική. Με το που χτύπησε η ώρα αποχώρησης, τακτοποίησα όσο πιο γρήγορα μπορούσα τα πράγματά μου, πέταξα το παλτό μου στους ώμους, αποχαιρέτησα τους συναδέλφους με ένα κουρασμένο 'καληνύχτα' και ξεκίνησα τρέχοντας προς το σπίτι. Το κρύο δαγκώνει το πρόσωπό μου, αλλά ευτυχώς το δικηγορικό γραφείο είναι μόνο λίγα τετράγωνα μακριά, και συνήθως το διασχίζω με τα πόδια. Φτάνοντας στο σπίτι, παίρνω μια βαθιά ανάσα ανακούφισης. Είναι τόσο ζεστά εδώ μέσα, και ένα οικείο άρωμα ψησίματος αγκαλιάζει τον αέρα - φαίνεται πως η Σόφη μαγείρεψε κάτι νόστιμο. Έβγαλα τα ψηλοτάκουνα γοβάκια μου, το παλτό μου και ξάπλωσα στον καναπέ, τέλεια αίσθηση.

«Έβελυν, τι κάνεις; Έλα γρήγορα, το φαγητό είναι έτοιμο.»

«Σε λίγο, είμαι πολύ κουρασμένη».

Η Σόφη ήταν η μια από τις συγκατοίκους μου και μία από τις καλύτερές μου φίλες. Την αγαπούσα τόσο πολύ, αλλά μου την έσπαγε αυτή η εμμονή της να καθόμαστε όλοι μαζί να φάμε ακριβώς μόλις ήταν έτοιμο το φαγητό.

«Στο λέω γιατί θα αργήσουμε, μόλις με πήρε η Νάνσυ ότι βρήκε δουλειά και θέλει να βγούμε απόψε να το γιορτάσουμε».

Από τη μια ήμουν πολύ χαρούμενη που βρήκε δουλειά, από την άλλη ήμουν πτώμα και το μόνο που σκεφτόμουν ήταν ένα ζεστό μπάνιο και το κρεβατάκι μου. Εγώ, η Νάνσυ και η Σόφη είμαστε φίλες από το δημοτικό, μόλις τελειώσαμε τις σπουδές μας αποφασίσαμε να φύγουμε από την Αγγλία και να έρθουμε να ζήσουμε στο Μανχάταν όπως ονειρευόμασταν, επηρεασμένες από το Sex and the City, έτσι και έγινε. Εγώ βρήκα αμέσως δουλειά σε ένα δικηγορικό γραφείο ως ασκούμενη για αρχή, η Σόφη τέλειωσε δημοσιογραφία και φάνηκε και αυτή τυχερή δουλεύοντας σε ένα μικρό κανάλι ως ρεπόρτερ εξωτερικών θεμάτων. Η Νάνσυ εδώ και τρεις μήνες έψαχνε απελπισμένα για δουλειά, αλλά δεν είχε βρει κάτι και τώρα τελευταία φαινόταν θλιμμένη οπότε φυσικά ήμουν χαρούμενη γι' αυτήν, αλλά τι να έλεγα;

«Τέλεια! Γιατί δε βγαίνουμε αύριο που θα είμαστε πιο ξεκούραστες, τι λες;»

Μακάρι να δεχτεί αλλά από το βλέμμα της άλλα καταλάβαινα.

«Ξέχασέ το, έκανε ήδη κράτηση στο Β6 για απόψε και είπε και στα κορίτσια να έρθουν, θα στεναχωρηθεί».

Τα κορίτσια εννοούσε την Άριελ και την Μπέκι, τις γνωρίσαμε με το που μετακομίσαμε στην πολυκατοικία, έμεναν στον ίδιο όροφο και αρχίσαμε να κάνουμε αρκετή παρέα.

«Καλά εντάξει, με έπεισες, πότε θα έρθει η Νάνσυ;»

«Όπου να 'ναι, άντε έλα έχω στρώσει το τραπέζι, πριγκίπισσα».

«Χαχα, οι πριγκίπισσες δε δουλεύουν» της άρεσε να με αποκαλεί έτσι γιατί όλο το νοικοκυριό το αναλάμβαναν οι δύο τους και 'γώ το απολάμβανα.

Βρισκόμαστε σε ένα ευρύχωρο διαμέρισμα στην καρδιά του Μανχάταν, με τρία υπνοδωμάτια, μια φωτεινή κουζίνα και ένα άνετο σαλόνι, όλα ζεστά χάρη στην αυτόνομη θέρμανση. Επιλέξαμε αυτήν τη γειτονιά γιατί η αίσθηση ασφάλειας είναι ανεκτίμητη, παρά το σχετικά υψηλό κόστος. Και ευτυχώς, το να μοιράζεσαι τα έξοδα με δύο ακόμη συγκάτοικους κάνει τη ζωή εδώ πιο εφικτή. Απορροφημένη στις σκέψεις μου, ξαφνικά ένας ήχος από την πόρτα με τράβηξε πίσω στην πραγματικότητα. Πρέπει να είναι η Νάνσυ που επιστρέφει.

«Κορίτσια δε θα το πιστέψετε, αλλά μόλις βρήκα την τέλεια δουλειά και το τέλειο αγόρι».

Αχ, η Νάνσυ! Από τότε που χώρισε λίγο μετά τη μετακόμισή μας από την Αγγλία, φαίνεται πως 'κεραυνοβολείται' από κάθε άντρα που συναντά. Είχε καταντήσει σχεδόν αστείο πια, αλλά δεν την αδικούσα. Η αλλαγή χώρας, η καινούρια ζωή, ο πόνος του χωρισμού - όλα αυτά δεν ήταν εύκολα. Και τώρα, προσπαθούσε να βρει κάποιον νέο, κάποιον που θα τη βοηθούσε να ξεχάσει.

«Κάθισε και πες τα μας όλα».

«Καλά καλά, τι φαγητό έχει γιατί πεινάω σαν λύκος και θα σας τα πω με κάθε λεπτομέρεια».

«Μακαρόνια καρμπονάρα, η σπεσιαλιτέ μου κορίτσια».

Όντως η Σόφη έκανε την πιο ωραία καρμπονάρα και επιτέλους καθίσαμε όλοι μαζί να φάμε μέχρι που άρχισε η Νάνσυ να μιλάει.

«Λοιπόν κορίτσια από πού να αρχίσω; Α ναι, από την αρχή, όταν δηλαδή πήγα σε μια οντισιόν για ένα μικρό θεατρικό που θα ανέβει σε κανένα μήνα. Είχε τόσους πολλούς που δεν περίμενα με τίποτε να με πάρουν και ξαφνικά τον βλέπω να κάθεται στη θέση του σκηνοθέτη της παράστασης.»

«Μας έχεις σκάσει βρε Νάνσυ, προχώρα στο κυρίως θέμα».

«Πολύ ανυπόμονες είσαστε κορίτσια σήμερα. Τον ερωτεύτηκα τρελά, δεν μπορείτε να καταλάβετε αλλά τελικά δεν πήρα τον ρόλο και συμβιβάστηκα με το να πιάσω δουλειά σε ένα καφέ απέναντι ως σερβιτόρα, για να έχω την ευκαιρία να τον βλέπω συχνά, πώς σας φαίνεται;»

«Έλεος δεν το πιστεύω, τόση ώρα σε ακούμε με τόση προσοχή για να μας πεις αυτό το πράγμα;»

Δεν το πίστευα ότι η Νάνσυ θα μας έλεγε τέτοια κουβέντα. Καλά όλα τα περίμενα από αυτήν, κάθε βδομάδα ερωτευόταν και άλλον, αλλά να πιάσει δουλειά στο καφέ απέναντι από τη δουλειά του, με τίποτε! Η Σόφη είχε σκάσει από τα γέλια και 'γώ το ίδιο, ενώ η Νάνσυ είχε πάρει μια έκφραση σαν να μην περίμενε την αντίδρασή μας.

«Δε με νοιάζει πως το πήρατε, εγώ βρήκα δουλειά και απόψε θα βγούμε να το γιορτάσουμε, δε δέχομαι αντιρρήσεις, ούτε καν από σένα πριγκίπισσα».

«Καλά καλά θα βγούμε, ακόμα 8 είναι η ώρα, τι είναι αυτή η πρεμούρα που σας έπιασε;»

«Πρέπει να είμαστε κούκλες απόψε, είναι καινούριο το κλαμπ και άκουσα πάει πολύ καλός κόσμος, ποτέ δεν ξέρεις ποιον θα βρούμε».

«Εμένα κατά τις 12 να με ξυπνήσετε, δεν έχω όρεξη για πολλά πολλά».

Αλήθεια δεν είχα καμία όρεξη να ετοιμαστώ για έξω, κουράστηκα πάρα πολύ σήμερα στο γραφείο όπως

κάθε Παρασκευή δηλαδή, για να μη μείνουν εκκρεμότητες έτρεχα όλη μέρα να τα προλάβω. Κατευθύνθηκα προς το δωμάτιό μου να αφήσω τα πράγματα και μπήκα κατευθείαν στο μπάνιο. Δεν ξέρω τι πάθαινα κάθε φορά στο μπάνιο, ήταν λες και κάποιος έσβηνε το διακόπτη μου και για όση ώρα ήμουν μέσα με κατέκλυζε ένα συναίσθημα ξεγνοιασιάς, όλα σταματούσαν και απλά χαλάρωνα. Τα ωραία πράγματα τελειώνουν γρήγορα όμως, έπρεπε να μπουν και οι άλλες. Βγήκα γρήγορα, φόρεσα το μπουρνούζι μου και πήγα στο υπνοδωμάτιό μου.
Θα μπορούσα να περιγράψω το δωμάτιό μου με μία λέξη: πριγκιπικό. Ίσως γι' αυτό τα κορίτσια με κορόιδευαν τόσο, αλλά δεν ενδιαφερόμουν να αλλάξω. Η παιδική αθωότητα και το ροζ χρώμα, που κυριαρχούσε παντού – από τις κουρτίνες μέχρι τα έπιπλα – με έκαναν να νιώθω σαν να βρισκόμουν σε άλλο σύμπαν. Κουρτίνες ροζ, σκεπάσματα λουλουδένια, τα έπιπλα ήταν νεοκλασικά σε λευκό χρώμα, το χαλάκι μου ροζ, ακόμα και οι τοίχοι ροζ. Γι' αυτό τον ροζ παράδεισο, χρωστούσα ένα μεγάλο ευχαριστώ στον μπαμπάκα μου. Εκείνος, με την καλοσύνη του, ήρθε μαζί μας στην αρχή για να μας βοηθήσει να εγκατασταθούμε και να κάνει όσα μαστορέματα χρειαζόταν στο διαμέρισμα. Ο μπαμπάς μου ήταν πολύ δεμένος μαζί μου και του στοίχισε πολύ που έφυγα από το σπίτι μετά τις σπουδές μου ακόμα με παίρνει κάθε μέρα τηλέφωνο να δει αν είμαι καλά. Ο μπαμπάς μου πάντα ήταν πολύ δεμένος μαζί μου. Του στοίχισε πολύ η αποχώρησή μου από το σπίτι μετά τις σπουδές μου. Ακόμα και τώρα, με καλεί κάθε μέρα για να δει αν είμαι καλά. Κληρονόμησα από αυτόν το πορτοκαλί χρώμα των μαλλιών μου, ενώ η μητέρα μου όσο κι αν ακούγεται παράξενο είναι από ένα νησί κοντά στην Ελλάδα, την Κύπρο, αν και ποτέ δεν το επισκέφθηκα. Οι γονείς μου ερωτεύτηκαν στις σπουδές

και παντρεύτηκαν, είμαι το μοναχοπαίδι τους, πάντα με συγκινεί η ιστορία τους. Εντωμεταξύ έκλεισα το φως ενώ χασμουριόμουν, νύσταζα τόσο πολύ που με πήρε ο ύπνος απευθείας, δε θα έβαζα ξυπνητήρι, αφού είχα πει στα κορίτσια να με ξυπνήσουν στις 12, έτσι θα είχα το κεφαλάκι μου ήσυχο.

Ξύπνησα από ένα εφιάλτη ξαφνικά και κοίταξα το ρολόι, ήταν 12 παρά 10, ουάου, τέλειος συγχρονισμός αλλά αυτές πώς και δεν ήρθαν ακόμα, και καθώς το σκεφτόμουν ακούω δυνατά να παίζει ένα τραγούδι στο ραδιόφωνο, το "counting stars" των One Republic. Αμέσως τα κορίτσια όρμησαν στο δωμάτιο φουριόζες για να με ξυπνήσουν και αιφνιδιάστηκαν που ήμουν ξύπνια. Είχαν προλάβει να βαφτούν και να φτιάξουν τα μαλλιά τους, το μόνο που έλειπε για να ολοκληρώσουν την εικόνα τους ήταν το ντύσιμο.

«Πριγκίπισσα ξύπνησες από μόνη σου τελικά ε; Άντε σήκω να σε κάνω πιο κούκλα απ' όσο ήδη είσαι.»

«Σιγά, οι κούκλες δε θα ήθελαν να είναι έτσι όπως είμαι εγώ τώρα» και το εννοούσα, ένιωθα ερείπιο, ίσως το άσχημο όνειρο να με επηρέασε, το έχω ξεχάσει ήδη, μόνο η αίσθηση της τρομάρας δε φεύγει από το μυαλό μου.

«Για κάντε μια στροφή να σας δω καλύτερα, είσαστε δύο κούκλες, όλοι θα ζηλεύουν, έχω τις πιο όμορφες φίλες στον κόσμο».

«Εμάς θα ζηλεύουν πριγκίπισσα! Όπου πάμε τα μάτια πέφτουν όλα πάνω σου, μην κάνεις ότι δε βλέπεις τουλάχιστον, είναι ολοφάνερο ότι εμάς θα ζηλεύουν που έχουμε στην παρέα μας την πιο όμορφη πριγκίπισσα του κόσμου.»

«Αχ, συγκινήθηκα τώρα», είπε η Σόφη και βάλαμε όλες τα γέλια για να μη μας πάρουν τα ζουμιά.

Άρχισαν να με βοηθούν να ετοιμαστώ και τις κοιτούσα με αγάπη και φυσικά ήταν οι κολλητές μου, τόσο καλές και πάντα δίπλα μου σε όλα.

Η Σόφη μου, ήταν μελαχρινή, γύρω στο 1.65, με καστανά σγουρά μαλλιά λίγο πιο κάτω από τους ώμους με μεγάλα αμυγδαλωτά μάτια στο χρώμα της σοκολάτας, τόσο γλυκιά και δοτική που σε κέρδιζε αμέσως. Η Νάνσυ από την άλλη, ήταν η πιο τρελή και από τις τρεις μας, αλλά τόσο όμορφη με ξανθά καρέ μαλλιά και μπλε ανταύγειες για να κάνει τη διαφορά έλεγε. Γαλάζια μάτια, σιταρένια επιδερμίδα και το σώμα της τόσο λεπτεπίλεπτο, σαν μοντέλου, γύρω στο 1.67 στο ύψος.

«Πριγκίπισσα δε σκέφτεσαι να κάνεις επιτέλους μια καινούρια σχέση, έχει περάσει αρκετός καιρός από την τελευταία και είναι κρίμα να κολλάς στο παρελθόν» μου πετάει η Σόφη, όπως πάντα στο άσχετο.

«Όχι, το μόνο που με ενδιαφέρει είναι η δουλειά μου τώρα και το ξέρεις, γι' αυτό κομμένη η κουβέντα περί του θέματος».

Ούτε να ακούσω δεν ήθελα, είχα περάσει τόσο άσχημα στην τελευταία μου σχέση και δεν ήθελα να το σκεφτώ καν. Ζήλευε τόσο πολύ που αναγκαζόμουν να μένω κλεισμένη στο σπίτι και το χειρότερο, με ανάγκασε με το ζόρι να του δώσω ότι πολυτιμότερο είχα και μετά από αυτό είχα πάθει κατάθλιψη για αρκετό διάστημα. Στους γονείς μου δεν είχα πει τίποτα φυσικά για να μην τους πληγώσω, αλλά θα του άξιζε. Αυτός φυσικά ακόμα πιστεύει ότι το ήθελα και 'γώ και δε χώνεψε ότι τον άφησα, το τέρας.

«Εεει πριγκίπισσα, δε θα το αναφέρω ξανά, όποτε είσαι έτοιμη, ξέρεις ότι μόνο το καλό σου θέλω, αλλά σου χάλασα το κέφι μάλλον και δε θέλω να σε βλέπω έτσι, γι' αυτό κάντε κέφι, τώρα θα αρχίσει το γλέντι».

Με πήρε αγκαλιά και χορέψαμε από δω και από κει για λίγο μέχρι που ξαναπήρε τα ηνία στον συνεχή καλλωπισμό μου για τη βραδινή μας έξοδο. Μέχρι τις 1 και μισή ήμασταν όλες έτοιμες. Ρίχνοντας μια τελευταία ματιά στον καθρέφτη και βλέποντας το είδωλό μου, μου άρεσα μπορώ να πω.

Τα μαλλιά μου ήταν ίσια, απλωμένα κάτω, ενώ είχα φροντίσει λίγο τις αφέλειες μπροστά. Το μακιγιάζ μου ήταν απλό, αλλά επιδέξιο - ένα λεπτό eyeliner και μάσκαρα που τόνιζε τις ήδη μεγάλες βλεφαρίδες μου, λίγο ρουζ για να ενισχύσω το φυσικό μου κοκκίνισμα, και κόκκινο κραγιόν που έδινε την τέλεια υπερβολή. Φόρεσα το νέο μου μαύρο φόρεμα που εντυπωσίαζε όπου κι αν πήγαινα - κοντό και στενό από μέσα, καλυμμένο με μακριά δαντέλα μέχρι κάτω, ιδανικό για το κρύο. Το ντεκολτέ του ήταν ανοικτό, αναδεικνύοντας την πλούσια σιλουέτα που είχα κληρονομήσει από τη γιαγιά μου. Οι καμπύλες μου, από την άλλη, έμοιαζαν με βραζιλιάνικες, ενώ η λεπτή μου μέση, τα χέρια και τα πόδια μου ήταν σε τέλεια αντίθεση. Οι κόκκινες ψηλοτάκουνες γόβες μου, δώδεκα πόντων, ήταν το τελευταίο και πιο λαμπερό στοιχείο της εμφάνισής μου, ακόμα και αν δεν τις χρειαζόμουν, αφού είμαι ήδη 1.70. Τελικά ήμασταν έτοιμες να βγούμε. Είχα ξεχάσει κάτι, όπως συνήθως, αλλά στο τέλος πήρα το παλτό μου και κατεβήκαμε στην είσοδο της πολυκατοικίας, περιμένοντας το ταξί που είχε καλέσει η Νάνσυ.

«Κορίτσια, κάνει πολύ κρύο αλλά έχω ένα πολύ καλό προαίσθημα για απόψε» είπε η Νάνσυ, και ευτυχώς το ταξί έφτασε ακριβώς τη στιγμή που είχα αρχίσει να παγώνω. Κατά τη διάρκεια της διαδρομής προς το B6 κλαμπ, παρατηρούσα τους ελάχιστους περαστικούς στους δρόμους, αδιάφορη για τις προβλέψεις της Νάνσυ για την αποψινή μας διασκέδαση. Μέσα σε δεκαπέντε λεπτά φτάσαμε. Πληρώσαμε τον οδηγό και βγαίνοντας από το ταξί, αντικρίσαμε μια τεράστια ουρά στην είσοδο του κλαμπ. Για μια στιγμή ανησύχησα, μέχρι που η Νάνσυ μου είπε: «Μην ανησυχείς πριγκίπισσα, έχω κράτηση και ήδη τα κορίτσια είναι μέσα και μας περιμένουν, για αυτό πάμε!»

Της έγνεψα καταφατικά και προχωρήσαμε μπροστά σε μια κοπέλα η οποία μου φάνηκε πολύ σικάτη για υπεύθυνη κρατήσεων.

«Γεια σας, έχουμε κράτηση στο όνομα Νάνσυ Λόρενς» είπε η Νάνσυ.

«Περάστε παρακαλώ, καλή διασκέδαση» απάντησε η κοπέλα και και πίσω της δύο μεγαλόσωμοι άνδρες άνοιξαν την πόρτα, σαν να ήταν βγαλμένοι από κάποια ταινία με νονούς της νύχτας. Με την είσοδό μας στο κλαμπ, η μουσική γέμισε τον αέρα τόσο δυνατά, που οι φωνές μας έπνιγαν στον θόρυβο.

Ο χώρος ήταν σχεδιασμένος με μοντέρνα αισθητική, κυκλικός, με το τεράστιο μπαρ στο κέντρο και γύρω από αυτό τραπεζάκια με ψηλά σκαμπό. Μια γυριστή σκάλα στη μία πλευρά οδηγούσε πάνω στους VIP καναπέδες, που είχαν μια πιο μπαρόκ πινελιά στη διακόσμηση. Ο φωτισμός ήταν διακριτικός, με εξαίρεση τα φώτα που αναβόσβηναν στον παλμό της μουσικής και τη λαμπερή ντισκόμπαλα που κρεμόταν πάνω από τη μικρή πίστα χορού, δημιουργώντας ένα μαγικό σκηνικό για τη βραδιά.

«Ουάου, τέλεια τέλεια!» φώναζε πάνω από το αυτί μου η Νάνσυ και μας τράβηξε στο μπαρ όπου ήταν η κράτησή μας και μας περίμεναν ήδη τα κορίτσια. Λόγω τελευταίας στιγμής υπέθεσα μας είχαν βάλει εδώ, αλλιώς θα καθόμασταν σε ένα από τα τραπεζάκια, η Νάνσυ μου απολογήθηκε γιατί ήξερε ότι δε μου άρεσε να είμαστε στριμωγμένα.

«Λοιπόν κορίτσια, καλώς ήρθατε, έχει λίγη ώρα που σας περιμένουμε» είπε η Άριελ με χιουμοριστική διάθεση, αλλά πάντα καυστική.

Η Άριελ και η Μπέκι ήταν γύρω στα τριάντα, πολύ πιο ώριμες από μας που πηγαίναμε για είκοσι τέσσερα, αλλά τα βρίσκαμε αρκετά.

«Έβελυν γλυκιά μου, όπως πάντα εκθαμβωτική» είπε η Μπέκι και με αγκάλιασε, πάντα τόσο γλυκιά μαζί μου.

«Ευχαριστώ πολύ, αλλά λίγο υπερβάλλεις».

«Καλά αφήστε τα αυτά και μου στέγνωσε το λαρύγγι, ώρα να πιούμε και κάτι» λέει η Νάνσυ, όπως πάντα.

«Πείτε σε μένα τι θα πιείτε και θα πω εγώ στον μπάρμαν» φώναξα για να με καταλάβουν.

Έκανα νόημα στον μπάρμαν που ήταν αρκετά γοητευτικός και με περισσή ευχαρίστηση ήρθε αμέσως να με εξυπηρετήσει.

«Γεια σου κουκλίτσα, τι θα πάρεις;» είπε και μου έκλεισε το μάτι και κοκκίνισα υποθέτω, δε μου κάνουν συχνά τέτοιες χειρονομίες.

«Εμ, θέλουμε ένα κοσμοπόλιταν, ένα ποτήρι ημίγλυκο κρασί και μία μαργαρίτα λεμόνι για μένα παρακαλώ».

«Ευχαρίστησή μου κουκλίτσα, και τι δε θα έκανα για αυτά τα μάτια» είπε και μου έκλεισε το μάτι για δεύτερη φορά και τότε οι άλλες με σκούντηξαν.

«Ακόμα δεν μπήκες πριγκίπισσα και τρως κόλλημα με τη μία, για δες γύρω στο μπαρ, όλοι σε κόβουν με τα μάτια τους από πάνω μέχρι κάτω» είπε η Σόφη.

«Ελπίζω ο μπάρμαν να φέρει σωστά τα ποτά μας γιατί κοιτάζει περισσότερο εσένα παρά το τι κάνει» είπε η Άριελ και έσκασαν όλες στα γέλια.

Κοκκίνισα αλλά γέλασα και 'γώ μαζί τους. Προς απογοήτευσή του όμως η Νάνσυ πήρε τα ποτά και 'γώ έμεινα να μιλώ με τη Σόφη για τη μέρα μου σήμερα.

Ξαφνικά, ένιωσα ένα δυνατό προαίσθημα, σαν να με κοιτούσε κάποιος από πίσω. Μια ανατριχίλα με διαπέρασε· δεν ήθελα να το πιστέψω, αλλά το ένιωθα. Προσπάθησα να το απωθήσω από το μυαλό μου, αλλά η αίσθηση δεν έφευγε, αντίθετα γινόταν όλο και πιο έντονη. Αποφάσισα να γυρίσω και να κοιτάξω προς τα εκεί που ένιωθα τα μάτια να με καρφώνουν. Ήταν ένας άνδρας.

Το βλέμμα μου καρφώθηκε στα διαπεραστικά μπλε μάτια του και η καρδιά μου πάγωσε. Ένα ρίγος αναστάτωσης διέτρεξε τη σπονδυλική μου στήλη. Ο άνδρας αυτός, με την επιβλητική στάση και το μυστηριώδες χαμόγελο, ήταν σαν έργο τέχνης - ένας σύγχρονος Απόλλωνας που ξεχώριζε μέσα στον πολύχρωμο χαμό του κλαμπ. Τα κοντά, κατάμαυρα μαλλιά του πρόσθεταν ένα στοιχείο έντασης στην αύρα του, ενώ το ύψος του, που ξεπερνούσε το 1.85, συνέβαλε στην αίσθηση ότι βρισκόμουν μπροστά σε ένα ζωντανό γλυπτό του Rodin.

Στο πρόσωπό του εκτός από τα υπέροχα χαρακτηριστικά μοντέλου, διέκρινες κάτι επικίνδυνο και θλιμμένο συνάμα, αλλά γρήγορα κοκκίνισα και απέτρεψα το βλέμμα μου καταλαβαίνοντας ότι με παρατηρούσε και εκείνος το ίδιο όπως και 'γώ.

«Σύνελθε Έβελυν, δεν είσαι για τέτοια» είπα στον εαυτό μου κάπως δυνατά.

«Τι έπαθες κορίτσι μου, σε πείραξε το ποτό; Είναι λες και είδες φάντασμα» λέει η Σόφη.

«Όχι, είμαι καλά, ίσως από την κούραση, δεν ξέρω», είπα για να μην το σκέφτομαι προφανώς. Ακόμα νιώθω τα όμορφα μυστηριώδη μπλε μάτια του πάνω μου όμως, ουφ τι θα κάνω; Δεν είμαι για τέτοια τώρα.

«Έλα, πάμε να χορέψουμε» είπε η Νάνσυ.

«Πηγαίνετε εσείς, θα έρθω και 'γώ σε λίγο, εντάξει;»

Ο χορός μου έλειπε τώρα, δεν μπορούσα να κουνήσω τα πόδια μου από την ένταση πόσο μάλλον να χορέψω.

«Και να σε αφήσουμε μόνη εδώ να σε κατασπαράξουν αυτοί;» και έδειξε τους άντρες που με κοίταζαν.

«Αλήθεια, μια χαρά θα είμαι, έρχομαι σε λίγο, μην ανησυχείς» φώναξα στο αυτί της για να με ακούσει.

Επιτέλους με άφησαν και έφυγαν, ενώ η καρδιά μου κόντευε να σπάσει από τη στιγμή που ένιωθα το βλέμμα του πάνω μου. Δεν είχε περάσει ούτε ένα λεπτό και ένας άντρας ήρθε δίπλα μου με το έτσι θέλω και άρχισε να με φλερτάρει απροκάλυπτα. Ωραίος ήταν, αλλά μπροστά στον σκοτεινό κούκλο δεν έπιανε μία, σκέφτηκα.

«Λοιπόν κουκλίτσα, δε θα μου πεις το ονοματάκι σου; Ή θες να μαντέψω;» μου ψιθυρίζει στο αυτί.

«Γνωριζόμαστε;» αντιγυρίζω.

Δεν ήθελα να τον προσβάλω, αλλά έτσι μου βγήκε και δε με ένοιαζε πλέον.

«Όχι, αλλά θα ήθελα να γνωριστούμε καλύτερα» και έβαλε το χέρι του στη μέση μου.

Η πίεση μου ανέβηκε στο έπακρο και τίναξα το χέρι του μακριά και πήγα να απομακρυνθώ πηγαίνοντας προς την πίστα που με περίμεναν τα κορίτσια, όταν ξαφνικά...

«Πού πας κουκλίτσα, μ' αρέσουν οι δύσκολες τόσο πολύ» και με έπιασε από το χέρι καθώς έφευγα για να με σταματήσει.

Προσπάθησα να του ξεφύγω αλλά έβαζε δύναμη και μου ήταν πολύ δύσκολο, ώσπου ένιωσα το χέρι μου να απελευθερώνεται και έναν άντρα μπροστά μου να έχει διώξει τον ενοχλητικό από μπροστά μου.

«Είσαι καλά;» μου λέει αυτή η φωνή και με έπιασε πάλι ρίγος. Κοιτάζω και βλέπω τον κούκλο μπροστά μου να με περιεργάζεται.

«Εεε καλά είμαι, βασικά ευχαριστώ» δεν ήξερα τι άλλο να πω, τα λόγια μου κόπηκαν δεν μπορούσα να αρθρώσω λέξη.

«Ευτυχώς γιατί αυτός ο ηλίθιος δεν ξέρει προφανώς πότε πρέπει να σταματήσει» και μείναμε να κοιταζόμαστε για λίγο...

Κέννεν & Έβελυν

Η γνωριμία

Δεν μπορούσα να πάρω τα μάτια μου από πάνω της, αναρωτιόμουν τι με είχε πιάσει. Όταν είδα εκείνο τον άνδρα να την αγγίζει ανεπιθύμητα, κάτι μέσα μου θόλωσε. Σκέψεις εκδίκησης πλημμύρισαν το μυαλό μου, αλλά όταν τελικά τον πλησίασα, κατάφερα να ελέγξω τον εαυτό μου και αρκέστηκα σε μια γροθιά - αρκετή για να τον απομακρύνω. Και εκείνος έφυγε, όπως περίμενα. Μετά, η προσοχή μου επέστρεψε στο κορίτσι, που με έκανε να νιώθω τόσο παράξενα, και αποφάσισα να σπάσω τη σιωπή.

«Λοιπόν, σ' αρέσει εδώ, εκτός φυσικά από το ατυχές γεγονός;» είπα, κατακρίνοντας τον εαυτό μου για την αδέξια προσέγγιση. Δεν μπορούσα να πιστέψω πόσο ανόητα συμπεριφερόμουν, αλλά το μόνο που ήθελα ήταν να μάθω αν συνήθιζε να έρχεται εδώ. Για πρώτη φορά ένιωθα τόσο ανίκανος να ελέγξω τα λόγια μου, και ήμουν σίγουρος ότι αυτή ήταν η αιτία.

«Ναι, ωραία είναι, αλλά πρώτη φορά έρχομαι εδώ» απάντησε εκείνη. Αναρωτήθηκα γιατί έδωσα τέτοια πληροφορία χωρίς λόγο. Ίσως ήταν μια προσπάθεια να μάθω αν αυτός έρχεται εδώ συχνά, ίσως ήταν κάτι άλλο. Αυτή η συνάντηση ήταν γεμάτη με απρόβλεπτες στιγμές.

«Να σε κεράσω ένα ποτό;» είπα, κρύβοντας την πραγματική μου πρόθεση πίσω από την πρόσκληση.

«Φυσικά, μια μαργαρίτα λεμόνι» απάντησε αυτή, με μια έκφραση που με έκανε να αναρωτιέμαι αν είχε καταλάβει την ένταση που ένιωθα.

«Μια μαργαρίτα λεμόνι και ένα κονιάκ για μένα» είπα στον μπάρμαν, ο οποίος φάνηκε να εκπλήσσεται από την παρουσία μου, αλλά ανταποκρίθηκε με ενθουσιασμό.

«Μόνη σου είσαι εδώ;» ρώτησα, γνωρίζοντας ήδη την απάντηση, αλλά αναζητώντας κάτι να πω που να μην ακουγόταν τόσο γελοίο όσο ένιωθα.

«Όχι, οι φίλες μου είναι στην πίστα» απάντησε, και εγώ ελπίζοντας μυστικά ότι δε θα επέστρεφαν σύντομα.

«Θες να πάμε και εμείς να χορέψουμε;» πρότεινα, ελπίζοντας ότι ο χορός θα μας έφερνε πιο κοντά.

«Θα το ήθελα, αλλά είμαι πολύ κουρασμένη σήμερα» είπε, και η φωνή της έκρυβε μια απροσδόκητη νευρικότητα. Αναρωτήθηκα αν ένιωθε την ίδια ένταση που ένιωθα και εγώ.

«Κρίμα» ξεφύτρωσαν τα λόγια μου, σαν απροσδόκητος ανεμοστρόβιλος στην ηρεμία της νύχτας, «δεν πρέπει να μένεις μόνη. Η ομορφιά σου, σχεδόν μαγευτική, μπορεί να προκαλέσει την ενόχληση ανεπιθύμητων θαμώνων».

Τα λόγια μου έκαναν τα μάγουλά της να ανθίσουν σε ένα ρόδινο χρώμα, σαν να αντανακλούσαν τον διστagμό της ντροπής. Δεν το περίμενα, αλλά δεν μπορώ να αρνηθώ την ικανοποίηση που μου προκάλεσε. Ίσως σημαίνει ότι δεν είμαι αδιάφορος στα μάτια της.

«Θα προσπαθήσω» απάντησε. «Δεν έχουμε συστηθεί ακόμη, είναι αγένεια από μέρους μου» είπε εκείνη, προσφέροντας το χέρι της για μια τυπική χειραψία, την οποία ανταπέδωσα αμέσως.

«Κέννεν Μπλέικ» απάντησα, «μεγάλη μου χαρά που συναντώ μια τόσο πανέμορφη δεσποινίδα...»

Όταν το επιθυμώ, γίνομαι εξαιρετικά γοητευτικός.

«Παρομοίως, Έβελυν Γκρην».

Το χέρι του ήταν τόσο κρύο, αλλά εγώ κόντευα να καώ από τον πόθο, τι είχα πάθει;

«Ωραίο όνομα, πιστεύω θα το ακούς συχνά αυτό».

Τι στο καλό, το χέρι της είναι τόσο ζεστό που με έκανε να σκεφτώ όλο το κορμί της γυμνό στο κρεβάτι μου και να ακουμπώ κάθε σπιθαμή του. Ούτε καν με τη Λόρεν που αγάπησα τόσο πολύ δεν ένιωσα έτσι.

«Εδώ είσαι πριγκίπισσα, γιατί δεν ήρθες να χορέψουμε; Ήταν τέλεια» είπε φωναχτά η Σόφη αγκαλιάζοντάς με. Δε πρόλαβα να μιλήσω και το βλέμμα της στράφηκε στον Κέννεν και φάνηκε να ενθουσιάστηκε, αλλά και να ντράπηκε συγχρόνως που μας διέκοψε.

«Ωχ, δεν ήξερα ότι βρήκες παρέα» είπε κοκκινίζοντας.

«Κέννεν Μπλέικ δεσποινίς μου, χαίρω πολύ. Εγώ απλώς κρατούσα συντροφιά στη φίλη σας, ενώ εσείς χορεύατε... και αυτός ο αλήτης της την έπεσε άσχημα» είπα μέσα από τα δόντια μου.

Γιατί την είπε πριγκίπισσα όμως; Σίγουρα έμοιαζε με πριγκίπισσα αλλά αυτό ήθελα να το μάθω γιατί θα ήθελα να είναι η δική μου πριγκίπισσα, μόνο δική μου.

«Σόφη Στιούαρτ κύριε Μπλέικ, και 'γω χάρηκα πάρα πολύ» είπε και άλλαξε έκφραση, σαν έκπληξης αλλά δεν ήξερα γιατί, θα προσπαθούσα να τη ρωτήσω όταν θα πηγαίναμε σπίτι στα σίγουρα, μου φάνηκε πολύ περίεργο, όπως και η έκφραση του μπάρμαν. Τι ήταν αυτό που αγνοούσα άραγε.

«Σόφη, πού είναι τα κορίτσια, νομίζω είναι ώρα να πηγαίνουμε».

«Δε νομίζω να φύγουν τώρα, έχουν βρει κάτι τύπους και καταλαβαίνεις τώρα».

«Ωχ, κατάλαβα, καλά τότε, πάμε μόνο εμείς και θα έρθουν αργότερα» δεν άντεχα άλλο παρ' όλη την ένταση που μου προκαλούσε ο Κέννεν, τα μάτια μου έκλειναν.

«Βασικά πριγκίπισσα, ούτε εγώ θέλω να φύγω ακόμη, περνάω πολύ ωραία, τι θα έλεγες να κάνεις λίγο υπομονή;»

Δεν έδειχνε να καταλαβαίνει. Τι θα έκανα; Δεν υπήρχε επιλογή. Θα έφευγα μόνη έστω κι αν ήταν αργά.

«Καλά, εγώ θα πάρω ταξί».

Η έκφραση του Κέννεν άλλαξε σαν να μπορούσε να ακούσει τι λέγαμε, αυτό όμως θα ήταν αδιανόητο, εγώ καλά καλά δεν άκουγα τι μου έλεγε. Ίσως να ήταν η ιδέα μου. Η Σόφη κατάλαβε ότι αυτό ήθελα και κατένευσε τελικά με την προϋπόθεση ότι θα την έπαιρνα τηλέφωνο μόλις έφτανα σπίτι για να δει ότι έφτασα καλά και έτσι επέστρεψε στην πίστα με τα κορίτσια.

«Πέρασα πολύ ωραία, ευχαριστώ πολύ για την παρέα και τη βοήθεια σου Κέννεν» είπα για να τον χαιρετήσω και άρπαξα την τσάντα και το παλτό μου, αλλά με σταμάτησε η απάντησή του.

«Θα σε πάω εγώ στο σπίτι, δεν κάνει να αφήσω μια όμορφη δεσποινίδα μόνη τέτοια νύχτα στους δρόμους του Μανχάταν».

Σιγά να μην την άφηνα να μου ξεγλιστρήσει από τώρα. Ήθελα να τη χορτάσω όσο μπορούσα και αυτό θα έκανα πριν πιέσω τον εαυτό μου να την ξεχάσει.

«Θα είμαι εντάξει, θα πάρω ένα ταξί, ευχαριστώ πάντως».

Αλήθεια μου άρεσε που μου το πρότεινε, σωστός τζέντλεμαν αλλά δε νομίζω να μπορούσα να αναπνεύσω σε έναν χώρο που θα ήμασταν μόνοι εγώ και αυτός, σκέφθηκε η Έβελυν.

«Επιμένω» δε θα έκανα πίσω με τίποτα και δεν της έδωσα χρόνο να αντιδράσει.

Της έπιασα το χέρι και την οδήγησα προς την έξοδο για να είμαι σίγουρος ότι δε θα της κολλήσει άλλος μαλάκας και έδωσα εντολή στους μπράβους μπροστά να την προσέχουν, μέχρι να φέρω το αυτοκίνητο από πίσω.

Δεν πιστεύω τι έγινε τώρα, από πού να αρχίσω; Με τράβηξε προς την έξοδο. Δεν ήξερα τίποτα, η καρδιά μου, το μυαλό μου σαν να σταμάτησαν να λειτουργούν. Κόντευα να τρελαθώ μόλις με άφησε μόνη και είπε κάτι στους μπράβους στην είσοδο.

«Μην ανησυχείτε, δεσποινίς. Ο κύριος Μπλέικ θα είναι εδώ σύντομα με το αυτοκίνητο» μου είπε ένας από τους τεράστιους και τρομακτικούς άνδρες.

Ούτε πέντε λεπτά δεν είχαν περάσει και μια μαύρη Aston Martin έκανε την εμφάνισή της μπροστά στην είσοδο του μαγαζιού. Δε μπορώ να πω ότι είχα ιδέα από αυτοκίνητα, αλλά από εμφάνιση μου άρεσε, έμοιαζε ολοκαίνουριο και τόσο ακριβό, δεν έχω ξαναμπεί σε τέτοιο αυτοκίνητο, αυτό είναι σίγουρο. Βγήκε από τη θέση του οδηγού και ήρθε προς το μέρος μου.

«Εμπρός λοιπόν όμορφή μου δεσποινίδα είσαι έτοιμη;»

Της ταίριαζε τόσο πολύ αυτό το επίθετο, αλλά μόνο με μια λέξη δεν μπορούσε κανείς να περιγράψει αυτήν την ομορφιά.

«Φυσικά» χαμογέλασα και του έδωσα το χέρι μου.

Ξαφνιάστηκα όταν μου άνοιξε την πόρτα για να μπω, αλλά μου άρεσε πολύ αυτή η χειρονομία, δε συνηθίζεται πλέον και είναι κάτι τόσο ωραίο. Μπήκαμε στο αυτοκίνητο, του είπα που μένω και ξεκινήσαμε. Η καρδιά μου χτυπούσε τόσο δυνατά που φαινόταν σαν να ήθελε να εκραγεί έξω από το στήθος μου.

«Χαλάρωσε, δεν υπάρχει λόγος να ανησυχείς». Άκουγα την καρδιά της, χτυπούσε τόσο γρήγορα και μύριζε τόσο όμορφα, όμως έπρεπε να συγκρατήσω τη δίψα που ένιωθα γι' αυτήν. Άνοιξα το ραδιόφωνο για να μην ακούω τόσο έντονα παρόλο που αυτό φάνταζε υπερβολικά δύσκολο.

«Απλώς είναι που δεν είμαι συνηθισμένη να με πηγαίνει σπίτι ένας άγνωστος, συγνώμη». Πώς το καλό το είχε καταλάβει, τόσο δυνατά χτυπούσε η καρδιά μου και την άκουγε; Τι λέω, όλο βλακείες λέω, αυτό αποκλείεται.

Εκεί που δεν το περίμενα άνοιξε το ραδιόφωνο, πιθανόν για να με κάνει να νιώσω πιο άνετα και μπορώ να πω ότι μπορεί και να πετύχαινε αν δεν έπαιζε αυτό το τραγούδι.

«Σου αρέσει;»

«Ποιο;» απάντησα απότομα από αμηχανία.

«Το τραγούδι που παίζει».

Τι στο καλό, κάποιος έπαιζε μαζί μου. Το τραγούδι μιλούσε για όσα ένιωθα τώρα όσο κι αν προσπαθούσα να το αποφύγω δεν μπορούσα. Άκουγα τους στίχους και χωρίς να το καταλάβω άγγιξα το χέρι της και ανακουφίστηκα τόσο όταν δεν αποτραβήχτηκε.

«Το ΄feel again΄ των One Republic είναι ένα από τα αγαπημένα μου» και τώρα το ένιωθα στο πετσί μου και όταν με άγγιξε κόντευα να τρελαθώ. Μου άρεσε τόσο αυτός ο άντρας που έπρεπε να το παραδεχτώ, μου άρεσε πολύ αλλά δεν μπορούσα να καταλάβω τι με έκανε να το νιώσω αυτό τόσο έντονα, ποτέ δεν είχα νιώσει έτσι για κανέναν.

«Δεν το είχα ξανακούσει, τώρα θα το βάζω πιο συχνά υποθέτω», πάω όσο πιο αργά γίνεται για να απολαύσω όσο πιο πολύ μπορώ τη συντροφιά της, αλλά πιστεύω ότι είμαστε ήδη κοντά.
«Αυτή εδώ η πολυκατοικία στα δεξιά».

Δεν ήθελα να κατεβώ και μετά τι θα γινόταν, θα τον ξανάβλεπα άραγε ή αυτό ήταν; Στάθμευσε και μείναμε να κοιταζόμαστε όπως όταν πρωτοείδαμε ο ένας τον άλλο, κόντευα να εκραγώ από το συναίσθημα που με κατέκλυζε. Υποθέτω πρέπει να ανοίξω την πόρτα και να φύγω, αλλά δεν το έκανε η καρδιά μου.

«Λοιπόν πριγκίπισσα, σε έφερα σώα και αβλαβή».
Η επιθυμία να φιλήσω τα χείλη της ήταν επίμονη. Ωστόσο, ένιωθα το άγχος να αχνοφαίνεται στο σώμα, σαν σκιά που αιωρείται ανάμεσα σε εμάς, απομακρύνοντας αυτή την επιθυμία στο βάθος του μυαλού μου. Αντ' αυτού, έφερα το χέρι της προς στα χείλη μου για ένα απαλό φιλί, ενώ τη συνόδευα ως την εξώπορτα της πολυκατοικίας. Μόλις πέρασε το κατώφλι, ένιωσα τη νύχτα να με καταπίνει, με τη μοναξιά να γίνεται πιο έντονη από ποτέ. Καθώς αντιλαμβανόμουν πως τίποτα δε θα ήταν πια όπως πριν, δεν μπορούσα να προβλέψω αν αυτή η αλλαγή θα ήταν προς το καλύτερο ή όχι.

Περιπλανήθηκα στη νύχτα, τυλιγμένος από τις σκέψεις μου και τη μαγεία του προσώπου της, που είχε ριζώσει βαθιά μέσα μου. Γνώριζα πως οι βρικόλακες επιλέγουν το ταίρι τους για πάντα, μια επιλογή που μπορεί να σημάνει αιώνια ευτυχία ή δυστυχία. Πάντα πίστευα ότι δεν ήμουν από τους τυχερούς. Αλλά αν ήταν εκείνη η εξαίρεση; Πώς μπορεί κανείς να καταλάβει ότι βρήκε το προορισμένο του ταίρι; Είχα ακούσει τον πατέρα μου να λέει πως κατάλαβε αμέσως ότι η μητέρα μου ήταν η μοίρα του, αλλά ποτέ δεν τον ρώτησα πώς ακριβώς το κατάλαβε. Ίσως να μην ήταν μόνο η ομορφιά της, αλλά κάτι πιο βαθύ, κάτι που σε τραβάει ακαταμάχητα, όπως ένιωσα κι εγώ απόψε. Αν ήταν πραγματικά το ταίρι μου, δε θα χρειαζόταν να την αφήσω, να παλέψω ενάντια στον εαυτό μου και να υποφέρω όπως τώρα. Αλλά αν δεν ήταν; Έπρεπε να είμαι βέβαιος πριν πράξω οτιδήποτε. Αυτό ήταν το σωστό, ειδικά για εκείνη. Δεν ήθελα να την εμπλέξω σε αυτήν την περίπλοκη κατάσταση, να διακινδυνεύσω τη ζωή της. Έτσι, άφησα το αυτοκίνητο στο σπίτι και βγήκα για κυνήγι, προσπαθώντας να καταπραΰνω τη δίψα μου με κάτι άλλο, αποφεύγοντας τον πειρασμό του αίματός της που με καλούσε ακατάπαυστα όλη τη νύχτα, ενώ χανόμουν στο σκοτάδι.

Είχα σκοτώσει ήδη δύο σε μια νύχτα και η δίψα που ένιωθα δεν έλεγε να φύγει με τίποτα. Γυρνώντας σαν μια αόρατη απειλή, σε όλη την πόλη, οδηγήθηκα έξω από το δωμάτιό της, να την κοιτάζω καθώς κοιμόταν. Ήταν σαν άγγελος, τόσο γαλήνια και όμορφη και το μόνο που σκεφτόμουν ήταν να την κάνω δική μου. Ξαφνικά χτυπάει το τηλέφωνό μου και απομακρύνθηκα να το απαντήσω μήπως αντιληφθεί τίποτα η Έβελυν. Ήταν η Καμέλια, την είχα ξεχάσει τελείως αυτή.

«Κέννεν που είσαι; Ήρθα σπίτι σου όπως κανονίσαμε, αλλά δεν είσαι εδώ.»

«Έλα Καμέλια, απλώς πήγα για κυνήγι και ξεχάστηκα» τι να της έλεγα...

Φυσικά με την Καμέλια μας ένωνε η σαρκική απόλαυση και είχαμε μια κάποια σχέση και πριν τη Λόρεν, αλλά εδώ και λίγο καιρό ξαναρχίσαμε και τώρα δε λέει να ξεκολλήσει.

«Γιατί δε μου το είπες ατακτούλη να πάμε μαζί; Και μετά να χορτάσουμε ο ένας τον άλλο, τώρα απλώς θα αρκεστώ στο να σε περιμένω και ξέρεις ότι δε μου αρέσει να σε περιμένω.»

«Θα είμαι εκεί σε λίγο» έκλεισα το τηλέφωνο και βρέθηκα να κοιτάζω την πριγκίπισσα. Όλος ο πόθος που νιώθω γι' αυτήν, πρέπει να τον διοχετεύσω κάπου και αυτό θα το κάνω με την Καμέλια. Μετά από μεγάλη δυσκολία έφυγα από εκεί, έφτασα σπίτι και αμέσως το είχα μετανιώσει.

«Κέννεν μωρό μου, στο δωμάτιο είμαι».

Πήγα στο δωμάτιο και την αντίκρισα πάνω στο κρεβάτι μου γυμνή να με περιμένει όπως το περίμενα, ούτε μια φορά δε χρειάστηκε να προσπαθήσω, ήταν πάντα τόσο πρόθυμη. Απόψε θα την έπαιρνα πιο βίαια από ποτέ, ήταν το μόνο σίγουρο, με άλλη ήθελα να είμαι και σε άλλη θα βγάλω τον πόθο που νιώθω. Την άρπαξα και την κόλλησα στον τοίχο με δύναμη, τη δάγκωσα σε μερικά σημεία και βογκούσε προσπαθώντας να με φιλήσει στο στόμα όποτε μπορούσε, αλλά πάντα την απέφευγα και αναγκάστηκε να με δαγκώσει και αυτή. Η αδρεναλίνη είχε χτυπήσει κόκκινο, επειδή όλα αυτά σκεφτόμουν ότι τα κάνω στην πριγκίπισσά μου. Μετά από πολλή ώρα αλλεπάλληλων οργασμών, σπάσιμο επίπλων και αίμα τέλειωσα προσφωνώντας το όνομα της Έβελυν και τότε ήταν που μια έξαψη θυμού από την Καμέλια βγήκε από μέσα της και με έσπρωξε τόσο δυνατά που βρέθηκα στον απέναντι τοίχο να την κοιτάζω παράξενα.

«Μετά από τόσο τέλειο σεξ, λες το όνομά μου λάθος;» είπε έτοιμη για επίθεση.

«Χαλάρωσε Καμέλια, ήταν πάνω σε μια στιγμή αδυναμίας και ξεχάστηκα».

Δεν ήθελα με τίποτα να της πω για την Έβελυν, γιατί έτσι όπως την είχα δει δεν ήθελα να της κάνει κακό. Όλο αυτό που έγινε απόψε μοιάζει με τεράστιο λάθος. Εγώ άλλη σκεφτόμουν και με αυτή μου την πράξη δεν κατάφερα να τη βγάλω στιγμή από το μυαλό μου, αντιθέτως, νιώθω σαν να την απάτησα, ενώ στην πραγματικότητα δεν έχουμε τίποτα αλλά ευχόμουν να είχαμε.

«Δε θέλω να θέλεις καμιά άλλη Κέννεν, πρέπει να είμαστε μαζί, αιώνιο ζευγάρι. Το ξέρεις ότι σε έχω διαλέξει εδώ και δεκαετίες και σε περιμένω» απάντησε, ενώ τα μάτια της πήραν το συνηθισμένο καφέ τους χρώμα.

Η Καμέλια αν μη τι άλλο είχε δίκιο αλλά εγώ δεν την είχα διαλέξει, ήταν μονόπλευρη αγάπη, δεν μπορούσα να κάνω κάτι γι' αυτό. Ξανθιά με λευκή επιδερμίδα, ψηλή με σώμα μοντέλου, σκέτη κούκλα για οποιονδήποτε άντρα εκτός από μένα.

«Ξέρεις ότι αυτό δε γίνεται για αυτό αρκέσου σε ό,τι έχουμε αλλιώς...» απάντησα με ειλικρίνεια.

«Αλλιώς τι Κέννεν; Να σε αφήσω; Αυτό δε γίνεται μωρό μου, απλώς θα χρειαστεί να με ανεχτείς».

Φόρεσε τα ρούχα της και χάθηκε τόσο γρήγορα όσο είχε εμφανιστεί. Το προτίμησα αυτό, δεν ήθελα άλλη ένταση για απόψε, η νύχτα κόντευε να τελειώσει και το αύριο ήταν ακόμη πιο κοντά και θα με έβρισκε χαμένο στις σκέψεις μου. Είχα ξεχάσει εντελώς τον θάνατο της Λόρεν και το μόνο που μου έμεινε ήταν το πρόσωπο της Έβελυν να γυρνάει συνέχεια στο μυαλό μου. Αν μάθαινε πραγματικά ποιος είμαι θα με μισούσε και αυτό σίγουρα δεν το ήθελα για κανέναν λόγο.

«Αδερφάκι, πάλι με τις σκέψεις σου; Σκέφτεσαι ακόμη αυτό το κορίτσι στο κλαμπ μήπως;»

«Τζακ, δεν έχω όρεξη και ελπίζω να μην έκανες καμιά βλακεία πάλι. Έχω βαρεθεί να καθαρίζω τις βρομιές σου.»

«Πολύ ξενέρωτος είσαι αδερφάκι μου. Ήμουν φρόνιμος, πολύ φρόνιμος απόψε, αλλά ποτέ δε θα υποσχεθώ ότι θα είμαι για πολύ» απάντησε και στα μάτια του διέκρινα αυτόν τον διεστραμμένο πόθο για ακόλαστη διασκέδαση.

«Καλά καλά, φύγε τώρα, θέλω να μείνω μόνος».

«Με πήρε η μαμά και μου είπε ότι δεν την έχεις πάρει εδώ και δυο μήνες, ήταν πολύ δυσαρεστημένη. Όλοι γνωρίζουμε πως είσαι ο αγαπημένος της.»
«Θα την πάρω μετά Τζακ, φύγε τώρα».
Τελικά με άφησε μόνο. Στην απορρόφηση των σκέψεών μου, είχα παραβλέψει τη μητέρα μου. Ο χρόνος είχε γλιστρήσει από τα χέρια μου αφηρημένα, σαν να σταμάτησε απότομα. Αποφάσισα να της τηλεφωνήσω το συντομότερο δυνατό, να τη ρωτήσω πώς είναι να βρίσκεις το ταίρι σου. Ήταν ανάγκη να μάθω. Ο πόθος μου για την Έβελυν μεγάλωνε με κάθε δευτερόλεπτο που περνούσε, μετρώντας τα λεπτά που μας χώριζαν. Η επιθυμία να βρεθώ κοντά της, να νιώσω τον παλμό της, να αγγίξω το ζεστό δέρμα της, να μυρίσω το άρωμα που αποπνέει το κορμί της, ήταν ακατανίκητη. Αναρωτιόμουν αν και εκείνη με σκεφτόταν, αν ένιωθε την ίδια έλξη. Αυτό ήταν κάτι που θα μάθαινα πολύ σύντομα.

~

Περνώντας το κατώφλι του σπιτιού, έβγαλα με ανακούφιση τα τακούνια που με ταλαιπωρούσαν όλη τη νύχτα. Τι νύχτα ήταν αυτή! Ποτέ δε θα πίστευα πως θα εξελισσόταν με τέτοιον απρόβλεπτο τρόπο. Το πρόσωπό του είχε κολλήσει στο μυαλό μου, προκαλώντας μου ένα ήπιο κοκκίνισμα στα μάγουλα κάθε φορά που το σκεφτόμουν. Κρατώντας τα μαλλιά μου, αντιλήφθηκα τη δυσάρεστη μυρωδιά του καπνού από το κλαμπ και έσπευσα στο μπάνιο. Καθώς άφηνα το νερό να χαλαρώσει το σώμα μου, βυθιζόμουν ακόμη περισσότερο στις σκέψεις μου, σε εκείνα τα σκοτεινά, αλλά ταυτόχρονα γοητευτικά μάτια του. Σε μια στιγμή, φάνηκε σαν να άλλαζαν χρώμα από μπλε σε μαύρο, αλλά πιθανόν να ήταν απλά φαντασίωσή μου.

Τώρα, φαινόταν πως θα τον σκεφτόμουν συνεχώς, παρόλο που δεν είχαμε ανταλλάξει καν τηλέφωνα. Βγήκα από το μπάνιο μετά από αρκετή ώρα, φορώντας τις ζεστές μου πιτζάμες, αναρωτήθηκα φυσικά γιατί δεν είχαν έρθει ακόμα τα κορίτσια αλλά λογικά θα περνούσαν τέλεια. Μετά από λίγο απορροφημένη από τις σκέψεις μου άρχισα να χασμουριέμαι και αποκοιμήθηκα. Το μόνο σίγουρο ήταν ότι θα τον ονειρευόμουν.

«Έβελυν, ξύπνα, ξύπνα σου λέω».

«Τι, τι συμβαίνει Σόφη, πήγαινε για ύπνο, τι θες τώρα;»

Ένιωθα να με ταρακουνούσε πέρα δώθε, αλλά δεν μπορούσα να ανοίξω τα μάτια μου, έβλεπα ένα τόσο όμορφο όνειρο με μένα και αυτόν να φιλιόμαστε και να αγαπιόμαστε, αλλά μου το χάλασε.

«Ξύπνα επιτέλους, πρέπει να σου πω» επέμενε.

«Όταν ξυπνήσω τα λέμε! Τι είναι τόσο επείγον που δεν μπορεί να περιμένει μέχρι αύριο;»

Άνοιξα τα μάτια μου και τότε είδα τη Σόφη και τη Νάνσυ, κάπως αγχωμένες και λίγο περίεργες.

«Όχι, δεν μπορεί να περιμένει, επιτέλους άνοιξες τα μάτια».

«Καλά, τι συμβαίνει, πείτε μου» απάντησα για να τελειώνει αυτό το παραλήρημα.

«Ξέρεις καταρχάς ποιος είναι ο τύπος που μιλούσες στο κλαμπ; Τι λέγατε; Πώς και ήρθε και σου μίλησε; Πες μας τα όλα...»

Φαίνονταν να ενδιαφέρονται ιδιαίτερα και μου κίνησαν την περιέργεια.

«Γιατί ρωτάτε;»

«Απάντησε και θα σου πούμε μετά» είπε η Νάνσυ.

«Τι να πω; Βασικά ένας βλάκας μου κόλλησε, δεν έλεγε να σταματήσει και ο Κέννεν απλώς τον έδιωξε. Μιλήσαμε λίγο, με κέρασε ένα ποτό και προσφέρθηκε να με φέρει σπίτι όπως και έγινε. Τέλος η ανάκριση, να κοιμηθώ τώρα;»

Δεν τους έδειξα πόσο πολύ μου άρεσε, αλλά αντιθέτως άφησα να ακουστεί κάπως χλιαρό όλο αυτό. Πού να ήξεραν ότι μόνο χλιαρό δεν ήταν!

«Η Σόφη είναι 90% σίγουρη για το ποιος είναι ο Κέννεν Μπλέικ» είπε η Νάνσυ, αλλά δεν ήμουν σίγουρη τι εννοούσε.

«Εντάξει, τώρα έχετε την προσοχή μου. Είναι ο κόμης Δράκουλας, που σου πίνει το αίμα και σου παίρνει τη ζωή, το βρήκα;» αστειεύτηκα λίγο με τον παραλογισμό τους φυσικά.

«Λοιπόν πριγκίπισσα, άφησε τα κρύα αστειάκια και μόλις σου πω θα τρελαθείς και συ. Ο κύριος κούκλος σου είναι ο δισεκατομμυριούχος των επιχειρήσεων Μπλέικ. Αυτό που άκουσες, του ανήκουν τόσα πλούτη που δεν μπορείς να φανταστείς. Η κατασκευαστική εταιρεία Μπλέικ, αλυσίδες ξενοδοχείων, κλαμπ, εστιατορίων, εκτάσεις γης και άλλα πολλά» είπε η Σόφη και είχα μείνει παγάκι, όσο μπορούσα κατάφερα να απαντήσω.

«Αποκλείεται Σόφη, εσύ πού τα ξέρεις όλα αυτά;»
«Τι σκατά δημοσιογράφος είμαι αγαπητή μου. Λοιπόν, άκου, πριν ένα μήνα ένας συνάδελφος στο γραφείο είχε αναλάβει να του πάρει συνέντευξη ή και μια φωτογραφία γιατί δεν είναι και πολύ κοινωνικός τύπος ο δικός σου που λες».

«Τέλειωνε Σόφη, δε μου αρέσει όταν το παίρνεις βόλτα το θέμα».

«Καλά ντε, τελειώνω τώρα, που είχα μείνει; Α! Και στο τέλος το μόνο που κατάφερε ήταν να του τραβήξει μία φωτογραφία με χίλια ζόρια, παράνομα καθώς έβγαινε από τον όμιλο Μπλέικ και εγώ την είδα που λες. Μόλις τον είδα στο κλαμπ και μου τον σύστησες έφερα τη φωτογραφία στο μυαλό μου και αυτός είναι σου λέω.»

«Σόφη, αποκλείεται, δεν μπορεί να μου συμβαίνει εμένα αυτό».

Τι είχα ακούσει μόλις τώρα; Δεν μπορούσα να το χωνέψω. Ένας δισεκατομμυριούχος ήταν μαζί μου το βράδυ;

«Έι πριγκίπισσα, ξύπνα, αλήθεια σου λέω τυχερούλα, έχει όλα τα προσόντα και πλούσιος και όμορφος» απάντησε η Σόφη.

Και τι με νοιάζει εμένα αυτό, ποτέ δε με ενδιέφεραν τα πλούτη αλλά δεν μπορούσα να κρύψω ότι με ενδιέφερε αυτός ο συγκεκριμένος πλούσιος.

«Λοιπόν ανταλλάξατε τηλέφωνα; Πότε θα βγείτε ξανά; Τι σου είπε; Σε φίλησε; Πες μας τα όλα» είπε όλο χαρούλες η Νάνσυ.

Τώρα ξεκινούσε η ανάκριση...

«Τίποτα από όλα αυτά» απάντησα απλά, τώρα το έχω συνειδητοποιήσει και 'γώ.

«Τι εννοείς τίποτα από όλα αυτά, μη μου πεις ότι σου ζήτησε και το αρνήθηκες».

«Ούτε μου ζήτησε, ούτε του αρνήθηκα, αυτό σας αρκεί;»

«Ξέρει όμως πού μένεις και σίγουρα θα έρθει να σε βρει» είπε η Νάνσυ.

«Μην έχετε παραισθήσεις κορίτσια, απλώς με λυπήθηκε και αυτό ήταν, δε συμβαίνει κάτι άλλο» σίγουρα δεν ήθελα να το πιστέψω αυτό, αλλά φαινόταν μια καλή δικαιολογία για να αποφύγω τις ερωτήσεις τους και αυτό έκανα.

«Νύσταξα. Εμείς πάμε για ύπνο, αλλά με το που ξυπνήσουμε καημένη μου, έχουμε πολλά να πούμε».

«Το ίδιο ισχύει και για μένα, καληνύχτα» απάντησα και τους ένευσα να φύγουν.

«Καληνύχτα ομορφιά μου και ονειρέψου το αγόρι σου», χαμογελούσαν σαν χαζές φεύγοντας.

Που να ήξεραν ότι μου διέκοψαν ήδη το όνειρο που είχα με αυτόν και δεν ήταν καθόλου σεμνό μπορώ να σας πω. Δεν μπορούσε να με πάρει πάλι ο ύπνος, στριφογύριζα στο κρεβάτι από δω και από κει μέχρι που σηκώθηκα να πιω ένα ποτήρι γάλα να χαλαρώσω και με λίγη τύχη να ξανακοιμηθώ. Γιατί να ένιωθα τόση έλξη για αυτόν τον άγνωστο δισεκατομμυριούχο που μόλις είχα γνωρίσει πριν κάτι ώρες, κάτι πάνω του με τραβούσε σαν μαγνήτης και με καλούσε να τον δεχτώ. Πρωτόγνωρο συναίσθημα και τόσο επίφοβο συνάμα που δεν ήξερα πώς να το διαχειριστώ. Να ήταν άραγε κεραυνοβόλος; Να συμβαίνει το ίδιο και με αυτόν; Θα τον ξαναδώ; Τόσα αναπάντητα ερωτήματα που με έτρωγαν κυριολεκτικά, αλλά δεν είχαν απάντηση.

Η ερημία

Κατάλαβα ότι είχε ξημερώσει, ένιωθα τον ήλιο να μπαίνει από το παράθυρο, το φως διαπερνούσε τα κλειστά μου βλέφαρα, αλλά δεν ήθελα να σηκωθώ, ήταν Σάββατο και ήθελα να χουζουρέψω στα ζεστά μου σκεπάσματα. Άκουσα γέλια στο σαλόνι από τα κορίτσια και μετά από λίγο η πόρτα μου χτύπησε.

«Πριγκίπισσα ξύπνησες;» ρωτάει η Σόφη.

«Όχι» λέω επιτακτικά και χωρίς δεύτερη κουβέντα άνοιξε την πόρτα και μπήκε μέσα στο δωμάτιο.

«Πώς όχι υπναρού; Σήκω, θα πάμε για ψώνια και μετά spa» λέει φωναχτά και παίρνει τα σκεπάσματα από πάνω μου.

«Ρε Σόφη, μου τη σπάει όταν το κάνεις αυτό και το ξέρεις, δε θέλω να πάω για ψώνια αλλά ούτε σε spa, τι ζητάω, απλώς να μείνω σπίτι να ξεκουραστώ» απάντησα όλο νεύρα.

Το είχε παρακάνει και αυτή και η Νάνσυ, νόμιζαν ότι ήμασταν φοιτήτριες ακόμα.

«Συγνώμη, απλώς αν έρθει ο κύριος Μπλέικ θέλω να είσαι φρέσκια, τίποτε άλλο. Λίγη ώρα να περάσουμε ωραία, έχουμε καιρό να το κάνουμε» πήρε ένα απολογητικό ύφος που αμέσως μετάνιωσα που της μίλησα απότομα.

«Καλά, μη ζητάς συγνώμη, θα κάνω στα γρήγορα ένα ντους να ντυθώ και να πάμε, απλώς σου το λέω από τώρα ότι δεν πρόκειται να έρθει κάποιος για να μην έχεις ψεύτικες ελπίδες».

Καλά της είχα πει αλλά η αλήθεια ήταν ότι ήθελα να έχει αυτή δίκαιο και όχι εγώ.

«Λέγε ό,τι θες εσύ, εγώ είδα πως σε κοίταζε ο τύπος».

«Πώς με κοίταζε δηλαδή;» ήμουν γεμάτη περιέργεια τώρα από τη δήλωσή της.

«Ενδιαφερόμαστε τώρα πριγκίπισσα; Σε κοίταζε σαν να κεραυνοβολήθηκε ή κάτι τέτοιο, σαν να ήσουν η αγαπημένη του γεύση και ήθελε να σε γευτεί» απάντησε.

«Τώρα σίγουρα πιστεύω ότι δεν πας καλά».

«Μπορεί να μην πάω καλά, αλλά μπορεί και να πάω, κανείς δεν ξέρει, θα δείξει στο μέλλον. Λοιπόν, έλα πάμε, σου ετοίμασα πρωινό και μετά κάνεις ντους».

«Μιαμ μιαμ, πρωινό ε, με έπεισες τότε».

Κάθισα να φάω το πρωινό μου. Ένα ποτήρι χυμό, τηγανίτες και κρουασάν από τον φούρνο πιο κάτω, τα έφτιαχνε τέλεια. Στο πρωινό δε με έπιανε κανείς, έτρωγα σαν να μην υπήρχε αύριο, σίγουρα αργότερα θα το μετάνιωνα, με πολύ κολύμπι φυσικά. Πήγαινα σε ένα κλειστό κολυμβητήριο που είχε το γυμναστήριο λίγα τετράγωνα από εδώ, σχεδόν κάθε απόγευμα, όταν σχόλαγα από τη δουλειά και ήμουν πολύ ευχαριστημένη. Μόλις τέλειωσα πήγα αμέσως για ντους και ύστερα ντύθηκα όσο πιο γρήγορα μπορούσα. Φόρεσα ένα στενό τζιν, ένα λευκό μπλουζάκι μακρυμάνικο, κάπως χαλαρό, μαύρα μποτάκια, αθλητική ζακέτα στον ίδιο χρωματισμό και μαύρο αθλητικό μπουφάν. Λόγω της δουλειάς μου τα Σαββατοκύριακα ήθελα να ντύνομαι πιο χαλαρά και μου άρεσε. Έφτιαξα τα μαλλιά μου σε μια απλή αλογοουρά, έκανα ένα ελαφρύ μακιγιάζ, φόρεσα το αγαπημένο μου άρωμα από γιασεμί και ήμουν έτοιμη, όπως και τα κορίτσια υποθέτω.

«Είμαι έτοιμη, φεύγουμε, μα που είναι η Νάνσυ;» ρώτησα τη Σόφη.

«Την πήραν από την καφετέρια ότι δουλεύει σήμερα και έφυγε, θα πάμε οι δυο μας» απάντησε και πήρε την τσάντα της.

«Οι δυο μας λοιπόν, ωραία θα περάσουμε πάλι» είπα κάπως χλιαρά, γιατί έτσι θα μπορούσε να μου κάνει στενό μαρκάρισμα για τον Κέννεν και δεν ήμουν σίγουρη αν θα μπορούσα να αντέξω.

Πήρα και 'γώ την τσάντα μου και φύγαμε για τα καταστήματα.

Ο καιρός σήμερα ήταν αρκετά καλός, έκανε κρύο φυσικά αλλά είχε ηλιοφάνεια με ελάχιστα σύννεφα που δεν πρόδιδαν όμως αναμενόμενη βροχή και έτσι αποφασίσαμε να περπατήσουμε. Κοιτάζαμε βιτρίνες και αν μας άρεσε κάτι κάθε τόσο μπαίναμε στο κατάστημα να το δοκιμάσουμε. Τελικά αγόρασα ένα φόρεμα για βραδινή έξοδο και μερικά μοντέρνα σύνολα για τη δουλειά, παπούτσια είχα ήδη αρκετά και δεν μπορούσα να κάνω υπερβολικά έξοδα. Η Σόφη από την άλλη δοκίμασε πάρα πολλά ρούχα, παπούτσια και αξεσουάρ που στο τέλος δεν μπορούσε να διαλέξει και τα αγόρασε όλα.

«Επιμένω, έπρεπε να με σταματήσεις σε κάποια φάση, ξέρεις πως κάνω όταν ψωνίζω» είπε κάπως νευρικά.

«Μη μου πεις ότι φταίω εγώ τώρα, εσύ ήθελες να έρθουμε για ψώνια φιλενάδα» απάντησα γελώντας, μήπως και το πάρει πιο χαλαρά το θέμα, έτσι κι αλλιώς δεν μπορούσε να κάνει κάτι τώρα.

«Πάμε στα σπα, να χαλαρώσω μήπως και ξεχαστώ με τόσα λεφτά που ξόδεψα» και άλλαξε λίγο η διάθεση της με την προοπτική του σπα.

Για το σπα πήραμε ταξί τελικά, δε γνωρίζαμε την οδό ούτε και πόσο μακριά ήταν από το μέρος που ήμασταν, αλλά ευτυχώς, γιατί από ότι φαινόταν από τη διαδρομή με το αυτοκίνητο καλά κάναμε.

«Ωραίο μέρος ε;» ρώτησε η Σόφη.

«Ακόμα πιο ωραίο θα μου φαίνεται μετά την περιποίηση» γέλασα και την τράβηξα να πάμε μέσα.

Στη ρεσέψιον ήταν μια χαριτωμένη κοπελίτσα με ωραίο χαμόγελο.

«Γεια σας, έχετε κάποιο ραντεβού παρακαλώ;»

«Γεια σας, ναι, στο όνομα Σόφη Μπένετ για δύο άτομα στις 15:00».

«Ναι, φυσικά, μπορείτε να περιμένετε πέντε λεπτάκια παρακαλώ και θα σας φωνάξω» είπε με ευγένεια η κοπέλα στη Σόφη.

Καθίσαμε στο σαλόνι, μέχρι να μας ειδοποιήσει. Χτύπησε απρόσμενα το κινητό, εμφανίζοντας ένα άγνωστο νούμερο στην οθόνη. Δίστασα για μερικά δευτερόλεπτα, αλλά η Σόφη με προέτρεψε να απαντήσω, ελπίζοντας μήπως ήταν ο Κέννεν. Πως της είχε καρφωθεί αυτό στο μυαλό δεν μπορούσα να καταλάβω, αλλά το απάντησα και προς μεγάλη μου έκπληξη δεν το περίμενα.

Με μια ανάσα αποφασιστικότητας, απάντησα το τηλέφωνο και η φωνή που ακούστηκε από την άλλη πλευρά με έκανε να αναπηδήσω σε έκπληξη.

«Καλησπέρα Έβελυν, ο Τζον Λένοξ εδώ. Πώς είσαι; Πήρα το θάρρος να σε πάρω, για να σε καλέσω σε δείπνο απόψε. Τι θα έλεγες;»

Η σκέψη ότι θα μπορούσε να είναι ο Τζον, ο γιος του αφεντικού μου, δεν είχε καν περάσει από το μυαλό μου. Τελευταία, τον είχα παρατηρήσει να έρχεται συχνά στο γραφείο και να με κοιτάει με μια ιδιαίτερη γλυκύτητα, αλλά ποτέ δεν είχα σκεφτεί ότι θα εξελισσόταν σε κάτι τέτοιο.

«Γεια σου Τζον, καλά είμαι, βασικά δεν έχω κανονίσει κάτι για απόψε αλλά...» και με σταμάτησε διακόπτοντας την απάντησή μου.

«Αλλά ξέρω τι θα σκέφτεσαι φυσικά, πώς μου ήρθε έτσι ξαφνικά. Από την πρώτη στιγμή που σε είδα μου άρεσες, αλλά στο γραφείο δεν μπορώ να μιλήσω για αυτά, οπότε βρήκα το θάρρος να σε πάρω τηλέφωνο να βγούμε. Αν σε ενόχλησε αυτή μου η κίνηση ζητώ συγνώμη παρόλο που θα ήθελα πολύ να δεχθείς».

Η φωνή του Τζον, κάτι ανάμεσα σε νευρική και γεμάτη προσδοκίες, ηχούσε στο αυτί μου. Η πρότασή του με παρέσυρε σε έναν κόσμο απροσδόκητων δυνατοτήτων. Η Σόφη με κοίταζε με περιέργεια, περιμένοντας την αντίδρασή μου. Μετά από μια στιγμή αμηχανίας, της χαμογέλασα με μια αίσθηση εκπλήρωσης και ανυπομονησίας για αυτό που θα ακολουθούσε.

«Δε με ενόχλησε, απλώς με πέτυχες εξ απροόπτου. Εντάξει λοιπόν να βγούμε» απάντησα απλά.

«Κατά τις 8.30΄ είναι καλά, να περάσω να σε πάρω;»

«Ναι, φυσικά, θα σου στείλω σε μήνυμα την οδό που μένω αν είναι και θα σε περιμένω».

«Τέλεια, θα σε δω απόψε τότε» απάντησε με υπέρμετρο ενθουσιασμό στη φωνή του.

«Ναι» και έκλεισα το τηλέφωνο.

Δεν μπορούσα με τίποτα να το πιστέψω. Ο Τζον, είναι και αυτός δικηγόρος αλλά δουλεύει για τα νομικά ζητήματα κάποιας άλλης εταιρείας, ερχόταν συχνά από το γραφείο να δει τον πατέρα του και να πάρει και μερικές συμβουλές όποτε χρειαζόταν. Δεν μπορούσα να πω πως δεν τον είχα προσέξει, ομορφούλης, γύρω στα τριάντα υπολογίζω, αλλά τίποτα το ιδιαίτερο. Βασικά τίποτα δε μου φαινόταν ιδιαίτερο μετά από τη στιγμή που γνώρισα τον Κέννεν, αλλά θα συμβιβαστώ αφού μοιάζει με άπιαστο όνειρο. Η Σόφη με σκούντηξε λίγο να μου τραβήξει την προσοχή.

«Έι, ποιος ήταν, μη μου πεις ότι ήταν αυτός γιατί θα τρελαθώ» τσίριζε λίγο μέσα στα μούτρα μου και μέχρι να προλάβω να αρθρώσω λέξη, μας φώναξε η κοπέλα ότι όλα είναι έτοιμα να περάσουμε.

«Θα πάμε μέσα μικρή μου αλλά θα μου απαντήσεις, δε μου γλιτώνεις, τώρα θα μου τα πεις όλα» συνέχιζε η Σόφη.

Στην αρχή μας έκαναν μια ενυδατική θεραπεία προσώπου για αναζωογόνηση του δέρματος και στη συνέχεια ακολούθησε το μασάζ σώματος με αιθέρια έλαια. Ευτυχώς είχαμε πάει για ολική αποτρίχωση την προηγούμενη εβδομάδα και δε χρειαζόταν να κάνουμε σήμερα. Η Σόφη, όλη αυτήν την ώρα, προσπαθούσε να με πιάσει στην κουβέντα αλλά δεν τα κατάφερε επιτυχώς αφού αποκοιμήθηκα κατά τη διάρκεια του μασάζ. Μόλις τελειώσαμε, ήρθε η ώρα να μας φτιάξουν τα νύχια και δεν έχασε ούτε λεπτό την ευκαιρία να αρχίσει.

«Τώρα που μπορούμε να μιλήσουμε πες μου ποιος ήταν στο τηλέφωνο» με ρώτησε σηκώνοντας ψηλά το ένα φρύδι, έμοιαζε πολύ γελοία αυτή η έκφραση που έπαιρνε όταν ήταν περίεργη.

«Μην κάνεις χαρούλες, δεν ήταν ο Κέννεν» απάντησα και παρέτεινα ακόμα λίγο ακόμα την αγωνία της.

«Ε τότε ποιος ήταν;» ρώτησε με ανυπομονησία.

«Σου έχω πει ποτέ για το αφεντικό μου που έχει ένα γιο;» και μόνο που το λέω σκέφτομαι πόσο περίεργο θα είναι να βγω μαζί του.

«Όχι, αλλά που κολλάει τώρα αυτός;» απαντάει η Σόφη, κάπως νευρικά νομίζοντας ότι αλλάζω θέμα, η καημενούλα μου.

«Κολλάει και πολύ μάλιστα, αυτός ήταν στο τηλέφωνο».

«Μη μου πεις, τι σε θέλει μεγάλος άνθρωπος στο τηλέφωνο τώρα;»

«Τι; Όχι το αφεντικό μου αλλά ο γιος του, πού πήγε ο νους σου;»

Δεν μπορώ να πιστέψω τι σκέφτηκε πάλι.

«Πολλά πράγματα γίνονται στις μέρες μας, τι να σου πω, έκανα λάθος, αλλά τι σε ήθελε ο γιος του;»

«Να ρωτήσει αν δέχομαι να βγούμε για φαγητό απόψε» απάντησα και περίμενα να τσιρίζει, να μου πάρει τα αυτιά αλλά αυτό δεν έγινε.

«Και τι του είπες εσύ;», με ρώτησε αδιάφορα.

«Ναι, του είπα ναι, τι να έλεγα, ντράπηκα και θα έρθει απόψε να με πάρει».

«Δεν έπρεπε να δεχτείς, κι αν σε ζητήσει ο Κένενν;» απαντάει απότομα.

«Σόφη, τι λες; Ακούς τι λες, εξακολουθείς να έχεις την εντύπωση ότι θα μου ζητήσει να βγούμε;» δεν το πιστεύω ότι ακόμα επιμένει γι' αυτό το θέμα.

«Και πού θα σε πάει αυτός ο Τζον απόψε;» με ρώτησε για να αλλάξει θέμα προφανώς.

Ελπίζω να κατάλαβε ότι κάνει λάθος με αυτήν την εμμονή της.

«Αυτό δεν το ξέρω, δε ρώτησα γιατί όλα έγιναν έτσι ξαφνικά, τι να φορέσω λες;» έπρεπε να είχα ρωτήσει αλήθεια, είμαι τόσο χαζή μερικές φορές, που απορώ με τον εαυτό μου.

«Ξέρω! Να βάλεις το φόρεμα που αγόρασες σήμερα, σου πάει τόσο πολύ, θα τρελαθεί ο τύπος λέμε» απάντησε και με διέκοψε η κοπέλα που μου έκανε τα νύχια.

«Συγγνώμη που διακόπτω, τι χρώμα θα τα κάνουμε κορίτσια;»

Η Σόφη αποφάσισε σε ένα συνηθισμένο γαλλικό μανικιούρ, αλλά εμένα μου άρεσαν τα έντονα.

«Έχετε έντονο κόκκινο;» ρώτησα.

«Φυσικά, πολύ θα σας πάει, έχετε τόσο λευκή επιδερμίδα και μακριά λεπτά δάκτυλα που θα είναι τέλειο πάνω σας» απάντησε η κοπέλα με ευγένεια.

Την ευχαρίστησα για τα καλά της λόγια και αναρωτήθηκα τι ώρα να πήγε, δεν έπρεπε να αργήσουμε πολύ για να προλάβω να ετοιμαστώ. Ανακουφίστηκα που ήταν 5 και μισή ακόμη αλλά κατά τις 7 υπολόγιζα να μπω για μπάνιο. Ευτυχώς μέχρι τις 6 είχαμε τελειώσει και οι δύο, πήραμε ταξί και 6 και μισή ήμασταν στο σπίτι.

«Ουφ, επιτέλους, σπίτι μου σπιτάκι μου».

Ξάπλωσα με φόρα στον καναπέ και η Σόφη γελούσε με αυτή μου την κίνηση.

«Δεν μπορείς να πεις, περάσαμε πολύ ωραία αλλά πείνασα» ανταπάντησε η Σόφη. Εγώ δεν πεινούσα ιδιαίτερα, γιατί είχαμε πάρει ένα χοτ-ντογκ και φάγαμε όταν ήμασταν στα καταστήματα και έτσι πήρα ένα μήλο να φάω, αφού άλλωστε θα πήγαινα για φαγητό σε κανένα δίωρο.

«Θα μου κάνεις τα μαλλιά;» τη ρώτησα κάπως ικετευτικά.

«Για να σκεφτώ λίγο, και φυσικά θα στα κάνω χαζούλα, πώς τα θες;»

«Θέλω να μου τα πιάσεις πάνω σε ένα ανάλαφρο χτένισμα, εσύ τι λες;»

«Ωραίο ακούγεται, θα κάνω το καλύτερο» είπε η Σόφη όχι και πολύ σίγουρη για τον εαυτό της αλλά εγώ γνώριζα ότι θα τα καταφέρει, από μικρή της άρεσε να φτιάχνει τα μαλλιά και απορούσα γιατί αποφάσισε να γίνει δημοσιογράφος.

Είδαμε για κανένα μισάωρο τηλεόραση και μπήκα για μπάνιο στα γρήγορα για να προλάβω να ετοιμαστώ. Η Σόφη μου έφτιαξε τέλεια τα μαλλιά, ακριβώς όπως τα ήθελα, ανάλαφρα αλλά και περίτεχνα μαζί. Εγώ από την άλλη έβαζα τις τελευταίες πινελιές στο μακιγιάζ, είχα επιλέξει να κάνω πιο έντονα smokey eyes και ελαφρύ κραγιόν σε ροζ απόχρωση. Όσο για το φόρεμα που αγόρασα τώρα μου φαίνεται ακόμη πιο καλή η επιλογή μου. Μακρύ μέχρι τους αστραγάλους, σε σμαραγδί απόχρωση που ταίριαζε με τα μάτια μου, στενό από πάνω κλειστό μέχρι τον λαιμό, όλη η πλάτη ως τη μέση φτιαγμένη με δαντέλα με ραμμένα λουλούδια στο ίδιο χρώμα και στο κάτω μέρος να πέφτει χαλαρό με σκίσιμο στη μια πλευρά, λίγο πιο πάνω από το γόνατο να φτάνει στη γάμπα αλλά όχι πολύ προκλητικό. Τι είχα ξεχάσει άραγε; Μα φυσικά, να φορέσω τις μαύρες ψηλοτάκουνες γόβες, το τσαντάκι μου και επειδή κάνει πολύ κρύο τη μαύρη συνθετική μου γούνα, γιατί δεν μπορούσα με τίποτα να φορέσω αληθινή, τι στο καλό, οικολόγος είμαι!

«Πανέμορφη είσαι απόψε, πριγκίπισσα θα τον μαγέψεις στα σίγουρα, παρόλο που δεν υπολόγιζα αυτόν για απόψε» είπε η Σόφη και γέλασε πνιχτά!

«Καλή είμαι μωρέ τελικά, αλλά να σου πω την αλήθεια και 'γώ με άλλον θα ήθελα να βγω απόψε» είπα χωρίς να το σκεφτώ και τότε τρελάθηκε, τσίριζε σαν τρελή.

«Το ήξερα, δεν το πιστεύω, το ήξερα, νιώθεις και συ κάτι για αυτόν, σωστά;»

«Δε ξέρω τι νιώθω, απλώς να, μου αρέσει πολύ και μάλλον σε αυτόν όχι, ούτε να με ψάξει» απάντησα κάπως απογοητευμένη.

«Μη στεναχωριέσαι, ίσως να είναι και αυτός μπερδεμένος όπως εσύ, τι λες;»

«Δεν ξέρω, απλώς, ωχ τι ώρα να είναι και πιάσαμε την κουβέντα;» την ίδια στιγμή χτυπάει το τηλέφωνό μου και είναι ο Τζον, υποθέτω είναι κάτω στην είσοδο.

«Ναι, Τζον» απάντησα.

«Έβελυν, σε παίρνω γιατί έχω φτάσει και σε περιμένω, όποτε είσαι έτοιμη» μου φαίνεται λίγο ψυχρός από τον τρόπο που μιλάει, αλλά το παραβλέπω και ελπίζω να κυλήσει ομαλά η νύχτα μας.

«Είμαι έτοιμη και έρχομαι τώρα» απάντησα βιαστικά και έκλεισα το τηλέφωνο. Καληνύχτισα τη Σόφη και της υποσχέθηκα ότι θα κάναμε ξανά τη συζήτηση που είχαμε αφήσει στη μέση, αλλά κάποια άλλη ώρα και συμφώνησε.

Καθώς κατέβαινα προς την είσοδο, είδα τον Τζον να έχει παρκάρει την πολυτελή BMW του έξω από το κτίριο και μιλούσε με κάποιον στο κινητό. Ο Τζον γύρισε προς το μέρος μου, και ξαφνικά η έκφρασή του μεταμορφώθηκε. Ίσως να ήταν η φαντασία μου, αλλά φάνηκε σαν να γούρλωσε τα μάτια του. Κατέβηκε από το αμάξι και ήρθε προς το μέρος μου να με χαιρετήσει.

«Είσαι πανέμορφη απόψε» μου είπε με έκπληξη στη φωνή του.

«Ευχαριστώ, κι εσύ είσαι πολύ κομψός». Και πραγματικά, ήταν άψογος σε ένα καλοραμμένο μπλε κοστούμι που του έδινε μια δικηγορίστικη εμφάνιση. Τώρα που τον παρατηρούσα πιο προσεκτικά, φαινόταν μεγαλύτερος από τριάντα, ψηλός με καστανά μαλλιά και αρκετά γοητευτικός.

«Φαίνεται ότι ταιριάζουμε» είπε και μου έκλεισε το μάτι.

Αυτό ήταν το τελευταίο που χρειαζόμουν τώρα.

«Λες;» απάντησα με ερωτηματικό τόνο, και μπήκα στο αμάξι για να αποφύγω την περαιτέρω συνέχιση της περίεργης αυτής συζήτησης. Ακολούθησε κι εκείνος και ξεκινήσαμε.

«Έχω κάνει κράτηση στο Deluxe, αν δεν έχεις κάποιο πρόβλημα» με ρώτησε για να με ενημερώσει μάλλον περισσότερο.

«Δεν έχω ξαναπάει, αλλά έχω διαβάσει τυχαία κριτικές και ήταν πολύ καλές» είπα, σκεπτόμενη ότι ακόμα κι αν η βραδιά με τον Τζον δεν πήγαινε καλά, τουλάχιστον θα απολαύσω το γεύμα.

«Θα σου αρέσει πολύ το φαγητό, ο σεφ εκεί είναι από τους καλύτερους. Επίσης, είναι ένα από τα εστιατόρια των επιχειρήσεων Μπλέικ, όπου δουλεύω» απάντησε χαλαρά. Εγώ, από την άλλη, ένιωθα σαν να χρειαζόμουν ένα κουτί χάπια για να συνέλθω από την απάντησή του. Τι είχαν μόλις ακούσει τα αυτιά μου; Επιχειρήσεις Μπλέικ; Είχαν σύνδεση όλα αυτά με τον ίδιο; Ήταν σαν διπλό χτύπημα.

«Έχουν καλό όνομα, λοιπόν;» είπα και αμέσως μετάνιωσα. Πώς μπορούσα να ακούγομαι τόσο αφελής;

«Δεν είναι δυνατόν να μη γνωρίζεις τις επιχειρήσεις Μπλέικ, είναι μία από τις πιο κερδοφόρες και αξιόπιστες στη χώρα και παγκοσμίως» απάντησε σαν να έβγαζε κάποιο λόγο για την εταιρεία που δουλεύει, σε συνέλευση μετόχων.

«Ναι, φυσικά, τις έχω ακουστά. Απλά δεν έτυχε να γνωρίζω τόσα πολλά» είπα, σκεπτόμενη τον ιδιοκτήτη τους, αλλά κρατώντας το για μένα.

«Α να, φτάσαμε, εδώ είμαστε, μην ανησυχείς πάντως, θα σου αρέσει».

Πώς το κατάλαβε τώρα αυτός ότι ανησυχώ, το γράφει στο μέτωπο μου; Δεν έδωσα συνέχεια για να μην προδοθώ και αρκέστηκα σε ένα καταφατικό νεύμα. Παρκάραμε στο ιδιωτικό πάρκινγκ του εστιατορίου και κατεβήκαμε, άνοιξε την πόρτα για να περάσω πρώτη μέσα.

Το εστιατόριο ήταν πραγματικά εντυπωσιακό σε όλα τα επίπεδα – από την πολυτέλεια της διακόσμησης μέχρι την κομψότητα του προσωπικού. Μας πλησίασε ένας άντρας με στολή προσωπικού αλλά και αυτή έδειχνε ακριβή όπως και όλα εδώ μέσα. Κατάλαβα ότι ήταν ο υπεύθυνος και χωρίς να χάσει χρόνο μας οδήγησε στο τραπέζι μας, τράβηξε την καρέκλα για να καθίσουμε και μας έδωσε δύο καταλόγους. Ο Τζον τον ευχαρίστησε και του είπε ότι θα τον ειδοποιήσουμε μόλις είμαστε έτοιμοι.

Κοιτούσα γύρω μου, αναζητώντας ίσως μια ματιά από τον Κέννεν, αλλά συνειδητοποίησα ότι ήταν απίθανο με τόσα πολλά πράγματα που είχε, να βρίσκεται εκεί. Και αυτή η σκέψη με έκανε να αισθάνομαι λίγο μελαγχολική.

~

Έμεινα να κάθομαι σε ένα γωνιακό καναπέ δίπλα στο παράθυρο μέχρι που άρχισε να χαράζει και η νύχτα έδωσε τη θέση της στη μέρα. Τι να κάνει σήμερα άραγε; Αυτή η σκέψη ήξερα ότι θα με στοίχειωνε όλη μέρα σήμερα αλλά δεν μπορούσα να κάνω διαφορετικά. Πόσο ήθελα να τη γευτώ σήμερα. Ένιωθα στέρηση, πραγματική στέρηση όπως όταν χρειάζεσαι τη δόση σου ή ακόμα χειρότερα, το αίμα στην περίπτωσή μου. Αποφάσισα ότι θα την επισκεπτόμουν κατά τη διάρκεια της μέρας κάποια στιγμή για να καταφέρω να τη δω, να νιώσω καλύτερα από μια άποψη και χειρότερα από μια άλλη άποψη.

«Κέννεν;» ρώτησε η Τζέιν από την πόρτα βάζοντας το κεφαλάκι της να ακουμπά πάνω στον τοίχο ντροπαλά.

Το αναγνώριζα αυτό το ύφος ήταν έτοιμη να μου ζητήσει κάτι.

«Πέρνα μέσα Τζέιν, συμβαίνει κάτι;»

Η αλήθεια είναι ότι ποτέ δε ζητά πολλά πράγματα η Τζέιν. Τις περισσότερες φορές το μόνο που ήθελε ήταν να βγούμε καμιά φορά οι δύο μας σαν οικογένεια.

«Όχι, όλα τέλεια, μόνο που υποσχέθηκες να βγούμε και θέλω να το κάνουμε απόψε» απάντησε πεισματικά.

«Ναι μικρή μου, αλλά σήμερα δε γίνεται» απάντησα, σκεπτόμενος ότι θα πήγαινα να δω την Έβελυν.

«Πάλι τα ίδια, αυτό λες συνέχεια, κανένας δεν έχει χρόνο για μένα σε αυτό το σπίτι» και έκανε να φύγει αλλά τη σταμάτησα.

Πρώτη φορά την είδα πραγματικά πληγωμένη, είχα ξεχάσει ότι έστω και αθάνατη ήταν ακόμα παιδί.

«Άλλαξα γνώμη, θα βγούμε απόψε, να ντυθείς καλά, θα σε πάρω για φαγητό». Τρώγαμε κανονικό φαγητό καμιά φορά, απλά για να φαινόμαστε φυσιολογικοί, χωρίς αυτό να μας έδινε κάποια ευχαρίστηση.

«Αλήθεια λες;» τα μάτια της άστραψαν από χαρά και με πήρε αγκαλιά.

«Άστα αυτά μικρή, η ώρα 9:00 φεύγουμε, να είσαι έτοιμη».

«Καλά κύριε που δε σου αρέσουν οι αγκαλιές και τα πολλά πολλά» και έφυγε από το δωμάτιο χοροπηδώντας.

Με αυτά και με εκείνα ξεχάστηκα τελείως. Έπρεπε να ετοιμαστώ για να πάω στην εταιρεία, ο Πωλ με περίμενε για το τυπικό συμβούλιο της εβδομάδας μαζί με τους νομικούς συμβούλους της εταιρείας και χρειαζόταν να πάω. Ντύθηκα στα συνηθισμένα μαύρα, τον χρωματικό κώδικα της επιτυχίας και της εξουσίας, πήρα τα κλειδιά του Jeep και ξεκίνησα για την εταιρεία. Η διαδρομή με οδήγησε σε μια νοσταλγική αναδρομή. Σκέφτηκα την πρώτη μου άφιξη στο Μανχάταν, εδώ και επτά χρόνια, με μάτια γεμάτα όνειρα και φιλοδοξίες. Η αρχή μου δεν ήταν από το μηδέν· είχα τη βοήθεια του πατέρα μου, τα ακίνητα και το αρχικό κεφάλαιο. Αλλά αυτό που ξεκίνησε ως μια μικρή επιχείρηση είχε μεταμορφωθεί τώρα σε μια αυτοκρατορία, έναν ουρανοξύστη που ονομάζεται Μπλέικ, με γυαλιστερές καθρεφτίζουσες όψεις, που δεσπόζει στην καρδιά της Νέας Υόρκης. Η επικείμενη συνεδρίαση δεν ήταν παρά ένα μικρό κομμάτι της καθημερινότητάς μου. Όμως, το μυαλό μου ήταν αλλού. Ανυπομονούσα να τη δω, να νιώσω την παρουσία της, να επιβεβαιωθώ ότι είναι καλά. Το άρωμά της, γλυκό και μεθυστικό, ξυπνούσε βαθιά κρυμμένα συναισθήματα μέσα μου. Η επιθυμία μου να τη συναντήσω μετατρέπονταν σε αναμονή, καθώς το αυτοκίνητο πλησίαζε στον προορισμό του.

Μόλις έφτασα, εμφανίστηκε ο φύλακας της εισόδου για να μεταφέρει το αμάξι μου στο προσωπικό πάρκινγκ της εταιρείας.

«Καλημέρα σας κύριε Μπλέικ» προσφώνησε ευγενικά.

Πάντα μου άρεσαν οι ευγενικοί άνθρωποι, έστω κι αν το έκαναν για τα λεφτά σου.

«Καλημέρα, Στιβ σε λένε, σωστά;» τον ρώτησα.

«Ναι σωστά, θυμάστε κύριε» απάντησε και πήρε τα κλειδιά του αυτοκινήτου.

Το κτίριο φάνταζε τεράστιο τώρα που βρισκόμουν μπροστά του, και έμεινα να το κοιτάζω πριν να μπω μέσα.

Πέρα από τους τελευταίους ορόφους που ήταν ειδικά για τους υπαλλήλους της εταιρείας, στο υπόλοιπο κτίριο φιλοξενούσα διάφορες μικροεπιχειρήσεις, γραφεία επί πληρωμή κλπ. Φυσικά και ένιωθα κάπως παράξενα που μέσα σε τόσο μικρό χρονικό διάστημα είχα καταφέρει τόσα πράγματα. Συνειδητοποίησα ότι χάθηκα πάλι στις σκέψεις μου και θα αργούσα στη σύσκεψη. Με το που μπήκα μέσα η κοπέλα στη ρεσεψιόν μιλούσε στο τηλέφωνο και μόλις με κοίταξε άκουσα την καρδιά της να χτυπάει πιο δυνατά και πιο γρήγορα από πριν, μόνο που αυτό μόνο περιέργεια δε μου προξένησε.

«Καλημέρα δεσποινίς μου» πήγα κοντά και τη χαιρέτησα. Η καρδιά της κόντευε να μου σπάσει τα τύμπανα, κοκκίνισε και άρχισε να φτιάχνεται. Όμορφη μπορώ να πω, σαν μοντέλο κάποιου οίκου, αλλά άχρωμη στα δικά μου μάτια. Της πήρε λίγο να μου απαντήσει, ενώ με κοιτούσε εξεταστικά.

«Καλημέρα και σε σας, υπάρχει κάτι στο οποίο μπορώ να σας εξυπηρετήσω;» ρώτησε με ναζιάρικο ύφος.

Τώρα τα κατάλαβα όλα, μου την έπεφτε κανονικά. Τι να της κάνω που εγώ είμαι κάπως τρελός με τη δεσποινίς Γκριν; Αν βρισκόμουν σε άλλη φάση, πριν γνωρίσω την πριγκίπισσα, μπορεί και να την έβγαζα καμιά φορά, αλλά τίποτα περισσότερο.

«Αν μπορείς, να ενημερώσεις τον κύριο Πωλ Πάρκερ για την άφιξή μου παρακαλώ» απάντησα γιατί ήθελα να βρίσκονται όλοι στη θέση τους συντονισμένοι όταν φτάσω πάνω.

Η καθυστέρηση δεν ήταν ποτέ του στυλ μου, και ειδικά σήμερα που δεν έβλεπα την ώρα να πάω στην Έβελυν.

«Και ποιος να πω ότι είστε κύριε» είπε και ανοιγόκλεισε τις βλεφαρίδες της χαριτωμένα.

«Μπλέικ» απάντησα κοφτά και πήρε ένα έκπληκτο ύφος.
«Όπως Κέννεν Μπλέικ, όπως λέμε ο ιδιοκτήτης;» μόλις το είπε νόμιζα θα καταρρεύσει, σιγά το πράγμα που της είπα, δεν είμαι και ο πρόεδρος της Αμερικής.
«Ναι δεσποινίς μου, τώρα να με συγχωρείτε, και καλό υπόλοιπο» απάντησα και άρχισα να απομακρύνομαι και να κατευθύνομαι προς τον ανελκυστήρα. Την άκουσα να αναστενάζει λέγοντας πόσο όμορφος είμαι και μου ξέφυγε ένα χαζό γελάκι. Φτάνοντας επάνω με το που άνοιξε η πόρτα του ανελκυστήρα άκουγα τις ζωντανές συζητήσεις και ένιωσα την αγωνία τους προς το άτομό μου. Μπήκα μέσα στην αίθουσα συσκέψεων και μια απόλυτη σιωπή κατέκλυσε τον χώρο, το έβγαζα αυτό υποθέτω σε όλους.
«Καλημέρα σε όλους σας» προσφώνησα για να τους δώσω την ευκαιρία να σπάσουν τη σιωπή.
Ακούστηκαν όλοι τους να με καλημερίζουν και τελευταίος ο Πωλ ήρθε να με υποδεχτεί, όπως έκανε πάντα.
«Καλημέρα κύριε Μπλέικ, είμαστε έτοιμοι για τη σύσκεψη, και σήμερα έχουμε και μερικά καινούρια πρόσωπα από τον τομέα του μάρκετινγκ για να μας δώσουν τις δικές τους ιδέες» είπε ο Πωλ εξηγώντας την όλη κατάσταση μέχρι να με κατατοπίσει.
«Εντάξει Πωλ είμαι έτοιμος να ακούσω τα σχέδια και τις ιδέες όλων σας, οπότε μπορείτε να ξεκινήσετε παρακαλώ».
Άρχισαν όλοι να παραθέτουν ο ένας μετά τον άλλον τις ιδέες τους, άλλοι πιο ενδιαφέρουσες και άλλοι πάλι δεν είχαν να δώσουν τίποτα καινούριο. Επίσης μιλούσαν για τα οικονομικά-νομικά ζητήματα, τους ανταγωνιστές, τις μετοχές της εταιρείας που είχαν ανέβει ραγδαία και πολλά άλλα που εμένα αυτή τη στιγμή με άφηναν αδιάφορο. Το μόνο που μπορούσα να σκεφτώ με σιγουριά είναι την

όμορφη πριγκίπισσά μου και πόσο μαρτύριο είναι να βρίσκομαι τόσο μακριά, αλλά και τόσο κοντά της την ίδια στιγμή. Η φωνή του Πωλ όπως πάντα με διέκοψε απότομα από τον συνειρμό μου.

«Κύριε Μπλέικ, η παρουσίαση τελείωσε, θα θέλατε να προσθέσετε κάτι;» ρώτησε ο Πωλ για να λάβει την έγκρισή μου πιθανόν για κάποια πρόταση.

«Όχι Πωλ, μπορώ να πω ότι όλοι είχατε αρκετά ενδιαφέρουσες προτάσεις και το πιο σίγουρο είναι ότι εξεπλάγην ευχάριστα» απάντησα χωρίς να το εννοώ ιδιαίτερα.

Ο Πωλ ευτυχώς είχε καταλάβει ότι απάντησα απλά γιατί ήθελα να τελειώσει η σύσκεψη, γνωρίζοντας ότι επιθυμούσα να φύγω καλύπτοντάς με.

«Ευχαριστούμε λοιπόν κύριοι για τις παρουσιάσεις σας, η συνεδρίαση έληξε, μπορείτε να πηγαίνετε και καλό Σαββατοκύριακο» είπε ο Πωλ και όλοι πήραν τα πράγματά τους αποχαιρετώντας μας.

«Λοιπόν Πωλ, είμαι σίγουρος ότι θα κάνεις πολύ καλή δουλειά με τα θέματα, αν υπάρχει κάτι που σε ενδιαφέρει ιδιαίτερα, να μου το στείλεις στον υπολογιστή αργότερα για να το μελετήσω» του είπα για να τον καθησυχάσω.

«Όπως επιθυμείτε κύριε, να μείνετε ήσυχος» απάντησε και αποχαιρετήσαμε ο ένας τον άλλο τυπικά.

Περνώντας από την είσοδο του κτιρίου, φεύγοντας, η κοπέλα στην υποδοχή με είχε κατασπαράξει με το βλέμμα της και μου ξέφυγε ένα μικρό μειδίαμα. Την ίδια στιγμή σκέφτηκα την Έβελυν να με καρφώνει με το δικό της βλέμμα και δε μπορούσα να συγκρατήσω τον πόθο μου για πολύ ακόμα. Μόλις ο παρκαδόρος εμφανίστηκε με το αμάξι χωρίς να χάσω χρόνο τον ευχαρίστησα και έβαλα μπρος για το διαμέρισμα της Έβελυν στο Μανχάταν. Όλη η διαδρομή φαινόταν ατέλειωτη, σαν να είχε περάσει ένας αιώνας και όσο δεν έφτανα, τόσο αγωνιούσα.

Στρίβοντας προς την οδό της, η δίψα μου δυνάμωσε και επιτέλους σταμάτησα στο απέναντι κτίριο για να μη δώσω στόχο. Τη νύχτα μου ήταν εύκολο να σκαρφαλώσω και να την παρακολουθώ από ψηλά αλλά τώρα θα γινόμουν αντιληπτός, κάτι που κανείς δεν ήθελε και κυρίως εγώ, για αυτό έμεινα στο αμάξι για την ώρα. Περίμενα να την ακούσω αλλά υπήρχε πολλή ησυχία, η μυρωδιά της πουθενά εδώ κοντά και αντιλήφθηκα ότι δε βρίσκεται κανένας στο σπίτι, πού να πήγε άραγε; Δεν την είχα καν ρωτήσει αν είχε σχέση. Αυτό μας έλειπε τώρα! Δε θα ανεχτώ να την αγγίζει κανένας άντρας, η ζήλια έκανε την εμφάνισή της. Πρωτόγνωρο αίσθημα για μένα, αλλά τώρα που την ένιωθα κόντευα να τρελαθώ. Θα μείνω εδώ μέχρι να γυρίσει στα σίγουρα και μέχρι τότε θα βασανιζόμουν βάζοντας με το μυαλό μου τα χειρότερα.

Ήμουν ήδη τρεις ώρες από κάτω, η ώρα είχε πάει έξι το απόγευμα μέχρι που κτυπάει το τηλέφωνο και είναι η Τζέιν.

«Έλα μικρή, πες μου τι θες στα γρήγορα γιατί έχω δουλειά» απάντησα στα γρήγορα για να της γίνει ξεκάθαρο και να μη χρονοτριβεί, όπως κάνει συνήθως.

«Τι εννοείς Κέννεν, σήμερα μου υποσχέθηκες να πάμε έξω για φαγητό και συ μου λες ότι έχεις δουλειά;» απάντησε φωνάζοντας στο τηλέφωνο.

Πώς το είχα ξεχάσει εγώ αυτό; Τι της λες τώρα γαμώτο;

«Όχι, το θυμάμαι απλώς θα αργήσω λίγο μικρή, εντάξει;» απάντησα απολογητικά, ήταν η μικρή μου αδερφή και το τελευταίο που ήθελα ήταν να την πληγώνω συνεχώς.

«Όχι, να μην αργήσεις καθόλου, είμαι έξω φρενών μαζί σου, μη δίνεις υποσχέσεις που δεν μπορείς να κρατήσεις. Αν δεν είσαι εδώ σε λίγο, δε θα στο συγχωρήσω, το εννοώ» είπε απότομα και μου έκλεισε το τηλέφωνο στα μούτρα.

Τι να έκανα τώρα, από τη μια δεν ήθελα να φύγω πριν γυρίσει και σιγουρευτώ ότι είναι καλά, αλλά από την άλλη η Τζέιν θα μου κρατούσε μούτρα για καιρό και δε θα μπορούσα να το διαχειριστώ αυτό τώρα.

Αποφάσισα λοιπόν να πάω στο σπίτι και μόλις τέλειωνε η έξοδός μας απόψε, θα επέστρεφα να σιγουρευτώ ότι σίγουρα η Έβελυν είναι καλά και ασφαλής. Φυσικά είχα συνειδητοποιήσει ότι η συμπεριφορά μου έμοιαζε με κάτι τύπους πολύ ερωτοχτυπημένους από ταινίες αλλά δε με ένοιαζε πλέον, το μόνο που με ενδιέφερε ήταν εκείνη τώρα και για πάντα.

Πέρασε λίγο μετά τις 8:30 το βράδυ, όταν το αυτοκίνητό μας άρχισε να κατευθύνεται προς το εστιατόριο της εταιρείας. Οι δρόμοι ήταν σχεδόν άδειοι, με τα φώτα της πόλης να αναβοσβήνουν αδιάφορα δίπλα μας. Η Τζέιν, καθισμένη στο πλάι μου, είχε βυθιστεί σε μια σιωπή βαθιά και ανεξιχνίαστη. Το βλέμμα της, κολλημένο στο παράθυρο, φάνταζε να ακολουθεί έναν αόρατο χορό σκέψεων και αναμνήσεων, γνώριμος μόνο σε εκείνη. Με αυτό τον τρόπο η Τζέιν θυμίζει πολύ εμένα όταν χάνομαι σε αναμνήσεις και γεγονότα που με σημάδεψαν, τα οποία όσος χρόνος κι αν περάσει παραμένουν ανεξίτηλα στη μνήμη μου, σαν μελανιές στο χαρτί της ψυχής μου. Οι ρόδες του αυτοκινήτου γύριζαν σιωπηλά, μεταφέροντάς μας πιο κοντά στον προορισμό μας. Η προσμονή για τη βραδιά που θα ακολουθούσε ανακατευόταν με την απορία για το τι σκεφτόταν η Τζέιν, τι βαριές σκέψεις ή αναμνήσεις την κρατούσαν τόσο απορροφημένη.

«Λοιπόν, φτάσαμε, θα μου κρατάς μούτρα για πολύ ακόμη μικρή μου;» ρώτησα και ακούστηκα να κατανοώ απολύτως την ενοχή μου.

«Δε σου κρατάω μούτρα, απλώς χρειάζομαι και 'γώ μια φίλη, αλλά φοβάμαι πως θα τη σκοτώσω άθελα μου» απάντησε λυπημένα.

«Δεν είναι ανάγκη να είναι θνητή και το ξέρεις Τζέιν» απάντησα επιτακτικά, μήπως και 'γώ είμαι καλύτερος που σκέφτομαι συνεχώς αυτήν τη θνητή; Αλλά σίγουρα μπορούσα να έχω μεγαλύτερη αυτοσυγκράτηση από την Τζέιν.

«Ναι, το γνωρίζω Κέννεν, απλώς είναι πιο ανθρώπινες σε σχέση με μας και μου αρέσει» απάντησε.

«Καλά μικρή μου, μπορούμε να συνεχίσουμε αργότερα αυτή τη συζήτηση, τώρα απλώς θα απολαύσουμε τη βραδιά μας» απάντησα και 'γώ ενθουσιασμένα για να της αλλάξω λίγο τη διάθεση. Κατένευσε αμέσως και προχωρήσαμε στο εστιατόριο αφού πρώτα δώσαμε τα κλειδιά του αυτοκινήτου στον υπεύθυνο. Δεν πρόλαβα να μπω μέσα και η μυρωδιά της με χτύπησε ραγδαία, δεν μπορούσα να το πιστέψω ότι ήταν εδώ και ελπίζω με τις φίλες της τώρα που το σκέπτομαι.

«Τι συμβαίνει Κέννεν; Τι έπαθες; τα μάτια σου έχουν γίνει...»

«Ναι, το ξέρω, δεν είναι κάτι, θα μου περάσει, πάμε μέσα» τη διέκοψα πριν ολοκληρώσει. Ήξερα ότι είχαν ήδη πάρει το χρώμα της δίψας μου και γνώριζα τον λόγο.

Με το που μπήκαμε μέσα την εντόπισα αμέσως, ακόμη πιο όμορφη και από την πρώτη φορά που την είχα δει. Αναρωτιόμουν πως ένας άνθρωπος φαντάζει το πιο ωραίο πλάσμα στον κόσμο, αλλά για ένα λεπτό. Ποιος είναι αυτός μαζί της;

«Γεια σας κύριε, κυρία μου» μας υποδέχτηκε ο υπεύθυνος κρατήσεων με μια χειρονομία ευγένειας.
«Γεια σας» απάντησε η Τζέιν.
Εγώ από την άλλη βρισκόμουν αλλού.
«Έχουμε κάποια κράτηση;» ξαναρώτησε ο υπεύθυνος.
«Όχι, θα έπρεπε να γνωρίζεις ότι δε χρειάζομαι κράτηση» απάντησα ξεσπώντας πάνω του για αρχή.
Η οργή με είχε καταβάλει για τα καλά και όσο περνούσε η ώρα θα χειροτέρευα.
«Εμ, συγνώμη για τη συμπεριφορά του αδερφού μου, υπάρχει κάποιο τραπέζι κενό παρακαλώ;» το έσωσε όσο μπορούσε η Τζέιν, αλλά στ' αλήθεια δε με ενδιέφερε καθόλου.
«Δεν υπάρχει πρόβλημα, πείτε μου το όνομά σας κύριε για να σας ενημερώσω σε λίγο» απάντησε ευγενικά, όπως και στην αρχή.
«Κέννεν Μπλέικ» είπε η Τζέιν αμέσως, για να μην προλάβω να πω καμιά κακία πάλι.
«Συγνώμη, Μπλέικ όπως ο ιδιοκτήτης;» ρώτησε έκπληκτος ο υπεύθυνος.
«Αυτοπροσώπως» απάντησα ήταν η δεύτερη φόρα που άκουγα αυτήν την ατάκα σήμερα.
Ποιος στο καλό ήταν αυτός μαζί της; Αν ήταν η σχέση της θα έπρεπε να τον βγάλω από τη μέση στα σίγουρα, σκέφτηκα.
«Κύριε Μπλέικ, τιμή μας να σας έχουμε μαζί μας απόψε, θα σας ετοιμάσω αμέσως το καλύτερο τραπέζι και πάλι με συγχωρείτε» είπε απολογητικά.
«Θα ήθελα αυτό εκεί παρακαλώ» και του έδειξα ένα τραπέζι που βρισκόταν σε σημείο όπου μπορούσα να τη βλέπω, αλλά αυτή να μην μπορεί.

«Μα Κέννεν αυτό είναι απομονωμένο» γκρίνιαξε η Τζέιν για λίγο μέχρι που κατάλαβε ότι δε θα άλλαζα γνώμη.

«Πήγαινε Τζέιν, θα έρθω σε ένα λεπτό» της είπα και απομακρύνθηκε μαζί με τον υπεύθυνο. Εγώ από την άλλη για να μη γίνω αντιληπτός μπήκα στην κουζίνα και βγήκα από την άλλη πόρτα για να βρεθώ ακριβώς πίσω στο τραπέζι.

«Κέννεν περίεργος είσαι απόψε, πώς σου ήρθε να έρθεις από εδώ;» ρώτησε με περιέργεια η Τζέιν.

«Μια χαρά είμαι, δεν είναι ανάγκη να τα μαθαίνεις όλα μικρή» απάντησα απότομα. Είχα τόση υπερένταση, που δεν ήθελα να ακούω τι λένε για να μη χάσω την ψυχραιμία μου, αλλά ήταν ολοφάνερο ότι αυτός ο άντρας την ποθούσε. Τον έβλεπα καθαρά τώρα, τα μάτια του είχαν πάρει φωτιά με το που την κοίταζε και το χέρι του όλο και πλησίαζε το δικό της αλλά θα του το έκοβα του κακομοίρη, δε θα μου τη γλίτωνε απόψε στα σίγουρα. Από την άλλη αυτή ήταν εκθαμβωτική, δε θα μπορούσα να του βρω άδικο που την ήθελε, αλλά είναι μόνο δική μου γαμώτο, μόνο δική μου και έπρεπε να το μάθει και αυτή σύντομα.

«Ξέρω ότι δε σου αρέσει να πηγαίνεις για ανθρώπινο φαγητό από τότε που πέθανε η Λόρεν και της έκανες το χατίρι, αλλά χαίρομαι που το κάνεις αυτό και για μένα αδερφούλη. Ξέρω ότι δε μας δίνει κάτι αυτή η τροφή αλλά για μένα είναι σημαντικό να κρατώ τις ανθρώπινες συνήθειες γι' αυτό σε ευχαριστώ» λέει η Τζέιν και 'γώ μένω να την κοιτάζω αποσβολωμένος, ενώ έχω στο μυαλό μου στην Έβελυν και πώς να απομακρύνω αυτό τον κολλιτσίδα από πάνω της.

«Τζέιν, συγνώμη αλλά πρέπει να κάνω ένα τηλεφώνημα για τη δουλειά και επιστρέφω, παράγγειλέ μου ένα

Delamain κονιάκ» της είπα και πήγα λίγο κοντά στην έξοδο για να μην ακούγομαι.

Είχα σκεφτεί τα πάντα μόλις μύρισα αυτόν τον ηλίθιο. Η μυρωδιά του θυμήθηκα ότι υπήρχε στη σύσκεψη σήμερα και υπέθεσα ότι είναι εργαζόμενος της εταιρείας και γι' αυτό πήρα τον Πωλ. Άφησα το τηλέφωνο να χτυπά.

«Κύριε Μπλέικ, εσείς τέτοια ώρα; Συμβαίνει κάτι;» ρώτησε ξαφνιασμένος ο Πωλ από το βραδινό τηλεφώνημά μου, όσο γι' αυτό δεν τον αδικώ, δεν το συνήθιζα.

«Πωλ, χρειάζομαι τη βοήθειά σου σε κάτι και χωρίς ερωτήσεις. Ένας τύπος ψηλός, γύρω στα τριάντα, καστανός, υπήρχε σήμερα στην αίθουσα συσκέψεων;» ρώτησα.

«Δεν μπορώ να σκεφτώ κάτι, αλλά με τέτοια περιγραφή υπήρχαν αρκετοί» απάντησε αμήχανος και περίεργος συνάμα για την ερώτησή μου.

Προσπάθησα να εντοπίσω κάτι που θα αναγνώριζε ο Πωλ και θα τον ξεχώριζε και τότε ήταν που πρόσεξα ότι φοράει έντονη κολόνια και ένα τεράστιο ρόλεξ ρολόι.

«Λοιπόν Πωλ, με έντονη κολόνια και ρόλεξ, σου λέει κάτι;» ρώτησα ξανά, μήπως και τον εντοπίσουμε.

«Φυσικά, τώρα κατάλαβα, είναι ο Τζόν Λένοξ, έχει ένα χρόνο στην εταιρεία κύριε, αυτός πρέπει να είναι» απάντησε.

«Και τώρα που τον βρήκες Πωλ, θέλω να τον πάρεις τηλέφωνο αμέσως και να του ανακοινώσεις ότι οι απόψεις του σήμερα εγκρίθηκαν και χρειάζεται να περάσει από το σπίτι σου να συζητήσετε τα απαραίτητα για την επίσημη παρουσίασή του σε μένα τη Δευτέρα, εντάξει;» ρώτησα χωρίς να επιδέχομαι με το ύφος μου αρνητική απάντηση.

«Μα κύριε, είναι αργά, μπορεί να γίνει αύριο;» ρώτησε.

«Τώρα αμέσως Πωλ, δε σηκώνω αναβολή!» είπα και το έκλεισα.

Σίγουρα δεν ήταν σωστό αυτό που έκανα, αλλά μου άρεσε που θα τον έδιωχνα από κοντά της. Μου άρεσε όσο τίποτε άλλο αυτή τη στιγμή. Εντωμεταξύ, έπιναν κόκκινο κρασί και μιλούσαν για άσχετα θέματα, σαν να βγήκαν για πρώτη φορά φάνταζε η όλη κατάσταση. Και στην πρώτη φορά θα έμεναν τώρα που θα έπαιρνε ο Πωλ αλλά αργούσε και ανησυχούσα. Επέστρεψα στο τραπέζι μου όπου με περίμενε το ποτό μου.

«Πόση ώρα επιτέλους, το ήξερα ότι θα έβγαινα μόνη μου απόψε, εσύ είσαι αλλού!» λέει η Τζέιν εκνευρισμένη για την καθυστέρησή μου αλλά δε με ένοιαζε, ήταν για καλό σκοπό.

«Μη γίνεσαι υπερβολική Τζέιν» απάντησα χωρίς καν να την κοιτάξω, το μόνο που κοίταζα ήταν το χεράκι του βλάκα που όλο και πλησίαζε το δικό της χέρι, αλλά θα του το ξερίζωνα στα σίγουρα.

«Σου αρέσει πολύ η κοπέλα σε εκείνο το τραπέζι, τη γνωρίζεις;» μου πετάει η Τζέιν εκεί που δεν το περιμένω, για να μου τραβήξει την προσοχή.

«Πώς σου ήρθε τώρα αυτό μικρή; Έτυχε και κοιτάω κάπου γιατί σκέφτομαι» από τα ψέματα που έλεγα μάλλον είχε μεγαλώσει η μύτη μου...

«Άστα τώρα αυτά, σε ξέρω αρκετά για να πιστεύεις ότι μπορείς να με κοροϊδέψεις». Σίγουρα με κατάλαβε, αλλά τι να της πω άραγε, σκέφτηκα πάλι, πολλή σκέψη και καθόλου δράση κατάντησα! Ε! Ναι λοιπόν, θα το πω και τέλος!

«Την έχω γνωρίσει, υπάρχει πρόβλημα Τζέιν με αυτό;» απάντησα και το έβγαλα από μέσα μου επιτέλους.

«Κανένα πρόβλημα αδερφούλη, απλώς να ξέρεις ότι φαίνεται από μίλια πόσο τσιμπημένος είσαι μαζί της» και γέλασε πνιχτά.

Φαινόταν τόσο πολύ τελοσπάντων;

«Δεν ξέρω αυτή πως το βλέπει...» και αυτό σίγουρα με έτρωγε μέσα μου.

«Κάλεσέ τους στο τραπέζι μας να δούμε την αντίδρασή της».

«Όχι μαζί με αυτόν Τζέιν» απάντησα και φούντωνα από τον εκνευρισμό μόνο και μόνο στην αναφορά του.

«Κύριε, έχετε αποφασίσει τι θα πάρετε;» ρώτησε ο σερβιτόρος και μας τράβηξε την προσοχή από τη συζήτηση.

Δεν είχα δει καθόλου τον κατάλογο σε αντίθεση με την Τζέιν που είχε ήδη αποφασίσει.

«Ένα σολομό σπέσιαλ» λέει η Τζέιν, ενώ γνωρίζει πώς ότι και να παραγγείλουμε την ίδια γεύση θα έχει στην πραγματικότητα, αλλά της αρέσουν τα γκουρμέ πιάτα.

«Φιλέτο βοδινό μέτρια ψημένο για μένα» απάντησα και 'γω.

«Θέλετε να φέρουμε και τα καινούρια ορεκτικά του σεφ μας να τα δοκιμάσετε;» ρωτάει ξανά ο σερβιτόρος.

Ήθελαν να μας εξυπηρετήσουν με τον καλύτερο τρόπο από τη στιγμή που έμαθαν ότι είμαι ο ιδιοκτήτης.

«Τι λες Τζέιν, τα θέλεις;»

«Φυσικά, πρέπει να υποστηρίξουμε τις καινούριες εμπνεύσεις στη μαγειρική» απάντησε με ενθουσιασμό κάπως υπερβολικό στον σερβιτόρο και πρόσεξα ότι αλληλοφλερτάρονταν με τα μάτια.

Είναι φυσιολογικό για εκείνη, αφού ο νεαρός ήταν ωραίος και γύρω στα είκοσι τρία και της ταίριαζε γάντι.

«Ευχαριστώ πολύ» απάντησε ο νεαρός και πήρε τους καταλόγους μαζί του.

«Αχ, τι κρίμα που είναι θνητός!» αναστέναξε η Τζέιν, βάζοντας τα χέρια στο πρόσωπό της.

Τώρα όμως η προσοχή μου, είχε στραφεί πάλι σε εκείνη βλέποντας τον συνοδό της να μιλάει στο τηλέφωνο. Επιτέλους, ο Πωλ τον πήρε, άκουγα κατά λέξη τη συζήτησή τους και υπέθεσα από τα λόγια του ότι δεν ήθελε να φύγει. Πώς να ήθελε να φύγει είπα στον εαυτό μου, εσύ θα ήθελες; Με τίποτα. Έκλεισε το τηλέφωνο και πριν προλάβει να αποφασίσει τι θα έκανε με έπιασε η αγωνία. Ευχόμουν να φύγει και να την αφήσει εκεί μόνη ώστε να έχω εγώ την ευκαιρία μου. Η αναμονή φαινόταν ατέλειωτη ενώ ούτε λεπτό δε θα είχε περάσει, αλλά εγώ τρωγόμουν από μέσα μου.

Το Δείπνο

Δε μου άρεσε καθόλου που παρήγγειλε κρασί χωρίς καν να πάρει τη γνώμη μου γι' αυτό. Αν και μου αρέσουν τα κόκκινα και ειδικά τα ξηρά, απλώς με αγνόησε. Το έχουν αυτό οι άντρες, θέλουν να αποφασίζουν για μας, λες και είμαστε ανήμπορες ή δεν ξέρω, απλά αυτή η φιλοσοφία μου τη σπάει.

«Σου αρέσει αυτό που παρήγγειλα;» με ρωτάει νιώθοντας σίγουρος για τον εαυτό του, αλλά αν του δώσω την απάντηση που θέλω θα τον ρίξω απότομα στη γη.

«Δεν το έχω ξαναδοκιμάσει αλλά δεν είμαι πολύ φίλος των κρασιών» απάντησα αρκετά ευγενικά πιστεύω.

«Θα σου αρέσει πολύ, αυτό στο εγγυώμαι» μου είπε με τόση σιγουριά.

Απορώ που την έβρισκε επιτέλους, για να μην πω για το χεράκι του που όλο και προσπαθούσε να βρει το δικό μου. Από την ώρα που φτάσαμε μου έκανε κομπλιμέντα, με φλέρταρε απροκάλυπτα ένα πράγμα, αλλά εγώ ήμουν κάπως τρεις λαλούν και δυο χορεύουν.

«Θα δείξει» απάντησα αδιάφορα. Μόλις ήρθε επιτέλους το περιβόητο κρασί, να δούμε τι θα πιούμε για απόψε. Ελπίζω μόνο να μην έχει τη φαεινή ιδέα να παραγγείλει φαγητό και για τους δυο μας κιόλας γιατί θα τον βάλω να το φάει μόνος του.

«Ήρθε το κρασί μας, ευχαριστούμε, είναι εντάξει, θα το προσφέρω εγώ στην κυρία» είπε στον σερβιτόρο που προσπαθούσε να κάνει τη δουλειά του.

«Όπως επιθυμείτε κύριε, στην υγεία σας. Θα είμαι σε πέντε λεπτά κοντά σας για το φαγητό, με συγχωρείτε» απάντησε ο σερβιτόρος πολύ ευγενικά.

«Ευχαριστούμε πολύ» απάντησα και ο Τζον ήδη μου έβαζε ένα ποτήρι από το περιβόητο κρασί του. Καλό ήταν υποθέτω, αλλά σίγουρα λίγο βαρύ για μένα, θα μου προκαλούσε ζαλάδα από το πρώτο ποτήρι.

«Σου αρέσει;» με ρώτησε ανυπομονώντας για θετική απάντηση.

«Ωραίο είναι, απλώς λίγο βαρύ για τα γούστα μου» απάντησα ειλικρινά και με ευγένεια, δεν ήθελα να τον προσβάλω κιόλας.

«Θα το συνηθίσεις στο δεύτερο ποτήρι, ξέρεις μου αρέσεις εδώ και πολύ καιρό και χαίρομαι που δέχτηκες την πρόσκλησή μου να βγούμε» μου είπε ξεκάθαρα, αλλά πιο από τα δύο να σχολιάσω πρώτο. Το ότι θέλει να φτάσω στο δεύτερο ποτήρι για να μεθύσω ή το δεύτερο, που με έχει βάλει στο μάτι από καιρό; Ή να τα αφήσω και τα δύο ασχολίαστα καλύτερα;

«Ωραία είναι εδώ, έρχεσαι συχνά;» ρώτησα για να αλλάξουμε θέμα, αλλά όντως ήταν ωραία.

Η ορχήστρα στο βάθος έπαιζε χαμηλή μουσική. Όλα εδώ μέσα έμοιαζαν πανάκριβα, ακόμη και οι πετσέτες. Σκέφτηκα αμέσως τον Κέννεν, τι να κάνει άραγε απόψε;

«Όποτε μπορώ έρχομαι, αν μη τι άλλο ανήκει την εταιρεία που δουλεύω» απάντησε και πήρε κάπως επαγγελματικό ύφος.

Χτύπησε το τηλέφωνό του και τινάχτηκε προς στιγμή. Υπέθεσα ότι είναι κάτι σημαντικό από το ύφος στο πρόσωπό του και κατένευσα στη σιωπηλή ερώτησή του για να απαντήσει. Από ότι είχα καταλάβει από τις απαντήσεις του, μάλλον από τη δουλειά ήταν. Κοίταζα για λίγο τον κατάλογο των φαγητών μέχρι να ολοκληρώσει τη συζήτηση του και ήμουν μεταξύ στο να φάω κρέας ή ψάρι. Όταν έκλεισε το τηλέφωνο φαινόταν κάπως δυσαρεστημένος, τι να έγινε άραγε; Μήπως να είχε σχέση με τον Κέννεν; Αυτό δεν το ήθελα με τίποτα.

«Συγνώμη για το τηλεφώνημα, ήταν σημαντικό και θα χρειαστεί να φύγω για επείγουσα δουλειά» μου είπε απολογητικά.

Αλλά τι εννοούσε να φύγει για δουλειά; Τέτοια ώρα; «Δεν υπάρχει πρόβλημα, συμβαίνουν και αυτά» του απάντησα, γιατί ένιωθε ήδη άσχημα.

«Πραγματικά λυπάμαι, θα το κανονίσουμε ξανά άλλη φορά, απλά ούτε στο σπίτι σου προλαβαίνω να σε πάω και θέλω να σιγουρευτώ ότι θα φτάσεις ασφαλής» συνέχισε να λέει.

«Αλήθεια, μια χαρά θα είμαι, θα πάρω ταξί μόλις φύγεις» απάντησα και 'γω με τη σειρά μου, για να μην ανησυχεί.

«Εντάξει γλυκιά μου, καλό σου βράδυ, και θα σε σκέφτομαι» μου είπε και με φίλησε στο χέρι.

Γλυκιά μου, θα σε σκέφτομαι; Αυτό μου έλειπε τώρα, αυτός να σκέφτεται εμένα και εγώ τον Κέννεν. Τι μπλέξιμο και αυτό πάλι!

«Καλό βράδυ» απάντησα και 'γω ξερά. Τώρα απόμεινα με ένα μπουκάλι κρασί και το μενού. Τέλειο πρώτο ραντεβού, θα έχω να το λέω στις άλλες για όλο το βράδυ! Γέλασα πνιχτά με την κατάληξη που είχε η βραδιά.

«Δεσποινίς μου, συγνώμη για την ενόχληση, αλλά ο κύριος Μπλέικ ρωτάει αν θέλετε να δειπνήσετε στο τραπέζι του» με ρωτάει ο σερβιτόρος, που δεν είχα καν προσέξει την παρουσία του.

«Ο ποιος;» ρωτάω γρήγορα, μήπως και κάνει κάποιο λάθος.

«Ο κύριος Μπλέικ δεσποινίς μου, τι να του απαντήσω;» ξαναρωτάει ο σερβιτόρος.

Ο κούκλος, ο θεός είναι εδώ όλη αυτήν την ώρα και 'γώ δεν έχω πάρει χαμπάρι και θέλει να δειπνήσει μαζί μου, δεν το πιστεύω, κάποιος μου κάνει πλάκα.

«Πείτε στον κύριο Μπλέικ πως μετά χαράς θα δειπνήσω μαζί του» και φυσικά θα πήγαινα, αυτόν περίμενα όλη μέρα και τώρα θα του αρνιόμουν, με τίποτα.

«Να σας συνοδεύσω τότε δεσποινίς μου, από εδώ» είπε.

Σηκώθηκα και ακολούθησα τον σερβιτόρο σε μια άλλη γωνία του εστιατορίου και τότε ήταν που πάγωσα στα αλήθεια. Δεν το πιστεύω ότι με καλεί στο τραπέζι του όπου ήδη βρισκόταν με μια κοπέλα και μάλιστα πολύ όμορφη και αρκετά μικρότερή του. Εμένα τι με ήθελε; Να κρατάω το φανάρι μήπως; Τώρα είχα φουντώσει από τα νεύρα. Ζήλεψα τόσο πολύ όσο ποτέ στη ζωή μου μέχρι τώρα. Γενικά δεν είμαι ζηλιάρα αλλά με αυτόν ήταν διαφορετικά, το ένιωθα έντονα. Τέλος, θα τον χαιρετούσα τυπικά και θα έφευγα, δε θα καθόμουν να βιώσω τέτοιον εξευτελισμό όλη τη νύχτα. Σηκώθηκε για να με χαιρετήσει καθώς έφτανα στο τραπέζι, ήταν τόσο όμορφος που μου κόπηκε η αναπνοή για ακόμη μια φορά.

«Δεσποινίς Γκριν, πόσο χαίρομαι που σας ξαναβλέπω».

Συγκρατήσου Κέννεν, ακόμη λίγο να σου τρέξουν τα σάλια με το που τη χαιρέτησες, είπα στον εαυτό μου.

Πόσο ενθουσιασμένος ήμουν που δέχτηκε να έρθει όμως, δε θα το φανταζόμουν ποτέ.

«Κύριε Μπλέικ, και 'γώ επίσης, μόνο που θα με συγχωρήσετε αλλά θα πρέπει να φύγω» απάντησα πικραμένη από την παρουσία της άλλης κοπέλας στη ζωή του. Σαν και ήταν αδύνατο τέτοιος άντρας να μην έχει όποια θέλει.

«Επιμένω να μείνετε να δειπνήσουμε και μετά να πάτε στο σπίτι σας».

Γιατί θέλει να φύγει γαμώτο, τι άλλαξε; Δε μπορώ να καταλάβω αν έκανα κάτι εγώ λάθος.

«Κάποια άλλη φορά ίσως» απάντησα και ήθελα να φύγω για να συγκρατήσω τα δάκρυά μου.

Ουφ, δεν το πιστεύω πόσο υπερβολικά ευαίσθητη είμαι πλέον. Τι να κάνω τώρα που επιμένει, και πάνω που το σκέφτομαι γύρισε και αυτή να με χαιρετήσει, αυτό μου έλειπε τώρα.

«Γεια σου, εγώ είμαι η Τζέιν, ο αδερφός μου δε φημίζεται για άξεστος αλλά αφού δε με σύστησε, θα το κάνω μόνη μου» δήλωσε και χάρηκα τόσο που πιθανόν να φάνηκε. Η αδερφή του είναι, ευτυχώς, αλλά δεν μπορώ να πω ότι έμοιαζαν, αλλά είναι και οι δύο πολύ όμορφοι σαν μοντέλα διάσημων οίκων. Είχαν την ίδια κορμοστασιά.

«Εγώ είμαι η Έβελυν, χαίρομαι που σε γνωρίζω» απάντησα και ήταν φυσικά αλήθεια, χαιρόμουν τόσο πολύ που είναι αδερφή του και όχι κάτι περισσότερο, που της το έδειξα κιόλας. Τώρα όπως έχουν έρθει τα πράγματα θα καθίσω οπωσδήποτε μαζί τους.

«Τι λες λοιπόν, θα καθίσεις μαζί μας;»

Τώρα κατάλαβα γιατί ήθελε να φύγει, νόμιζε ότι η Τζέιν είναι η κοπέλα μου και ζήλεψε. Νιώθει κάτι για μένα, εκστασιάστηκα τόσο που δεν περίμενα τη στιγμή να μείνουμε μόνοι μας, ελπίζω να μην αργήσει. Τη θέλω με οποιονδήποτε δυνατό τρόπο φαντάζομαι, έχω μπλεχτεί στα δίχτυα της και μου αρέσει τόσο πολύ που δε θέλω να ξεφύγω.

«Λέω να μείνω λίγο ακόμα, αφού επιμένεις, αστειεύομαι φυσικά».

Τώρα πλέον χαλάρωσα και κάνω και αστειάκια, δεν πάω καλά. Κάθισα ενδιάμεσα στον Κέννεν και την αδερφή του και στον αέρα υπήρχε αυτή η έλξη, ο ηλεκτρισμός που αντιλήφθηκα και την πρώτη φορά μεταξύ μας. Ήταν τόσο κομψός με μαύρο κοστούμι απόψε, που έκανε αντίθεση με τα καταπληκτικά του μάτια. Δε νομίζω να συνηθίσω ποτέ τέτοια ομορφιά.

«Τι θα ήθελες να πιεις;» υπολόγισα ότι θα μου έλεγε κρασί, όπως έπινα και στο τραπέζι που βρισκόταν.

«Τι μου προτείνεις;» ρωτάω χωρίς να σκεφτώ, μου άρεσε να διαλέγω μόνη όπως φυσικά μου άρεσε που με ρώτησε, αλλά ήθελα να δω τι θα μου προτείνει, αν καταλάβει με τη μία τι μου αρέσει.

«Θα σου συνιστούσα να πιεις ένα Chanso n Chablis grand cru les los cros» συνέχισε ο Κέννεν και την αποστόμωσε με τον μεγάλο τίτλο.

Σίγουρα περίμενε να πει κόκκινο ή ροζέ. Του άρεσε η έκφρασή της όταν εκπλησσόταν, με τον καλό τρόπο, άνοιγε πολύ τα μάτια της και φαινόταν ακόμη περισσότερο το σμαραγδί χρώμα που είχαν.

«Σου κάνει επίδειξη τώρα, μη μασάς Έβελυν, επειδή ο κύριος σπούδασε οινολογία δε σημαίνει και κάτι» είπε χλευάζοντας τον η Τζέιν και εκείνη τη στιγμή μου ξέφυγε ένα αμυδρό χαμόγελο.

«Με βρίσκετε διασκεδαστικό δεσποινίς Γκριν;»

Πόσο γλυκό χαμόγελο, το γέλιο της ακούστηκε σαν μελωδία στα αυτιά του, αλλά της την είπε λίγο για να δει το κοκκίνισμα να απλώνεται στα όμορφα μαγουλάκια της, όπως και έγινε.

«Όχι, απλά με συγχωρείς, μου φάνηκε αστείο». Τελικά το πήρε στραβά και ντράπηκα αλλά τι να κάνω, ήταν αυθόρμητο, ήταν η κρυφή σκέψη της.

«Πες της το πιο επαγγελματικά Κέννεν, μη μου πεις ότι ντρέπεσαι;» είπε η Τζέιν για να συνεχίσει το πείραγμα.

«Τι να πω δηλαδή;»

Πες το όπως το λένε οι εμπειρογνώμονες για να το αξιολογήσουν Κέννεν να την εντυπωσιάσεις, πέρασε η σκέψη στον Κέννεν.

«Ε δεν ξέρω ακριβώς, αυτό είναι δικό σου θέμα αδερφούλη. Πες του και συ Έβελυν, σίγουρα εσύ θα τον πείσεις πιο εύκολα από μένα» είπε και μου έκλεισε το μάτι.

«Εγώ δεν ξέρω από αυτά, αλλά θα ήθελα να ακούσω πως θα το περιέγραφες» μου έκλεισε το μάτι η Τζέιν και ντράπηκα πάλι.

Τι εννοούσε ότι εγώ θα τον έπειθα; Δε χρειάζεται και πολλή σκέψη χαζούλα, σε θέλει και αυτός, δε γίνεται διαφορετικά είπα στον εαυτό μου. Ένιωσα πεταλούδες σε όλο μου το στομάχι και μόνο που το σκέφτηκα. Εγώ και αυτός μαζί, σαν άπιαστο όνειρο, ένα όνειρο που θέλω να γίνει πραγματικότητα.

«Εντάξει λοιπόν κορίτσια, με πείσατε. Κορυφαίο και σπάνιο, με ανοιχτό χρυσό χρώμα, αρώματα λευκών λουλουδιών ανάμεικτα με πράσινα αμύγδαλα, μέλι και εκλεπτυσμένο άρωμα βανίλιας. Πλούσιο και πολυσύνθετο, με εξαιρετική δομή και ταιριάζει απόλυτα με γαστρονομικές απολαύσεις» καλά τα πήγα στα σίγουρα, η Έβελυν κρεμόταν από τα χείλη μου, αυτό θα μπορούσα να το συνηθίσω.

«Ουάου αδερφούλη, ροκάρεις σε κάτι τέτοια» είπε η Τζέιν χειροκροτώντας με, αλλά εγώ περίμενα να δω τι θα έλεγε αυτή και μόνο αυτή.

«Συγχαρητήρια, φαίνεται πόσο κατέχεις το θέμα, με συνεπήρε πολύ η περιγραφή σου και τώρα το μόνο που έμεινε είναι να το γευτώ».

Όμορφος και χαρισματικός όσο και έξυπνος, έχει όλο το πακέτο, τον παίρνω με τα χίλια, έπιασα τον εαυτό μου να σκέφτεται. Παρήγγειλε το κρασί και με ρώτησε τι θέλω να φάω προτείνοντάς μου κάτι σε θαλασσινό και κατένευσα.

Δεν μπορούσα να του αρνηθώ τίποτα και όλο αυτό έμοιαζε γελοίο, ακόμα καλά καλά δεν τον γνώριζα. Μιλούσαμε για διάφορα καθώς τρώγαμε, ρίχναμε κλεφτές ματιές ο ένας στον άλλο και απόλαυσα την επιλογή του στο κρασί που έπινα. Όλα έμοιαζαν να κυλούν ομαλά μέχρι που η Τζέιν σηκώθηκε από το τραπέζι.

«Εμένα να με συγχωρείτε αλλά έχω να πάω κάπου αλλού» είπε απότομα η Τζέιν. Κανένας μας δεν περίμενε να φύγει έτσι ξαφνικά. Θα μέναμε μόνοι μας και θα έδειχνα ακόμη πιο ευάλωτη δίπλα του.

«Τι συμβαίνει Τζέιν;» ρώτησα λες και θα μου έλεγε αλήθεια μπροστά στην Έβελυν, η οποία είχε αγχωθεί που θα μέναμε μόνοι, η καρδιά της χτυπούσε σαν τρελή.

Η παρουσία μου της προκαλεί τα ίδια συναισθήματα με μένα, δεν μπορεί, αυτή πρέπει να είναι, το πραγματικό αιώνιο κάλεσμά μου.

«Μη θες να τα μαθαίνεις όλα αδερφούλη, απλώς με περιμένει ο Τζακ στο κλαμπ» απάντησε.

Τι στο καλό μου έλεγε, αυτή δεν πήγαινε σχεδόν ποτέ με τον Τζακ, το πιο σίγουρο είναι ότι ψυλλιάστηκε ότι κάτι συμβαίνει με μένα και την Έβελυν και βρήκε μια δικαιολογία για να φύγει να μας αφήσει μόνους μας ή πείνασε στα αλήθεια.

«Καλά καλά, απλώς είμαι υπεύθυνος για σένα» της είπα και ήταν αλήθεια.

Η Τζέιν είναι κάπως καινούρια ως βρικόλακας και πρόσεχα σχεδόν όλες τις κινήσεις της όσο βρισκόταν με μένα, ένιωθα υπεύθυνος κατά κάποιο τρόπο.

«Είμαι μεγάλο κορίτσι πια, μπορώ να φροντίζω μόνη μου τον εαυτό μου. Έβελυν, γλυκιά μου, καλή συνέχεια με τον υπερπροστατευτικό αδερφούλη μου και χάρηκα πολύ που σε γνώρισα. Ελπίζω να έρθεις και καμιά μέρα από το σπίτι να τα πούμε. Καληνύχτα και στους δυο σας» με αγκάλιασε κάπως άβολα και έφυγε.

«Καληνύχτα, και 'γώ χάρηκα πολύ» είπα και 'γώ με τη σειρά μου, ενώ ήδη ήμουν κοκκινισμένη από την απρόσμενη αγκαλιά της, ήταν τόσο διαχυτική μαζί μου.

Το μόνο που με παραξένεψε όλο το βράδυ ήταν το βλέμμα της, ένιωθα λες και με έτρωγε με τα μάτια της.

«Και τώρα οι δυο μας πριγκίπισσα», θα ευχαριστήσω τη μικρή μου αδελφή αργότερα για την πρωτοβουλία της να μας αφήσει μόνους.

«Ωραία είναι εδώ, πρώτη φορά έρχομαι» άλλαξα θέμα, ίσως και να φοβήθηκα λίγο με την ξαφνική αλλαγή προς το πρόσωπό μου μιας που είχαμε μείνει μόνο τα δυο μας.

«Δε θέλω να μιλήσουμε για τον χώρο που βρισκόμαστε αλλά για μας» άρχισα την επίθεση για να μη σπαταλώ τον χρόνο που έχω μαζί της σε ανούσια πράγματα, ήθελα να μάθω πως νιώθει αυτή για μας.

«Σαν τι να πούμε για μας, δεν καταλαβαίνω».

Πού στο καλό το πήγαινε, θα το έπαιζα Κινέζα μέχρι να μου εξηγήσει ο ίδιος τι εννοεί με το "με μας".

«Το νιώθεις και συ όπως και 'γώ υπάρχει κάτι δυνατό που μας σπρώχνει, τον έναν στον άλλο, είναι ο πόθος, είναι ένα έντονο συναίσθημα, πώς αλλιώς να το εξηγήσω» ξεδίπλωσα όλα όσα είχα κρυμμένα και τώρα περίμενα την αντίδρασή της.

«Νομίζω καλύτερα να πηγαίνουμε»

Δεν ανέπνεα καλά μετά με την εξομολόγησή του, ήθελα να του πω πως νιώθω και 'γώ το ίδιο, αλλά φοβόμουν ότι στο τέλος θα πληγωνόμουν. Κάτι τέτοιοι τύποι με φήμη και λεφτά δεν μπορούν να είναι με κάποια σαν εμένα, απλή και καθημερινή. Θα με εκμεταλλευόταν και θα την έκανε, ένα καπρίτσιο είμαι επειδή του αντιστέκομαι.

«Δεν έχουμε να πάμε πουθενά μέχρι να μου απαντήσεις» επέμενε και της έπιασε το χέρι, δεν ήθελε να φύγουν χωρίς να μάθει τι σκέφτεται.

«Τι θες από μένα Κέννεν, να σου πω ότι νιώθω το ίδιο; Ε ναι λοιπόν, νιώθω αυτά και ακόμη περισσότερα για σένα αλλά δεν μπορεί να υπάρξει κάτι μεταξύ μας, καλά θα κάνεις να το αποδεχτείς και συ όπως και 'γώ.»

Τραβήχτηκα από το άγγιγμά του, παρόλο τον πόνο που μου προκαλούσε η απομάκρυνση.

«Δεν μπορώ να το δεχτώ αυτό για απάντηση» γαμώτο μου!

Γιατί το κάνει ακόμη πιο δύσκολο, μου είπε πως νιώθει για μένα αλλά δε θέλει να είναι μαζί μου, κοντεύω να τρελαθώ.

«Τι θες άλλο από μένα, ήμουν ξεκάθαρη», γιατί στο καλό το έκανα αυτό ενάντια στα συναισθήματά μου αντί να το ζήσω!

«Εσένα» απάντησα μονολεκτικά για να το τονίσω ακόμα περισσότερο, μόνο αυτή χρειάζομαι, τίποτε άλλο.

«Δεν είμαι ό,τι καλύτερο για σένα Κέννεν, έχω πολλά άλυτα θέματα».

Πώς να μπω σε μια σχέση όταν δεν έχω καλά συναισθήματα από την προηγούμενη, πρέπει να είμαι επιφυλακτική.

«Πίστεψε με, ούτε εγώ, αλλά σε θέλω, σε θέλω υπερβολικά!»

Κοίταζα τα χείλη της, ήθελα να την αρπάξω και να τη φιλάω συνέχεια, για να μην πω τι άλλο ήθελα να κάνω μαζί της.

«Χορεύουμε;» ρώτησα τελείως αναπάντεχα ακούγοντας να παίζουν μια ωραία μπαλάντα εκείνη τη στιγμή.

Ούτε αυτός πίστευε στα αυτιά του με το που άκουσε τι του ζητούσα αλλά το ήθελε, το είδα στο πρόσωπό του.

Το μαγαζί είχε αδειάσει, ήμασταν μόνο εγώ και αυτός, το προσωπικό και οι μουσικοί.

«Θα το ήθελα αυτό».

Δε με ένοιαζε τόσο που άλλαξε θέμα, τώρα χορεύοντας ήμασταν ακόμη πιο κοντά Την οδήγησα σε έναν χώρο σαν πίστα για χορό και έβαλα τα χέρια μου στη μέση της. Είναι τόσο ζεστή, μυρίζει υπέροχα με έναν συνδυασμό φρούτων και γλυκά δαμάσκηνα. Ακούμπησε και αυτή τα χέρια γύρω από τον λαιμό μου. Ήμασταν τόσο κοντά, που ένιωθα ολοκλήρωση αλλά και έναν άγριο αρχέγονο πόθο.

«Μυρίζεις υπέροχα» της είπα στο αυτί και ένιωσα το κορμί της να ανατριχιάζει από τα λόγια μου.

Γύρισα να την κοιτάξω στο πρόσωπο, ήξερα ότι μπορεί να μη μου ξαναμιλήσει αλλά δεν άντεξα και τη φίλησα. Ανταπέδωσε στο φιλί μου, έγινε ακόμη πιο έντονο, τα χείλη μας έγιναν ένα και δεν ξέραμε πότε θα τέλειωνε. Δεν ήθελα να τελειώσει αυτό το συναίσθημα, αλλά να διαρκέσει για πάντα. Όμως όπως ήταν αναμενόμενο βρήκε πρώτη τη δύναμη και αποτραβήχτηκε.

«Αυτό ήταν λάθος, δεν πρέπει να ξανασυμβεί».

Τι στο καλό είχα κάνει; Αποδέχτηκα με το παραπάνω το φιλί του και ένας Θεός ξέρει πώς σταμάτησα. Δεν μπορώ να μείνω άλλο κοντά του, κάνω πράγματα αδιανόητα, δε σκέφτομαι καθαρά και το μυαλό μου βουίζει ακόμα από το φιλί μας. Έφυγα γρήγορα από κοντά του, πήγα στο τραπέζι να μαζέψω τα πράγματά μου πριν κάνω κάτι που θα το μετανιώσω αύριο. Έτρεξε πίσω μου για να με σταματήσει, αλλά είχα ήδη βγει έξω ψάχνοντας για ταξί.

«Τι στο καλό κάνεις, δεν πρόκειται να σε αφήσω να πάρεις ταξί» την άρπαξα και την πήρα στο αμάξι.

Φώναζε, με χτυπούσε σαν άγριο ζώο.

«Άφησέ με κάτω τώρα, άφησέ με σου λέω, δε θέλω να πάω πουθενά μαζί σου».

Με έπιασε πανικός, δεν ήθελα να μου κάνει εκείνο που φοβόμουν.

«Ωραία, σε αφήνω, μπες στο αμάξι» της είπα επιτακτικά ανοίγοντας την πόρτα του συνοδηγού.

«Κι αν δε θέλω να μπω; Τι θα μου κάνεις; Είσαι σαν όλους τους άλλους τελικά» του είπα κατάμουτρα ενώ δεν το εννοούσα, μου είχε συμπεριφερθεί τόσο καλά και 'γώ τον προσέβαλα.

«Πίστεψέ με, δεν είμαι καθόλου σαν όλους τους άλλους και θα μπεις στο αμάξι έστω κι αν χρειαστεί να μείνουμε όλη νύχτα εδώ».

Ποιος μπάσταρδος την έκανε να φοβάται τους άντρες, θα το μάθαινε όμως και δεν εγγυάται πώς θα αντιδράσει στη συνέχεια.

«Δε με νοιάζει να μείνω όλη νύχτα εδώ, δεν πρόκειται να με αναγκάσεις να μπω» του είπα και σταύρωσα τα χέρια μου μπροστά στο στήθος μου.

«Πόσο πεισματάρα είσαι επιτέλους; Θα παγώσεις από το κρύο. Αυτό θες;» όλο της το πρόσωπο είχε συσπαστεί, τα χέρια της είχαν μελανιάσει, είχε καταλάβει ότι είχα δίκαιο.

«Θα με πας απευθείας στο σπίτι, μου το υπόσχεσαι;» είπα.

Όντως θα ξεπάγιαζα εδώ έξω, δεν ένιωθα τα άκρα μου και άνοιξα την πόρτα να καθίσω.

«Στο υπόσχομαι».

Τόσο πεισματάρικο πλάσμα πρώτη φορά συνάντησα στα τόσα χρόνια της αθανασίας μου, μου εξάπτει ακόμα περισσότερο την επιθυμία να τη γνωρίσω καλύτερα. Κάθισα στη θέση του οδηγού και ξεκινήσαμε να φύγουμε.

«Γιατί τα κάνεις όλα αυτά;» είπα κοιτάζοντάς τον κατάματα τώρα.

«Στο είπα, σε θέλω, πώς αλλιώς να στο εξηγήσω;»

Μπορεί να το είχα παρακάνει αλλά τα συναισθήματά μου για αυτήν ήταν έντονα, δεν μπορούσα να τα ελέγξω. Γύρισε έτσι ώστε να βλέπει έξω από το παράθυρο, ο τρόπος που καθόταν μου έδινε πρόσβαση στα πόδια της, από το σχίσμα του φορέματος. Δεν μπορούσα να σκεφτώ λογικά, αθάνατος ή μη, δεν έπαυα να είμαι άντρας τελοσπάντων! Κλείδωσα τις πόρτες και πήρα μια απότομη στροφή σε μια απόμερη γειτονιά, δεν μπορούσα να ελέγξω τον εαυτό μου μαζί της. Σταμάτησα απότομα κάπου παράμερα και την άρπαξα στα χέρια μου.

«Κέννεν, άσε με, τι κάνεις, μου υποσχέθηκες».

Δεν μπόρεσα να κάνω τίποτε, αφέθηκα στο φιλί του για ακόμα μια φορά. Έβαλα τα χέρια μου γύρω του, το φιλί μας βάθυνε περισσότερο, ίσα που αναπνέαμε, βογκητά ευχαρίστησης βγήκαν από μέσα του.

«Πόσο με τρελαίνεις, δε σε χορταίνω, μυρίζεις υπέροχα».

Έβαλα τα χείλη μου στον λαιμό της, οι φλέβες της φάνταζαν υπέροχες αλλά δεν πρόκειται να τη γευτώ, τουλάχιστον όχι τώρα. Το χέρι μου κατευθύνθηκε χαμηλά στον γυμνό γλουτό της, ανάπνευσε βαθιά, το δέρμα της είναι τόσο απαλό σαν βελούδο. Τι είχα κάνει για να αξίζω τέτοια γυναίκα άραγε; Είχαμε αφεθεί αρκετά μέχρι που έβαλε το χέρι της πάνω στο δικό μου για να με σταματήσει.

«Κέννεν σταμάτα, είναι πολύ νωρίς ακόμα, δε νιώθω έτοιμη».

Ευτυχώς βρήκα το θάρρος και τη δύναμη για να τον σταματήσω. Ο πόθος που νιώθουμε είναι πολύ ισχυρός αλλά δεν μπορώ να φερθώ παρορμητικά αν δεν είναι αυτό που λέει ή δείχνει.

«Αφού το θες και συ, αφέσου» και συνέχισα χωρίς σταματημό.

Δεν μπορούσα να σταματήσω, όσο την άγγιζα, τη φιλούσα ήθελα κι άλλο, σαν να ήμουν εθισμένος.

«Δεν μπορώ, απλά σταμάτα».

Δάκρυα κύλησαν από τα μάτια της χωρίς να το καταλάβει, όλη η ένταση της νύχτας θα έβγαινε έξω με αυτόν τον τρόπο και τον έσπρωξα προς τα πίσω.

«Συγνώμη πριγκίπισσα, μην κλαις, δεν ήξερα ότι σε ενοχλούσε τόσο πολύ».

Τι είχα κάνει γαμώτο, την έκανα να κλάψει από δική μου απερισκεψία. Δεν μπορούσα να τη βλέπω έτσι, ένιωθα χάλια. Της σκούπισα τα δάκρυα, την αγκάλιασα και της ζητούσα συγνώμη μέχρι να νιώσει καλύτερα, όμως εγώ δεν ήξερα αν μπορούσα να συγχωρήσω τον εαυτό μου.

«Δεν είναι αυτό Κέννεν, απλά δεν είμαι έτοιμη».

Στην αγκαλιά του ένιωθα ασφάλεια, ήταν ένα ανεξήγητο συναίσθημα, από τα πολλά που πρωτοένιωθα με αυτόν τον άντρα.

«Δε θα σε ξαναπιέσω, θα περιμένω όταν θα είσαι έτοιμη και πίστεψέ με μπορώ να περιμένω για πάντα αν χρειαστεί» αποκρίθηκα εννοώντας κάθε λέξη από αυτά που είπα και πήρα το πρόσωπό της στα χέρια μου. Είχε μουντζουρωθεί από τα δάκρυα και τη σκούπισα, δεν άντεχα να τη βλέπω έτσι. Το υποσυνείδητο μου απάντησε για μένα, δεν μπορούσα να το αρνηθώ, όπως λένε ο βήχας και ο έρωτας δεν κρύβονται.

«Αλήθεια το πιστεύεις αυτό;» ρώτησα για να σιγουρευτώ, δεν ήξερα γιατί ένας τέτοιος άντρας θέλει να με περιμένει.

Λες και το σύμπαν μου το χρωστούσε και τώρα ήταν η στιγμή που μου το ανταπέδιδε. Έβλεπα όμως την αλήθεια στο βλέμμα του, παρόλο που φάνταζε δύσκολο να τον καταλάβεις, και τον πήρα στα γρήγορα μια σφιχτή αγκαλιά. Σίγουρα αυτό δεν το περίμενε με τίποτα αλλά μόλις το συνειδητοποίησε με έσφιξε και αυτός πάνω του.

«Το ξέρεις ότι σε περίμενα όλη μου τη ζωή να εμφανιστείς πριγκίπισσα και θα περιμένω όσο χρειαστεί για να σε πείσω, τίποτα δεν μπορεί να με κρατήσει μακριά σου πια, τίποτα».

Ένιωθε πλήρης, το κενό που ένιωθε πάντα χάθηκε όπως χάθηκε και αυτός στην αγκαλιά της.

«Και 'γώ περίμενα εσένα».

Ήταν αλήθεια πλέον, όχι όνειρο, ήμασταν εδώ μαζί αγκαλιά χωρίς να μας νοιάζει τίποτα και κανένας.

«Δηλαδή μου λες ότι με περίμενες και συ».

Νιώθω τόσο ευτυχισμένος με την παραδοχή της που δεν περιγράφεται.

«Εεε ναι..» και τον κοιτάζω στα μάτια χαμογελώντας πειρακτικά.

«Μου αρέσει που άλλαξες διάθεση».

Το χαμόγελό της φώτιζε όλο το πρόσωπό της, οπότε μου ήταν δύσκολο να πάρω το βλέμμα μου από πάνω της.

«Και μένα μου αρέσει, αλλά πρέπει να φύγουμε, είναι αργά, δε νομίζεις;» αποκρίθηκα όλο νάζι, κλείνοντάς του το μάτι.

«Μη μου τα κάνεις αυτά μωρό μου και με το ζόρι κρατιέμαι για να μη σου ορμήσω». Φαινόταν ακόμα πιο ακαταμάχητη με αυτό το ναζιάρικο ύφος και αναγκάστηκα να επικαλεστώ όλη μου την αυτοσυγκράτηση.

«Συγνώμη, απλά έτσι μου βγήκε, δε θέλω να σε τσιγκλάω, ίσως μόνο λίγο» χαμογέλασα δυνατά, ήμουν ευτυχισμένη και τόσο ερωτευμένη σαν μαθητριούλα.

«Μη ζητάς ποτέ συγνώμη, μου αρέσει όπως σε βλέπω τώρα».

Δεν ήθελα να την αποχωριστώ τόσο γρήγορα αλλά θα το κάνω για το καλό της, ίσα που κρατιέμαι όταν είναι κοντά μου και το τελευταίο που χρειάζομαι τώρα είναι να την πληγώσω ξανά.

«Θα το έχω υπόψη μου» είπα και ξεκίνησε το αμάξι για να με πάρει στο σπίτι.

Σε όλη τη διαδρομή κρατούσε το χέρι μου και κατά διαστήματα το έφερνε στα χείλη του και άφηνε μικρά φιλιά. Τόσο τρυφερός μαζί μου, δεν έλεγε να με αφήσει για κανένα λόγο, και να χαθεί αυτή η επαφή.

«Εδώ είμαστε δεσποινίς μου, σώα και αβλαβής».

Πάρκαρα μπροστά στην πολυκατοικία νιώθοντας το κενό να αρχίζει να με καταβάλει. Μου άφησε το χέρι, όλη η ζεστασιά που γέμιζε την ύπαρξη μου είχε εξαφανιστεί, ανυπόφορο πράγμα ο αποχωρισμός, έστω και για λίγο, σκέφτηκα.

«Πέρασα υπέροχα» του είπα γυρίζοντας να τον κοιτάξω ακόμη μια φόρα πριν φύγει.

«Εγώ να δεις μωρό μου».

Τα χείλη της μόνο λίγα εκατοστά από τα δικά μου, τόσο ζουμερά σαν να με καλούσαν να τα φιλήσω, όπως και έγινε. Γίναμε ένα, το φιλί είχε βαθύνει τόσο που ένιωθα την αναπνοή της να βαραίνει. Την άφησα με δυσκολία, βγήκα από το αμάξι για να τη συνοδεύσω στην εξώπορτα της πολυκατοικίας κρατώντας την από το χέρι.

«Καληνύχτα μωράκι» είπα φιλώντας τον πεταχτά στο στόμα.

Είδα την έκφρασή του ξαφνιασμένη και μπήκα γρήγορα μέσα πριν το μετανιώσω και ορμήσω στην αγκαλιά του. Δεν κοίταξα πίσω μου, αλλά το βλέμμα του το ένιωθα ακόμα καρφωμένο πάνω μου μέχρι που μπήκα στο ασανσέρ.

«Μωράκι» είπα δυνατά.

Θα τρελαθώ, τα έχασα πάνω στο καλύτερο. Με θέλει, είναι δική μου, ο κόσμος μου άλλαξε μέσα σε ένα βράδυ. Μπήκα στο αμάξι και ξεκίνησα, άνοιξα το ραδιόφωνο όπου έπαιζε ένα τραγούδι τόσο ταιριαστό, αύξησα την ένταση και άρχισα να τραγουδώ δυνατά. "It's a beautiful day" καψουρεύτηκα σαν σχολιαρόπαιδο, μου αρέσει. Δεν ήθελα με τίποτα να χαθεί αυτό που νιώθω και η νύχτα άνοιγε τον δρόμο για να με υποδεχτεί καινούριο και ευτυχισμένο όσο ποτέ. Ανυπομονώ να έρθει το αύριο για πρώτη φορά μέσα στα τόσα χρόνια της αθάνατης ζωής μου περίμενα τόσο πολύ να αλλάξει η μέρα.

Απαάντεχη εκχρηκση

Η αυγή σημάδεψε την έναρξη μιας νέας, σημαδιακής μέρας για μένα. Με μια διάθεση εξαιρετικά θετική, αλλά ξεχασμένος από την ανάγκη μου να τραφώ, ένιωθα την επιθυμία μου να εντείνεται για το απολαυστικό, γλυκό αίμα που μόνο αυτή μπορούσε να προσφέρει. Τώρα έπρεπε να περιμένω τη νύχτα, για να μην προκαλέσω υποψίες ή να ειδοποιήσω τον δωρητή της Τζέιν. Η Τζέιν, με εξαιρετική διορατικότητα, είχε εντοπίσει μια νεαρή γυναίκα της ηλικίας της, η οποία συμφωνούσε να μοιραστεί το αίμα της μαζί μου, υποστηρίζοντας πως αυτό της προσέφερε κάποιου είδους ικανοποίηση. Παρατηρώντας την κάποιες φορές, μου φάνηκε να βυθίζεται σε μελαγχολία, με τα μαύρα ρούχα και το έντονο μακιγιάζ της, σαν να ανήκε σε μια σκοτεινή υποκουλτούρα. Η σκέψη να τη χρησιμοποιήσω αυξανόταν, καθώς η ανυπομονησία μου για το βράδυ γινόταν αφόρητη, ειδικά αναλογιζόμενος τη συνάντηση με την αγαπημένη μου πριγκίπισσα. Πρέπει να πάρω τον Πωλ να μου βρει το τηλέφωνό της, με αυτά και με κείνα το είχα ξεχάσει. Σχημάτισα το νούμερο και πήρα τηλέφωνο, στις δύο φορές απάντησε.

«Καλημέρα κύριε, τι κάνετε;» απαντάει ο Πωλ ξαφνιασμένος όπως πάντα μη γνωρίζοντας τι θα ζητήσω αυτή τη φορά.

«Καλημέρα Πωλ, καλά είμαι, πώς πήγε η συνάντηση ψες;»

Όχι πως με ένοιαζε ιδιαίτερα, αλλά έπρεπε να γνωρίζω τι θα ακολουθήσει.

«Κανόνισα τα πάντα σχετικά με την παρουσίαση της ιδέας του και δε θα χρειαστεί να ασχοληθείτε» αποκρίθηκε.

Μου άρεσε όταν τα αναλάμβανε όλα χωρίς να ζητά εξηγήσεις.

«Καλά έκανες Πωλ, χρειάζομαι να μου βρεις ένα νούμερο τηλεφώνου στο όνομα Έβελυν Γκριν δικηγόρος στην εταιρεία Λένοξ».

«Όπως επιθυμείτε κύριε Μπλέικ, θα σας το στείλω στο κινητό».

«Θα περιμένω Πωλ, μην αργήσεις» έκλεισα το τηλέφωνο.

Έπρεπε να σκεφτώ πώς θα την πείσω να δειπνήσουμε εδώ και συγχρόνως να τους διώξω όλους από το σπίτι. Το τελευταίο πράγμα που χρειάζομαι είναι να πάθει κάτι, ούτε να το σκέφτομαι δε θέλω. Πρέπει να διώξω με κάποιο τρόπο τον Τζακ και τα αιμοδιψή τσιράκια του από εδώ απόψε και θα χρειαζόμουν τη βοήθεια της Τζέιν για να τα καταφέρω. Πέρασαν δέκα λεπτά και εγώ ήμουν κολλημένος μη γνωρίζοντας πώς θα τους ξεφορτωθώ για να μην υποψιαστούν τίποτα, το κινητό δονήθηκε και με έβγαλε από τις σκέψεις μου. Ήταν ο Πωλ, μου έστειλε σε μήνυμα το κινητό της και μερικά προσωπικά στοιχεία, όπως πάντα σκεφτόταν πιο μπροστά από μένα για να με ικανοποιήσει σκέφτηκα. Σίγουρα θα κοιμόταν, ούτε 10 το πρωί δεν είχε πάει ακόμη, θα ανάγκαζα τον εαυτό μου να περιμένει καρτερικά για να την πάρω σε λίγο.

«Αδερφούλη, τι λες να κάνουμε σήμερα; Θέλω να πάω να επισκεφτώ τους γονείς μας, τι λες, έρχεσαι και συ;»

Παρουσιάστηκε η Τζέιν χαρωπή ανακοινώνοντας μια τέτοια είδηση. Αν ήταν κάποια άλλη χρονική στιγμή θα πήγαινα, είχε περάσει μεγάλο χρονικό διάστημα να τους δω από κοντά αλλά τώρα δε θα έφευγα για τίποτα στον κόσμο μακριά της.

«Δυστυχώς έχω πολλές επαγγελματικές εκκρεμότητες αυτό το διάστημα, ίσως αργότερα».

Δε μου άρεσε που κρυβόμουν γενικά, αλλά έπρεπε να την προστατεύσω από όλους και ειδικά τους δικούς μου.

«Βάλε κάποιον να τα τακτοποιήσει όπως κάνεις συνήθως Κέννεν, δεν μπορεί να σου είναι τόσο δύσκολο» αποκρίθηκε με ένα ικετευτικό ύφος.

«Αλήθεια δεν μπορώ με τίποτα τώρα, χρειάζεται να βρίσκομαι εδώ μικρή, μην επιμένεις».

«Και πότε θα μπορείς, θέλω να έρθεις μαζί μου».

«Θα δούμε, εντωμεταξύ θέλω να πάρεις τον Τζακ απόψε με τους άλλους και να μείνετε κάπου αλλού».

Με το που το ξεφούρνισα, άνοιξε διάπλατα το στόμα της.

«Τι συμβαίνει αδερφούλη, θα φέρεις κάποιο πρόσωπο εδώ και δε θέλεις να το ξέρουμε;»

«Κάνε αυτό που σου λέω Τζέιν, δε θέλω να ανακατευτείς».

«Πες τα μου όλα Κέννεν, αλήθεια, δε θα πω τίποτε και θα κάνω αυτό που μου ζήτησες, απλώς δείξε μου εμπιστοσύνη» έκανε και πάλι με ικετευτικό ύφος.

«Μην είσαι τόσο πεισματάρα Τζέιν, δεν πρόκειται να σου πω τώρα».

Αυτό το πείσμα της δεν είχε όρια πλέον.
«Δεν είναι ανάγκη να μου πεις, κατάλαβα από μόνη μου» είπε ανοιγοκλείνοντας επανειλημμένα τα μάτια της για να δείχνει αθώα.
«Τι κατάλαβες δηλαδή;» είπα ελπίζοντας να κατάλαβε λάθος.
«Είναι η κοπέλα από χθες το βράδυ, έτσι;»
«Ποια κοπέλα;» έπαιζα τον ανήξερο, αλλά τι άλλο να έκανα.
«Μη μου κάνεις τον Κινέζο εμένα, είδα πως την κοίταζες αδερφούλη, τη θέλεις».
«Μην τολμήσεις να το αποκαλύψεις μικρή γιατί θα ξεχάσω πως είσαι αδερφή μου» είπα παίρνοντας επιθετική στάση μπροστά της.
Φοβήθηκε και χαμήλωσε το βλέμμα.
«Συγνώμη Κέννεν, δε θα πω τίποτα, απλώς χαίρομαι που βρήκες κάποια να νοιάζεσαι μετά από τη Λόρεν» αποκρίθηκε απολογητικά, χωρίς να πάρει το βλέμμα της από το πάτωμα.
«Δεν ήθελα να σε φοβίσω, απλά να σε προειδοποιήσω Τζέιν. Λοιπόν, θα με βοηθήσεις απόψε;»
«Φυσικά, θα κάνω ότι μπορώ» και σήκωσε το βλέμμα της πάνω για να δει την έκφρασή μου.
«Κέννεν, από πότε έχεις να τραφείς; Τα μάτια σου είναι...»
«Ξέρω, απλά δε βρήκα χρόνο, χρειάζομαι τον δωρητή σου» τη διέκοψα για να ολοκληρώσω τη σκέψη της και τη δική μου ταυτόχρονα.
«Θα την ειδοποιήσω, απλά θα ήθελα να σου πω ότι θα είναι δύσκολο να κάνεις σχέση με άνθρωπο ξανά, έχεις υποφέρει ήδη αρκετά».
Καταλαβαίνω τον φόβο που νιώθει. Όταν έχασα τη Λόρεν, λειτουργούσα σαν δολοφόνος και η ψυχολογία

μου ήταν στα πατώματα, αλλά δεν μπορεί να καταλάβει ότι με την Έβελυν δεν μπορώ να κάνω διαφορετικά. Η σύνδεση που έχουμε είναι μοναδική, δεν μπορούμε να κάνουμε αλλιώς, όχι.

«Δε χρειάζεται να ανησυχείς εσύ για τίποτα Τζέιν, είναι όλα υπό έλεγχο» την καθησύχασα κάπως με τα λόγια μου, αλλά ο κίνδυνος υπήρχε πάντα με μας τριγύρω και 'γώ δε θα το επέτρεπα να μου το χαλάσει.

«Απλά πρόσεχε αδερφούλη» είπε φεύγοντας σαν σίφουνας από το δωμάτιο.

Τώρα θα μπορούσα να της τηλεφωνήσω, είχε πάει ήδη έντεκα και δεν μπορούσα να το καθυστερήσω. Πληκτρολόγησα το νούμερο στο κινητό μου και έμεινα να αγωνιώ πότε θα απαντήσει, ήδη είχε χτυπήσει τρεις φορές μέχρι που το σήκωσε.

«Μμμ..» κοιμάται μάλλον ακόμα το μωρό μου, τόσο γλυκιά φωνή που με έκανε να αναδευτώ στην καρέκλα μου, μέχρι που αποφάσισα να συνεχίσω όρθιος τη συζήτηση.

«Καλημέρα δεσποινίς Γκριν, ωραίο μούγκρισμα, αλλά δε νομίζετε ότι έχετε συμπληρώσει αρκετές ώρες ύπνου ήδη;» είπα για να την πειράξω λίγο.

«Εεε ναι Κέννεν εσύ; Εε, βασικά καλημέρα» έχασε τα λόγια της και ακούστηκε τόσο χαριτωμένη.

Την έκανα εικόνα στο μυαλό μου με το πρόσωπό της να κοκκινίζει και φούντωσα.

«Μπορείς να μιλήσεις άγγελέ μου ή να σε πάρω μετά;» είπα έχοντας ήδη μετανιώσει που την είχα ξυπνήσει.

«Όχι απλά δώσε μου πέντε λεπτά και θα σε πάρω πίσω» αποκρίθηκε και κατένευσα παρόλο που δεν ήθελα να κλείσει.

Υπολόγισα ότι θα έριχνε λίγο νερό στο πρόσωπό της για να συνέλθει, έτσι έκαναν οι άνθρωποι για να ξυπνήσουν το πρωί. Πέρασαν όμως πέντε λεπτά και δεν είχε πάρει ακόμα άραγε να την πάρω ξανά μήπως και έπαθε κάτι; Και ευτυχώς με πρόλαβε το χτύπημα στο κινητό.

«Είσαι εντάξει;» τη ρώτησα.

«Καλά είμαι, τώρα ξύπνησα για τα καλά».

«Θα έρθω να σε πάρω γύρω τις 8 απόψε» της δήλωσα, χωρίς να ζητήσω τη γνώμη της.

«Εγώ τώρα τι μπορώ να πω πάνω σε αυτό, εφόσον δε μου ακούστηκε για ερώτηση» ακούστηκε ξεσπώντας σε γέλια.

«Να δεχτείς γιατί δε θα κάνω πίσω».

Το διασκέδαζα κατά κάποιον τρόπο, όταν αντιδρούσε κάπως έτσι.

«Δέχομαι λοιπόν, μπορώ να μάθω πού θα με πας τουλάχιστον;»

«Όχι, είναι έκπληξη άγγελέ μου».

Αν της έλεγα την αλήθεια δε θα την έβλεπα, το μόνο σίγουρο.

«Να ξέρεις, ότι οι εκπλήξεις δεν είναι και το καλύτερό μου, αλλά θα κάνουμε μια εξαίρεση για σας κύριε Μπλέικ» μου αποκρίθηκε χαριτωμένα.

«Πολύ χαίρομαι δεσποινίς Γκριν που μου δίνετε αυτό το ξεχωριστό δικαίωμα, θα προσπαθήσω να φανώ αντάξιος της εμπιστοσύνη σας».

Πόσο μου άρεσε να μιλώ με αυτή τη γυναίκα, ούτε εγώ δεν μπορούσα να το προσδιορίσω, δεν περιγράφεται με τίποτα.

«Πρέπει να βρω και 'γώ κάποιο επίθετο για σένα αφού είμαστε ζευγάρι τώρα».

Με το που το είπε εκστασιάστηκα, δέχτηκε να είναι μαζί μου τόσο γρήγορα, αυτό έδειχνε πως είναι το ταίρι μου.

«Ό,τι θες εσύ άγγελέ μου» προσφώνησα χαμογελώντας.

«Βλέπω το διασκεδάζεις ε; Είναι κοινότοπο αυτό που θα πω, αλλά για μένα σημαντικό, γι' αυτό θα σε λέω αγάπη μου.»

«Δεν άκουσα καλά, ξαναπές το!»

Φυσικά και το άκουσα, αλλά ήθελα να το ακούω συνέχεια να βγαίνει από τα χειλάκια της.

«Αγάπη μου, είσαι η αγάπη μου, εντάξει τώρα;»

«Δεν μπορείς να φανταστείς πόσο ευτυχισμένο με κάνεις τώρα».

Θέλω να βρεθώ δίπλα της, να το ακούσω από κοντά και να τη φιλήσω, αλλά θα κάνω υπομονή ακόμη λίγες ώρες.

«Πρέπει να κλείσω όμως τώρα, πεινάω σαν λύκος και πρέπει να φάω» απαντάει.

«Το αγάπη πού πήγε τώρα;» ρώτησα απογοητευμένος που δεν το χρησιμοποίησε.

«Τα λέμε μετά αγάπη μου, θα αποθηκεύσω και το νούμερό σου».

«Τα λέμε άγγελέ μου!»

Κλείσαμε χωρίς να τα πούμε αλλά είχαμε καιρό και γι' αυτό, βιαζόμουν πάρα πολύ και στο τέλος θα τη φόβιζα, όμως δεν το ήθελα αυτό.

«Κέννεν, ήρθε η Λίνα, η δωρήτριά μου».

Η μικρή παράξενα καταθλιπτική κοπελίτσα στεκόταν πίσω της, χωρίς ίχνος ανησυχίας για μένα. Αλλόκοτο μου φαίνεται για το νεαρό της ηλικία της, το να μη νοιάζεται για τη ζωή της. Θυμάμαι όταν μου είχε αναφέρει η Τζέιν ότι της ζήτησε να την κάνει σαν κι αυτήν, αλλά φυσικά της αρνήθηκε. Η Τζέιν δεν μπορεί να ολοκληρώσει μια διαδικασία μεταμόρφωσης και δε θα το διδαχτεί, όχι από μένα τουλάχιστον.

«Πάρ' τη στο δωμάτιό μου και δώσε της κάτι να φάει Τζέιν, θα έρθω σε λίγο». Φαινόταν πολύ αδύναμη, δε νομίζω να άντεχε την αφαίμαξη. Το τελευταίο που χρειαζόμουν τώρα είναι μια νεκρή κοπέλα στο σπίτι μου.

«Όπως διατάξετε κύριε» έκανε μια χειρονομία χαιρετισμού στον στρατό.

Είμαι αρκετά αυταρχικός, αλλά όλο αυτό σήμερα το διασκέδαζα. Οποιαδήποτε άλλη μέρα πιθανόν να εκνευριζόμουν, αλλά σήμερα δεν μπορούσε να με χαλάσει κάτι και η Τζέιν το μυρίστηκε αυτό. Υποθέτω τώρα θα περιμένω να φάει αυτό το κορίτσι να πάρει δυνάμεις για να τραφώ και να κανονίσω τα πάντα για να υποδεχτώ τον άγγελό μου. Δε πέρασε πολλή ώρα και να σου η Τζέιν ανακοινώνοντας ότι όλα είναι έτοιμα για να πάω στο δωμάτιό μου.

Σηκώθηκα και στα γρήγορα βρισκόμουν εκεί αντικρίζοντας αυτό το καχεκτικό πλάσμα καθισμένο στον καναπέ μου. Πήγα και κάθισα δίπλα της χωρίς να μιλήσω, έκανα στην άκρη τα μαλλιά της αποκαλύπτοντας τις φλέβες στον λαιμό της. Το αίμα με καλούσε να το γευτώ, φυσικά δεν έφτανε καθόλου τη μυρωδιά της αγαπημένης μου αλλά δεν έπαυε να είναι αίμα. Τη δάγκωσα βίαια και ρουφούσα σαν πεινασμένο ζώο, αχόρταγα, διχασμένο από αρχέγονα ένστικτα επιβίωσης. Το κορίτσι άρχισε να αναπνέει όλο και πιο αργά, η ζωή της έμοιαζε να σβήνει σιγά σιγά και εγώ διψούσα κι άλλο. Δεν έκανε προσπάθεια να με αποτρέψει όμως, σαν να το επιθυμούσε. Σκέφτηκα ότι τα πράγματα δεν πάνε καλά στη ζωή της, αυτό όμως μπορεί να το διορθώσει, είναι τόσο νέα ακόμη, δεν έπρεπε να αφήνει τη ζωή της τόσο απλόχερα. Σταμάτησα λίγο πριν της πάρω τη ζωή και αναστέναξε λυπημένα, κατάλαβα ότι το ήθελε αυτό αλλά σίγουρα δε θα ήμουν εγώ ο υπεύθυνος. «Κύριε, γιατί σταματήσατε;» αποκρίθηκε χαμηλόφωνα με σκυφτό κεφάλι.

«Δεν είχα σκοπό να σε σκοτώσω μικρή» έχει πολύ θράσος τελικά αυτή, πώς της ήρθε να μου μιλήσει; Εγώ δεν ήμουν η Τζέιν, δεν ήμουν καν καλός βρικόλακας.

«Κρίμα, ευχαριστώ πάντως που με χρησιμοποιήσατε» είπε και σηκώθηκε να φύγει περπατώντας σαν υπνωτισμένη από τη ζαλάδα.

Άλλο πάλι και αυτό, που φτάσαμε, να σε παρακαλούν οι άνθρωποι να τους σκοτώσεις! Γελοίο μου φαίνεται και μόνο που το σκέφτομαι, αλλά τώρα η σκέψη μου παίρνει άλλη πορεία. Αν είχα καρδιά που να χτυπάει, θα χτυπούσε μόνο για αυτήν, τον άγγελο μου, ό,τι και να κάνω όμως δε θα είναι ποτέ αρκετό. Όταν έκλαιγε χθες έσπασε ένα κομμάτι μέσα μου, όλος ο εγωισμός πήγε βόλτα και το μόνο που έμεινε είναι η αγάπη μου γι' αυτήν.

Όλα πρέπει να γίνουν σωστά σήμερα, όλα όμως!

~

Είμαι ξύπνια εγώ τώρα ή το φαντάστηκα; Αν είναι όνειρο εύχομαι να γίνει πραγματικότητα, αλλά αν είναι πραγματικότητα θέλω να το ζήσω στο έπακρο. Τσιμπήθηκα για να συνέλθω, να δω αν τελικά είμαι ξύπνια.

«Άουτς» μου ξέφυγε μια κραυγή, νιώθω χαζούλα, ήδη είχα βάλει νερό στο πρόσωπό μου και μίλησα με τον Κέννεν, τι άλλο ήθελα για να καταλάβω ότι για μια φορά τα πράγματα πάνε τέλεια για μένα επιτέλους. Σηκώθηκα ζωηρά από το κρεβάτι τραγουδώντας ό,τι μου ερχόταν στο μυαλό, αποθήκευσα το νούμερο στο κινητό μου ως 'αγάπη' και βγήκα από το δωμάτιο. Προχώρησα προς την κουζίνα βιαστικά, μπορούσα να φάω τα πάντα από την πείνα μου αυτή τη στιγμή, ούτε καν πρόσεξα τις φίλες μου που κάθονταν στο σαλόνι και περιεργάζονταν το παράξενο φέρσιμο μου μέχρι που χαμογέλασαν και γύρισα να τις κοιτάξω.

«Καλημέρα λέει ο κόσμος» αποκρίθηκα για να κλείσω το στοματάκι τους.

«Ο κόσμος είμαστε εμείς να υποθέσω, αλλά μήπως και μας πρόσεξες καθόλου όσο τραγουδούσες...» αποκρίθηκαν με τη σειρά τους και φυσικά είχαν δίκιο, ούτε που τις πρόσεξα για να λέμε την αλήθεια.

«Καλά καλά, ίσως ήμουν λίγο στον κόσμο μου».

Σίγουρα είμαι στον κόσμο μου ή όχι; Ίσως...

«Πέρασες ωραία χτες με τον, πως τον είπαμε Σόφη, α ναι, Τζον;» είπε η Νάνσυ κοροϊδευτικά και εγώ σούφρωσα τα χείλη μου από την κουβέντα που μου πέταξε, ίσως και να θίχτηκα, παρόλο που δεν ήξεραν ότι με άλλον πήγα και με άλλον έφυγα στο τέλος.

«Δε προλάβαμε να γνωριστούμε, τον πήραν τηλέφωνο από τη δουλειά του και έφυγε νωρίς. Ούτε να τον κυνηγούσαν, τέτοια καούρα να φύγει!» απάντησα γρήγορα, λέγοντας αλήθεια!

«Τι εννοείς δεν προλάβατε και φύγατε τρέχοντας;» και ανοίγει διάπλατα τα μάτια η Σόφη.

«Αυτό που είπα, δεν εννοώ κάτι άλλο ρε Σόφη, έλεος πλέον».

Όλα ήθελαν να τα ψειρίζουν πλέον.

«Μη μας το παίζεις θιγμένη μικρή μου, άρχισε να μιλάς και τώρα τελευταία σαν πολύ μυστικοπαθής μας βγήκες» τώρα μου την έλεγε κιόλας η Σόφη, ενώ η Νάνσυ κουνούσε το κεφάλι ως συμπαράσταση προς τη Σόφη.

Ωχ, το δικαστήριο αρχίζει, ευτυχώς που είμαι δικηγόρος και ξέρω από υπεράσπιση, έλεγε το υποσυνείδητό μου, αλλιώς την είχα πατήσει για τα καλά.

«Τι θέλετε να πω δηλαδή;» συνεχίζοντας να το παίζω ανήξερη και να τρώω το πρωινό σαν να μην περνούσα ανάκριση πρώτου βαθμού.

«Τι πραγματικά έγινε; Άργησες να έρθεις σπίτι γιατί σε περίμενα ως αργά μέχρι που αποκοιμήθηκα» ρώτησε η Σόφη, υπερπροστατευτική όπως πάντα.

«Βασικά όταν έφυγε ο Τζον, με κάλεσε στο τραπέζι του ο Κέννεν που βρισκόταν τυχαία εκεί για δείπνο» το είπα και ξεφύσησα, το μόνο που περίμενα πλέον είναι οι αντιδράσεις.

Πράγμα που δεν έγινε ποτέ, αφού απόμειναν να με βλέπουν με ανοικτό το στόμα για λίγο μέχρι που το συνειδητοποίησαν και από τις φωνές τους πρέπει να μας άκουσαν και σε άλλα τρία τετράγωνα από εδώ.

«Δε καταλαβαίνω τι λέτε, μία μία παρακαλώ».

Ένιωθα σαν να μου έπαιρναν συνέντευξη για κάποιο περιοδικό ή κάτι τέτοιο.

«Εγώ πρώτη, πες τα όλα, στο είχα πει εγώ, δε στο είχα πει, να με ακούς όταν μιλάω» αποκρίθηκε καμαρωτά η Σόφη σαν να έκανε κάποιο σπουδαίο επίτευγμα.

«Εγώ θέλω να ρωτήσω κάτι άλλο, σε φίλησε;» όπως πάντα πολύ αδιάκριτη η Νάνσυ, αν και ήξερε ότι δεν τα πήγαινα καλά με τόσο προσωπικές ερωτήσεις, ντρεπόμουν όσο δεν πάει.

«Λοιπόν, από πού να αρχίσω άραγε; Πήγα στο τραπέζι μαζί του όπου εκεί βρισκόταν η μικρή του αδερφή, φάγαμε, μιλήσαμε, χορέψαμε έναν χορό και ναι, φιληθήκαμε.» Η αλήθεια ήταν ότι ακόμη νιώθω το άγγιγμα των χειλιών του πάνω στα δικά μου και λιώνω, τι νύχτα κι αυτή σκεφτόμουν καθώς με έβλεπαν με ορθάνοικτα μάτια οι φίλες μου. Ήταν απρόσμενη και τόσο απολαυστική συγχρόνως!

«Δε το πιστεύω, μοιάζετε με το παραμύθι της Σταχτοπούτας» λέει η Σόφη, γεμάτη ενθουσιασμό, αγκαλιάζοντάς με και μετά μου όρμησε και η Νάνσυ σφίγγοντάς με.

«Σιγά, θα με πνίξετε και έχω να βγω και απόψε» το είπα, έτσι και αλλιώς αργά ή γρήγορα θα το μάθαιναν.

«Μη μου πεις ότι θα έρθει να σε πάρει και απόψε, στο είπα ότι είναι τρελός για σένα».

«Συγνώμη που θα στο πω πριγκίπισσα, αλλά στα έλεγε η Σόφη και την έβγαζες τρελή, για δες τώρα, να τρέχει από πίσω σου».

«Όχι ακριβώς, απλά τα φτιάξαμε» ανασήκωσα τους ώμους αδιάφορα για να μη φανώ υπερβολική, αλλά αναγνώριζα ότι μόνο αδιάφορα δεν ένιωθα. Κοντεύει να σπάσει η καρδιά μου κάθε φορά που τον αντικρίζω.

«Αχ, θα τρελαθώ, τα φτιάξατε και μου κουνάς τους ώμους αδιάφορα; Εγώ αν ήμουν στη θέση σου θα έκανα τούμπες στον αέρα από τη χαρά μου.»

«Φοβάμαι» είπα και χαμήλωσα το βλέμμα μετά την αποκάλυψή μου.

«Τι φοβάσαι πριγκίπισσα;»

Πιάνοντας τα χέρια μου η Νάνσυ με έκανε να νιώσω καλύτερα, αλλά δεν μπορούσα να σταματήσω να νιώθω αυτό το συναίσθημα, ειδικά τώρα που ήμουν σίγουρη πως ένιωθα για αυτόν και αν με πληγώσει;

«Μετά τον... Ξέρετε, μου είναι δύσκολο να ανοιχτώ ξανά».

Άσχημες αναμνήσεις πέρασαν σαν εικόνες από μπροστά μου και κούνησα το κεφάλι για να τις διώξω λες και θα έφευγαν!

«Να σκέφτεσαι θετικά, είμαι σίγουρη ότι αυτός είναι τέλειος για σένα» απάντησε η Σόφη σίγουρη για τα λόγια της και κατένευσα.

«Τι λες να βάλεις απόψε, κάτι σέξι να τον τρελάνουμε ακόμη περισσότερο;»
Αχ αυτή η Νάνσυ, δεν ήξερε πότε να σταματήσει.
«Κάτι απλό, δε θέλω να πάρουν τα μυαλά του αέρα».
Θα ήμασταν μόνοι άραγε; Με φόβιζε λίγο τώρα που το σκεφτόμουν. Όταν βρισκόμασταν μόνοι σε έναν χώρο, δεν κρατιόμασταν μακριά ο ένας από τον άλλο. Δεν είμαι όμως έτοιμη ακόμα και είπε πως θα περιμένει.
«Για να λες έτσι, κάτι θα έκανε αυτός. Δεν είναι τρελός για σένα, θεοπάλαβος είναι, να μου το θυμηθείς».
Τώρα χαμογελούν και οι δυο με τη δήλωση της Σόφη και με κολλούν, ώστε να αρχίσω και εγώ. Είμαστε τρεις χαζές που γελούν χωρίς σταματημό και μέχρι να τελειώσουν θα ξεχάσουν τον λόγο που ξεκίνησαν.
«Ίσως και να είναι, αλλά είμαι και 'γω» απάντησα μετά τα γέλια.
«Τότε είσαστε δυο θεότρελοι ερωτευμένοι άνθρωποι» λέει η Νάνσυ.
«Έχεις δίκιο» είπα σηκώνοντας τα χέρια ψηλά σαν μια δήλωση παραδοχής.
Η κουβέντα μας είχε τελειώσει εδώ και 'γώ πήγα να αλλάξω για να πάω για τρέξιμο. Είχα τόση όρεξη σήμερα που δε με χωρούσε το σπίτι. Λίγος καθαρός αέρας θα μου κάνει καλό σκέφτηκα μέχρι να τον συναντήσω. Θα τον σκέφτομαι όμως σε όλη τη διαδρομή συντροφιά με τα τραγούδια από το iPod μου.

Η απομάκρυνση

Τώρα που πλησίαζε η ώρα του ραντεβού, ένιωθα ένα κύμα αγωνίας να με κατακλύζει. Τα χέρια μου ήταν συνεχώς ιδρωμένα, και βάδιζα ανήσυχα πάνω-κάτω στο δωμάτιο, ξεχνώντας εντελώς τι άλλο έπρεπε να κάνω. Παρόλο που ήμουν έτοιμη, η εμφάνισή μου ήταν απλή αλλά προσεγμένη: ελαφρύ μακιγιάζ με λίγο eye liner και lip gloss, και τα μαλλιά μου έπεφταν χαλαρά σε μπούκλες που είχε δημιουργήσει η Σόφη. Το φόρεμά μου, κόκκινο και κοντομάνικο, στενό στο πάνω μέρος και διακοσμημένο με μια φουσκωτή κλος φούστα από τη μέση και κάτω, συνδυάστηκε με μαύρο καλσόν και τα αγαπημένα μου μαύρα μποτάκια.

Η σημερινή μου εμφάνιση ήταν σίγουρα πιο χαλαρή απ' ό,τι συνήθως. Δεν ήξερα πού θα πηγαίναμε και δεν ήθελα να φανώ υπερβολική. Παρά το πρωινό τρέξιμο για χαλάρωση, τώρα ένιωθα ότι η αγωνία μου παρέμενε αμετάβλητη. Ακόμη δεν είχε πάρει τηλέφωνο και αυτό με ανησυχούσε. "Μήπως να τον πάρω εγώ; Θα φανώ ενοχλητική;" σκέφτηκα, αλλά τελικά αποφάσισα ότι δε με ενδιαφέρει. Σχέση έχουμε, στο κάτω κάτω.

Πήρα την απόφαση και πληκτρολόγησα τον αριθμό του. Ήταν ακόμα 8 το βράδυ. "Τι να του πω όμως;" σκέφτηκα με ανησυχία, καθώς άκουγα τον ήχο. Σκέφτηκα να κλείσω, αλλά ήταν ήδη αργά.

«Έλα, άγγελέ μου» απάντησε με χαρούμενη φωνή.

«Έλα, βασικά, τι κάνεις;» έχασα τα λόγια μου. Πάλι το ίδιο, πάντα ξεχνούσα τι ήθελα να πω τις στιγμές αυτές.

«Έρχομαι να σε πάρω, είμαι στον δρόμο, συμβαίνει κάτι μωρό μου;»

«Ωραία, είμαι έτοιμη και σε περιμένω, όλα μια χαρά, θα τα πούμε από κοντά αγάπη μου» του είπα και έτρεμα όλο και πιο πολύ από το άγχος.

«Αγάπη μου ε; Δεν ξέρω αν θα το συνηθίσω ποτέ, ανυπομονώ να σε δω» και έκλεισε το τηλέφωνο, σίγουρα ανυπομονεί κάπως, το άκουσα στη φωνή του.

Τακτοποιήθηκα ρίχνοντας μια τελευταία ματιά στην εμφάνισή μου και κατευθύνθηκα στο σαλόνι. Τι να πω πλέον, τα κορίτσια κάθονταν σαν τους κριτές κάποιων talent show για να με βαθμολογήσουν, είχαν ξεφύγει στα αλήθεια και με πήραν τα γέλια.

«Περνάω στην επόμενη φάση;» τους ρωτάω κοροϊδευτικά, κάνοντας επιδεικτικά μια στροφή μπροστά τους.

«Κάντε ακόμα έναν γύρο γύρω από τον εαυτό σας παρακαλώ και θα αποφασίσουμε» είπαν, φυσικά και τώρα ήταν η σειρά τους να με κοροϊδέψουν. Έκανα αυτό που μου ζήτησαν για να συνεχίσω την πλάκα.

«Μπορώ να πω με σιγουριά ότι κάποιος απόψε θα χάσει τον έλεγχο» είπε ξεδιάντροπα η Νάνσυ.

Είναι πολύ νωρίς για να χάσουμε τον έλεγχο, ήδη χθες υπερέβη πολλά στάδια, σκέφτηκα.

«Θέλω ησυχία τώρα που θα έρθει να με πάρει, εντάξει; Χωρίς πολλές ερωτήσεις ή δηλώσεις», τους είπα, επιθυμώντας να ξεκαθαρίσω τη θέση μου. Σκέφτηκα τι θα έλεγε ο Κέννεν αν ξεκίναγαν να λένε ανοησίες και πώς θα αντιδρούσα εγώ, πέρα από το να κοκκινίσω από ντροπή.

Απότομα, το κουδούνι διέκοψε τις σκέψεις μου. Πριν προλάβουν να απαντήσουν, τους έκανα νόημα να κρατήσουν τα σχόλιά τους για τον εαυτό τους και φάνηκαν να καταλαβαίνουν - τουλάχιστον ελπίζω. Άνοιξα την πόρτα και εκείνος στεκόταν μπροστά μου, ελκυστικός και όμορφος, σχεδόν μου κόβεται η ανάσα. «Ανάπνευσε, Έβελυν» ψιθύρισα στον εαυτό μου. «Δεν υπάρχει λόγος για άγχος. Είναι ο άνθρωπός σου».

«Γεια σου όμορφη» της είπα, παραμένοντας ακίνητος για λίγο από την απλότητα και την εκθαμβωτική ομορφιά της. Δεν έπαυα ποτέ να εκπλήσσομαι κάθε φορά που την έβλεπα. Έπρεπε να το έχω συνειδητοποιήσει μέχρι τώρα.

«Γεια σου, πέρνα μέσα, θέλω να γνωρίσεις τις φίλες μου».

Περίμενα να δείξει ενόχληση με την πρότασή μου, αλλά φάνηκε απολύτως άνετος, αν όχι χαρούμενος.

«Φυσικά, η επιθυμία σας διαταγή δεσποινίς». χάρηκα που μου το ζήτησε, φαίνεται πως με παίρνει στα σοβαρά, κάτι είναι και αυτό. Η μία από τις φίλες της μου ήταν γνωστή από το κλαμπ εκείνη τη νύχτα, ενώ την άλλη την αναγνώρισα μόνο από τη μυρωδιά της. Και οι δύο φάνηκαν ενθουσιασμένες να με συναντήσουν και βιάστηκαν να με χαιρετήσουν.

«Κύριε Μπλέικ, εγώ είμαι η Σόφη, με θυμάστε, και από εδώ η Νάνσυ» δείχνοντάς μου τη φίλη της, έδωσα το χέρι μου να τις χαιρετήσω και ανταπέδωσαν.

«Χαίρομαι που σας γνωρίζω, να με λέτε Κέννεν» αυτό το κύριε Μπλέικ άρχισε να με κουράζει και ακουγόταν τόσο χαζό να συνεχίζουν να με προσφωνούν πλέον έτσι.

«Λοιπόν Κέννεν, να προσέχεις το κορίτσι μας» είπε η Σόφη άφοβα. Η Έβελυν έδειξε αμήχανη λίγο, πιθανόν ανησυχώντας για το τι θα σκεφτόμουν.

«Πάντα» απάντησα σοβαρά, πιάνοντας το χέρι της Έβελυν και φιλώντας το ελαφρά, υπογραμμίζοντας τη δέσμευσή μου. Εκείνη κοκκίνισε, και το βλέμμα της γέμισε ντροπή και ευτυχία. Η αντίδρασή της, το κοκκίνισμα στα μάγουλά της, με γέμιζε πάντα με θαυμασμό, θυμίζοντάς μου πόσο ζωντανή και αληθινή ήταν.

«Ώρα να πηγαίνουμε», είπε, αρπάζοντας το χέρι μου και φέρνοντάς το στα χείλη του για ένα απροσδόκητο, αλλά υπέροχο φιλί. Κάθε φορά που τον κοίταζα, ερωτευόμουν περισσότερο, και η ένταση της στιγμής με γέμιζε φόβο.

«Καληνύχτα, κορίτσια» αποχαιρέτησα, ενώ περνούσα το χέρι μου γύρω από τη μέση του.

Επιβεβαίωσα ότι φορούσε το παλτό της, μη θέλοντας να κρυώσει. Ήταν η πρώτη φορά που ανησυχούσα τόσο πολύ για κάποιον, σχεδόν σαν να ξαναζούσα τη ζωή από την αρχή. Μπήκαμε στο ασανσέρ και χωρίς να αντέχω άλλο να είμαι δίπλα της και να μην μπορώ να κάνω κάτι την άρπαξα και τη φίλησα. Όλα χάθηκαν γύρω μας, το μόνο που έμενε ήταν η γεύση των χειλιών της να με τυλίγει και να χάνομαι.

«Ήθελα πολλή ώρα να το κάνω αυτό μωρό μου» της ψιθύρισα, ενώ βρισκόμασταν τόσο κοντά που μας χώριζε μια αναπνοή.

«Χαίρομαι που το έκανες», απάντησα, αγκαλιάζοντάς τον σφιχτά, τόσο που σχεδόν δεν αντιλήφθηκα τον ήχο του ασανσέρ να ανακοινώνει την άφιξή μας στο ισόγειο. «Θα μου άρεσε να μέναμε εδώ για πάντα, αγάπη μου, αλλά δε θα φτάσουμε ποτέ στον προορισμό μας έτσι».

«Έχεις δίκιο» είπα, ακόμη περίεργη για το πού θα πήγαινε η βραδιά. «Και πού πάμε, ακριβώς; Μέχρι τώρα δε μου έχεις αποκαλύψει τίποτα».

«Έκπληξη είναι, θυμάσαι;» απάντησε με ένα παιχνιδιάρικο χαμόγελο, παρατηρώντας την υποκριτική μου απογοήτευση.

Ήθελα να της πω να μη σουφρώνει τα χειλάκια της, είχα που είχα φουντώσει ήδη με αυτό το φορεματάκι, δε θα άντεχα για πολύ ακόμη εδώ που τα λέμε αλλά δεν της είπα τίποτα.

«Θα περιμένω λίγο ακόμη, αλλά να ξέρεις ότι δε μου αρέσουν οι εκπλήξεις», είπα, αν και η περιέργειά μου ήταν στο αποκορύφωμα. Μισώ τις εκπλήξεις, με κάνουν να νιώθω απροετοίμαστη.

Μπαίνοντας στο αυτοκίνητο, η βραδινή ψύχρα με τύλιξε, αλλά η θέα της πόλης, λαμπερή και μαγευτική, έδινε μια αίσθηση παραμυθιού. Είχα τον πρίγκιπά μου δίπλα μου. Το χέρι του άγγιξε το δικό μου και αμέσως ένιωσα ένα ρίγος ευφορίας. Η επαφή του ήταν αυτό που περίμενα. Άνοιξα το ραδιόφωνο, απολαμβάνοντας τη μουσική καθώς κινούμασταν μέσα στη νύχτα με το πολυτελές Audi του, σε μολυβί απόχρωση, ταιριαστό με τον οδηγό του. Ήταν ακαταμάχητα γοητευτικός απόψε, με το απλό του τζιν και το μαύρο μπλουζάκι. Αναρωτήθηκα πού θα πηγαίναμε - σίγουρα κάπου χαλαρό, καθώς δε φορούσε κάποιο από τα στιλάτα του κοστούμια. Φαινόταν τόσο ανέμελος.

«Τι σκέφτεσαι άγγελέ μου;»

Με κοίταξε με εκείνο το βλέμμα που δημιουργούσε ένταση σε όλο μου το σώμα. Πώς μπορούσε να με επηρεάζει τόσο;

«Ότι πάντα είσαι τόσο καλοντυμένος και γοητευτικός» του είπα, δεν μπορούσα να κρατηθώ. Το στόμα του άνοιξε σε ένα μεγάλο χαμόγελο.

«Ώστε με βρίσκεις γοητευτικό, άγγελέ μου;»
Οι λέξεις βγήκαν αβίαστα από τα χείλη της και δεν μπορούσα παρά να χαμογελάσω. Η σκέψη ότι με βρίσκει όμορφο μου φαίνεται τόσο απίστευτη, φαντάσου πώς τη βλέπω εγώ.

«Γιατί γελάς τώρα; Με κοροϊδεύεις;» Η έκφρασή της ήταν μια μίξη περιέργειας και ανησυχίας. Δεν είχα πει κάτι που δεν ήξερε ήδη.

«Πιστεύεις ότι σε κοροϊδεύω Έβελυν;» απάντησα, κοιτώντας τη στα μάτια.

«Ε, δεν ξέρω... είσαι τόσο αινιγματικός που δεν μπορώ να διαβάσω τις σκέψεις σου».

«Όταν σκέφτομαι εσένα, πάντα είναι για τα καλύτερα.» Απάντησε και στράφηκε να κοιτάξει έξω από το παράθυρο, αυξάνοντας την ένταση της μουσικής. Της άρεσε προφανώς η Emily Sante.

«Μου αρέσει η Emily Sante» δήλωσα κεφάτα.

«Θα το έχω υπόψη μου μωρό μου», το τραγούδι μιλούσε για αγάπη. Δε συνηθίζω να ακούω τραγούδια από τις τελευταίες δεκαετίες, συνήθιζα να ακούω πιο παλιά κλασικά κομμάτια, αλλά δε νομίζω να της αρέσουν ιδιαίτερα.

«Η μητέρα μου είναι μουσικός και εγώ μεγάλωσα με μουσική παιδεία, αλλά στο τέλος ακολούθησα τη νομική!!!» είπε εκείνη, με τις λέξεις να ρέουν αβίαστα.

«Τραγουδάς κιόλας, άγγελέ μου;» είπα, ανακαλύπτοντας νέες πτυχές της προσωπικότητάς της. Ήταν τόσο ταλαντούχα και μοιραζόταν μαζί μου τόσα πολλά προσωπικά πράγματα.

«Φυσικά, γιατί; Μήπως σκοπεύεις να με προσλάβεις στην μπάντα σου, κύριε Μπλέικ;» είπα αστειευόμενη με το θέμα.

«Άγγελέ μου, θα είσαι η προσωπική μου αοιδός, αυτό σε ικανοποιεί;» Η ιδέα να την έχω κοντά μου, να την ακούω να τραγουδάει μόνο για μένα, με γέμιζε ευτυχία. Εκείνη με κοίταξε με αμφιβολία και ενθουσιασμό.

Σε λίγο θα φτάναμε στο σπίτι και δεν ήμουν σίγουρος για την αντίδρασή της, απλά ελπίζω να είναι θετική. Η Τζέιν ευτυχώς είχε καταφέρει να απομακρύνει τον Τζακ και τους υπόλοιπους, μόνο η κυρία Γκρέις θα βρισκόταν εκεί.

Το τεράστιο σε νεοκλασικό στιλ σπίτι, με μοντέρνες πινελιές εμφανίστηκε μπροστά μας, και τα μάτια της Έβελυν άνοιξαν μεγάλα από την έκπληξη.

«Αυτό είναι το σπίτι σου;» ψέλλισε, φανερά εντυπωσιασμένη.

«Ναι, το δικό μου» απάντησα, συνειδητοποιώντας πόσο μικρό και ασήμαντο φάνταζαν τα πάντα μπροστά στην παρουσία της.

«Ήρθαμε εδώ για κάτι συγκεκριμένο; Ξέχασες κάτι και ήρθαμε να το πάρουμε;» ρώτησε, καθώς φαινόταν να ελπίζει σε μια απλή επίσκεψη.

«Όχι, αγάπη μου, απλά ήθελα να είμαστε μόνοι», είπα, κοιτάζοντάς τη βαθιά στα μάτια. Ένιωθα τον παλμό της καρδιάς μου να επιταχύνεται, καθώς περνούσαμε την πύλη.

«Συγνώμη που θα σε απογοητεύσω αλλά δεν ξέχασα τίποτα, θα δειπνήσουμε σπίτι μου, η έκπληξη που λέγαμε».

Είδα τον πανικό στα μάτια της, ένιωσα την ανάσα της ασταθή και την καρδιά της να χτυπάει γρήγορα, σίγουρα τρομοκρατήθηκε τώρα.

«Όχι, απλά δεν το περίμενα όταν είπες έκπληξη ότι εννοούσες το σπίτι σου».

Αν το ήξερα θα προετοιμαζόμουν καλύτερα είπα στον εαυτό μου, για να με ξεγελάσω, αλλά ούτε έτσι θα το χώνευα. Ούτε καν είχε περάσει από ένα κομμάτι του μυαλού μου, αυτό δεν είναι έκπληξη, είναι βόμβα μεγατόνων.
«Αν δε νιώθεις καλά, μπορούμε απλά να πάμε κάπου αλλού».

«Όχι, εδώ θα είναι μια χαρά, απλώς ξαφνιάστηκα» του είπα. Ο γλυκός μου είχε κατεβάσει κάτι μούτρα όλο παράπονο και δεν το ήθελα αυτό, απλά μια νύχτα είναι θα περάσει χωρίς παρατράγουδα. Με το που δέχτηκα όμως η φατσούλα του άλλαξε, σαν να φωτίστηκε. Πρέπει να το σχεδίαζε αυτό όλη μέρα και ανακουφίστηκε που δέχτηκα. Ήρθε, μου άνοιξε την πόρτα σαν σωστός τζέντλεμαν για να με οδηγήσει μέσα από τη σκάλα του υπογείου στο σαλόνι του σπιτιού.

«Είναι τεράστιο, μόνος σου μένεις εδώ;» ρώτησα κάπως υπερβολικά ενθουσιασμένη με τον χώρο. Ήταν τεράστιος, με πίνακες, περισσότερο αναγεννησιακής τεχνοτροπίας. Το ξύλο είχε πρωτεύον ρόλο στη διακόσμηση κυρίως σκαλιστό, αλλά το καθιστικό αντίθετα ήταν μοντέρνο, σαν μια διαφορετική νότα στην όλη διακόσμηση. Γενικά ξετρελάθηκα και το έδειξα με κάθε τρόπο, μόνο που δεν πηδούσα πάνω κάτω κιόλας.

«Άγγελέ μου, μη με κάνεις να ζηλεύω το σπίτι μου».

Αυτό κι αν ακούγεται χάλια, σκέφτηκα και την κοίταξα κάπως παραπονιάρικα!

«Γιατί αυτό κύριε Μπλέικ;»

«Ενθουσιάστηκες τόσο πολύ με το σπίτι, ενώ είσαι μαζί μου πάντα τόσο επιφυλακτική».

Στεκόταν εκεί αμίλητη να με κοιτάζει και μετάνιωσα που το είπα αυτό, θα νομίζει ότι είμαι κανένας υστερικός ψυχοπαθής αλλά για να πω την αλήθεια, είμαι κάτι πολύ χειρότερο, ένας δολοφόνος.

«Πολύ ζηλιάρης μας βγήκατε κύριε Κέννεν» το 'πα και φάνηκε πως κρεμόταν από τα χείλη μου γι' αυτήν την απάντηση.

Παράξενος είναι απόψε, φοβάται κι αυτός άραγε που όλα προχωρούν τόσο γρήγορα μεταξύ μας.

«Μόνο για σένα άγγελέ μου!»

Ήμουν τόσο κοντά της, πήρα μια τούφα από τα μαλλιά της στο χέρι μου και την έβαλα πίσω από το αυτί της, αμέσως ένιωσα την ταραχή που της προκαλούσε το άγγιγμά μου σε όλο το κορμί της. Είναι τόσο σαγηνευτική όταν μοιάζει σαν φοβισμένο σπουργιτάκι στα χάδια μου. Δε το συνέχισα όμως περαιτέρω γιατί δε θα μπορούσα να σταματήσω, αρκέστηκα μόνο σε αυτό, για την ώρα.

«Πεινάτε δεσποινίς μου;»

«Φυσικά, βλέπω ότι έχετε σχέδια για απόψε».

Πάντα πεινούσα, ποτέ δεν έλεγα όχι σε πρόσκληση για φαγητό αλλά η όρεξή μου για αυτόν ήταν μεγαλύτερη μπορώ να πω με σιγουριά.

«Όσο για αυτό, δε φαντάζεσαι άγγελέ μου».

Την πήρα από το χέρι για να την οδηγήσω στον χώρο που είχε ετοιμάσει η κυρία Γκρέις για να δειπνήσουμε. Της είχα αναφέρει ότι θα έχω μια ξεχωριστή καλεσμένη που θέλω να περιποιηθώ ιδιαίτερα και έδειξε να καταλαβαίνει.

Άνοιξα την πόρτα που οδηγούσε σε ένα δωμάτιο του σπιτιού που χρησιμοποιούσαμε για ειδικές περιστάσεις. Το δωμάτιο βρισκόταν στο τρίτο και τελευταίο όροφο του κτιρίου, με γυάλινη οροφή για μια ρομαντική νύχτα σαν κι αυτή, υπό το φως των αστεριών. Το στόμα της είχε ανοίξει διάπλατα με το που αντίκρισε το όλο θέαμα, τον συνδυασμό των κόκκινων ρόδων και των κεριών, όλα ήταν μαγευτικά.

«Είναι υπέροχα».

Χριστέ μου, δεν μπορούσα να πιστέψω στα μάτια μου, έμοιαζαν όλα ονειρικά, όμορφα, και όλα αυτά μόνο για μένα!

«Χαίρομαι που σου αρέσει».

Η κυρία Γκρέις είχε κάνει υπέροχη δουλειά, θα την ευχαριστούσα αργότερα γι' αυτό. Καθίσαμε στο τραπέζι ακριβώς απέναντι ο ένας από τον άλλο και κοιταζόμασταν στα μάτια. Αχ, αυτά τα μάτια, που θα με οδηγήσουν σκέφτηκα, τόσο αγνά, καμία σχέση με μένα.

«Εσύ τα έκανες όλα αυτά;»

«Εγώ είχα την ιδέα, αλλά όχι, η κυρία Γκρέις τα ετοίμασε όλα, σε απογοήτευσα;»

«Φυσικά και όχι».

Πώς μπορεί να πιστεύει ότι με απογοήτευσε με όλα όσα έχει κάνει για μένα, μόνο η σκέψη του μετράει.

Εμφανίστηκε μια γυναίκα και κατάλαβα ότι μάλλον αυτή θα ήταν η κυρία Γκρέις, φαίνεται κάπως μεγάλη εμφανισιακά. Το βλέμμα της έχει πέσει πάνω μου τώρα και αντιλαμβάνομαι ότι δεν περίμενε κόσμο από την έκπληξη στο πρόσωπό της, ή τουλάχιστον όχι εμένα.

«Κυρία Γκρέις, πάνω στην ώρα όπως πάντα».

Πάντα τυπική, κάτι όχι και τόσο σύνηθες για έναν άνθρωπο αλλά κάτι δεν πήγαινε καλά απόψε, κάτι στο βλέμμα της ήταν διαφορετικό όταν αντίκρισε την Έβελυν. Τι νόμιζε, ότι θα ήταν κάποιος βρικόλακας; Αποκλείεται, δε θα χρειαζόταν το φαγητό, ίσως ότι θα ήταν επαγγελματικό δείπνο.

«Κύριε Μπλέικ, δεσποινίς μου» μας χαιρέτησε όλο ευγένεια.

«Ευχαριστούμε πολύ κυρία Γκρέις».

Τοποθέτησε τα ορεκτικά για αρχή στο τραπέζι και εκεί που νόμιζα ότι ετοιμαζόταν να μας αφήσει για να φέρει το κυρίως πιάτο, γύρισε να μου μιλήσει.

«Κύριε, μπορώ να σας ενοχλήσω ένα λεπτό, παρακαλώ;»

Τι στο καλό, η Γκρέις ποτέ δε με διακόπτει έτσι και γενικά μπροστά σε κόσμο, αλλά ήμουν περίεργος για την ξαφνική αλλαγή της και θα την ακολουθούσα έξω από το δωμάτιο.

«Με συγχωρείς άγγελέ μου για λίγο» είπα στην Έβελυν και σηκώθηκα να βγω έξω.

«Σας ακούω κυρία Γκρέις, τι συμβαίνει;»

«Απλά κύριε, είναι τόσο νέα και όμορφη, κρίμα είναι να πάθει κάτι» ξεστόμισε γρήγορα, αλλά χαμηλόφωνα και φάνηκε πως φοβόταν αρκετά για τα θαρραλέα της λόγια τώρα.

«Κυρία Γκρέις, δεν υπάρχει λόγος να ανησυχείτε, δεν πρόκειται να της κάνω κακό αν αυτό φοβάστε» της αποκρίθηκα με ειλικρίνεια, ελπίζοντας πως θα με πιστέψει.

«Με συγχωρείται, απλά αγνοήστε με και συνεχίστε το δείπνο σας» απάντησε και έτρεξε βιαστικά προς την κουζίνα υποθέτω,

«Ευχαριστώ κυρία Γκρέις για τη διακόσμηση» είπα για να την καθησυχάσω μετά από την προηγούμενή της δήλωση, δείχνοντας ότι δεν ενοχλήθηκα και όλα είναι καλά.

Επέστρεψα πίσω στο δωμάτιο, κοντά στην αγαπημένη μου, η οποία έπαιζε άσκοπα με το τηλέφωνό της και άρπαξα την ευκαιρία για να την κοιτάζω, μου φαινόταν πιο ανέμελη όταν δε με είχε απέναντί της. Έβηξα για να της τραβήξω την προσοχή και τινάχθηκε ενστικτωδώς από την ξαφνική παρουσία μου.

«Δε κατάλαβα ότι επέστρεψες με τρόμαξες».

Τόσο αθόρυβος είναι τελοσπάντων ή εγώ είμαι αλλού για αλλού, σκέφθηκε καθώς του αποκρίθηκε.

«Δεν πειράζει, μου αρέσει να σε πιάνω απροετοίμαστη» είπα χαμογελώντας.

«Ας επιστρέψουμε στο δείπνο μας λοιπόν».

«Όλα φαίνονται πεντανόστιμα» όλα αυτά τα ορεκτικά σαν μικρά έργα τέχνης, φοβόσουν να τα ακουμπήσεις για να μην καταστραφούν. Το κρασί που είχε διαλέξει πρέπει να είναι αρκετά ακριβό, με πορφυρό λαμπερό χρώμα και απαλή, γεμάτη γεύση στο στόμα. Θα ήθελα να το ξαναγευτώ και διάβασα την ετικέτα 'Chateau Haut Ponteent', γαλλικό, ελπίζω να το θυμάμαι.

Όλα αυτά συνοδεύονταν από χαμηλή μουσική χωρίς στίχους, μόνο ο ήχος μιας άρπας, τόσο ρομαντικά χαλαρωτικός, όλα ήταν απολαυστικά.

«Χαίρομαι που σου αρέσουν άγγελέ μου» κοιταζόμασταν πάλι στα μάτια, ο πόθος μας σιγόβραζε όλο και περισσότερο και δε θα αργούσε να φανεί.

«Εσύ όμως δεν τρως, γιατί αυτό;»

Δεν είχε αγγίξει τίποτα, παρατήρησα, όπως και στο εστιατόριο που ήμασταν χθες, τι συμβαίνει, κάνει κάποιο είδος διατροφής σκέφτηκα αλλά και πάλι μου φαίνεται παράξενο.

«Απολαμβάνω τη συντροφιά σου και απορροφήθηκα, αλλά αφού φαίνεται να σε ενοχλεί που δεν τρώω, δε θα δυσαρεστήσουμε την καλεσμένη μας».

Πήρα μια μπουκιά από ένα κομμάτι προσούτο για αρχή ώστε να μην ήμουν αγενής, αλλά δε μου προσέφερε κάτι, κάτι που μόνο εγώ γνώριζα καλά. Αντίθετα με το αίμα της, με καλούσε να το γευτώ όλη νύχτα, μόνο για αυτό διψούσα από τότε που την πρωτοείδα.

Η κυρία Γκρέις είχε φέρει τώρα το κυρίως πιάτο, μοσχαρίσιο κρέας στην κατσαρόλα με κόκκινη σάλτσα, συνοδευμένο με πατάτες στον φούρνο. Είχε κεντήσει με τη μαγειρική απόψε και η Έβελυν φάνηκε να ενθουσιάζεται με τις γεύσεις. Την παρακολουθούσα κάπως διακριτικά καθώς έτρωγε με τόση ευχαρίστηση που έβγαζε μικρούς ευχαριστήριους ήχους και εμένα μου ξυπνούσε η όρεξη για άλλα πράγματα, που έχουν σχέση με την ηδονή. Είχε μείνει λίγη σάλτσα στα χείλη της και σκέφτηκα να την καθαρίσω αλλά αμέσως το αντιλήφθηκε και το έγλειψε, πόσο ερεθιστικό φαίνεται κάτι τόσο απλό όταν το κάνει η συγκεκριμένη γυναίκα, κοντεύω να τρελαθώ από την εσωτερική έκρηξη που μου προκαλεί.

«Η κυρία Γκρέις έκανε καταπληκτική δουλειά με το φαγητό, έχει πολύ καιρό να φάω κάτι το εύγεστο, και σπιτικό το ευχαριστήθηκα πολύ».

«Θα συνεχίσεις να τρως έτσι αν έρχεσαι συχνά».

«Αυτό είναι πρόσκληση ή πρόκληση κύριε βιαστικέ;» απάντησα αμέσως καθώς σκεφτόμουν αν το εννοούσε πραγματικά.

«Όπως θες πάρ' το άγγελέ μου, εγώ απλά σε θέλω εδώ μαζί μου, κι αν με το φαγητό υπάρχει ένας επιπλέον λόγος να τα καταφέρω, αυτό θα κάνω» είπε αυτός κλείνοντας της το μάτι ως υπονοούμενο.

«Είναι πολύ νωρίς Κέννεν, απλά σου το έχω ξαναπεί, δώσε μου λίγο χρόνο, όλο αυτό με βρίσκει απροετοίμαστη».

Τον γλυκό μου, το θέλει πολύ από τα λόγια του αλλά όσο και αν το θέλω και 'γώ έχω πολλά να σκεφτώ ακόμα.

«Ξέρω, ξέρω, αλλά δε χάνω τίποτα να δοκιμάζω όμως, σωστά;»

«Τι να σου πω τώρα, είσαι πολύ πεισματάρης».

«Να μου πεις πως δέχεσαι να χορέψουμε» σηκώθηκα απλώνοντας το χέρι μου στο δικό της και αμέσως αντέδρασε θετικά στην πρόσκληση μου. Τα κορμιά μας ακουμπούσαν το ένα το άλλο ταιριάζοντας απόλυτα, και αρχίσαμε να κουνιόμαστε με αργές κινήσεις για να συμβαδίζουμε με τη μουσική.

Κάποιος είναι στο σπίτι, πάγωσα όταν αντιλήφθηκα πως ήταν η Καμίλ και στεκόταν ακριβώς μπροστά μου, με τα χέρια στη μέση, έτοιμη για σκηνή. Ήμουν τόσο εστιασμένος στην Έβελυν που οι άλλες μου αισθήσεις δε λειτουργούσαν κανονικά. Αυτό μου έλειπε τώρα, αν μου το χαλάσει θα την πάρει και θα τη σηκώσει.

«Παρεούλα βλέπω, καινούριο φρούτο η κοπελίτσα, από πού την ψώνισες Κέννεν γλυκέ μου;»

Έβγαλε τόση κακία με τα αηδιαστικά της λόγια, όλο ειρωνεία, που έκανε την Έβελυν να γυρίσει απότομα και να με αφήσει, για να κοιτάξει ξαφνιασμένη προς το μέρος της.

«Καμίλ, δεν είναι η κατάλληλη στιγμή, θα τα πούμε άλλη ώρα εμείς» είπα και στεκόμουν μπροστά της ήδη για να την προειδοποιήσω σιωπηλά χωρίς να αντιληφθεί κάτι η Έβελυν, αλλά και να την οδηγήσω προς την έξοδο.

«Όχι χρυσό μου, μια χαρά στιγμή μου φαίνεται εμένα. Εγώ είμαι η Καμίλ Μπαρόν» με μια κίνηση βρέθηκε μπροστά της για να συστηθεί, και η Έβελυν γούρλωσε τα μάτια, χωρίς όμως να κάνει πίσω.

«Έβελυν Γκριν».

Τι είναι τώρα αυτό, ποια στο καλό είναι και τι γυρεύει εδώ. Στο μυαλό μου στριφογύριζαν πολλές ερωτήσεις για το άτομό της που θα ήθελα να μάθω αλλά η παρουσία της δε μου άρεσε καθόλου.

«Πολύ όμορφη είναι Κέννεν, τουλάχιστον έχεις καλό γούστο, και από μυρωδιά άλλο πράγμα, δε σου τρέχουν τα σάλια τόση ώρα;» είπε με το γνωστό υφάκι της σκύλας για να υποβιβάσει τους άλλους.

«Αρκετά είπες, είναι ώρα να φύγεις Καμίλ» αν προσπαθούσε να τα αποκαλύψει όλα στην Έβελυν για να με εκνευρίσει δεν της τα έχουν πει καλά, ο εκνευρισμός θα είναι το λιγότερο πράγμα σε αυτά που πρόκειται να συμβούν.

«Μην εκνευρίζεσαι γλυκέ μου, ξέρεις πόσο ανάβω όταν μου γίνεσαι σκληρός ή μήπως δε γνωρίζει η φιλεναδίτσα σου για την ιδιαίτερη σχέση που έχουμε εμείς οι δυο;»

Ως εδώ ήταν, με το που ξεστόμισε τις βλακείες της ήμουν έτοιμος να τη βγάλω έξω με το ζόρι μέχρι που με σταμάτησε η Έβελυν όταν μίλησε.

«Κέννεν, τι συμβαίνει εδώ, τι λέει αυτή, είναι αλήθεια;» Δεν ήθελα να πιστέψω σε αυτά που είπε αλλά δεν μπορούσα να μη ρωτήσω, με έτρωγε από μέσα μου και τα δάκρυα δε θα αργούσαν να φανούν αν όλα ήταν αλήθεια.

«Άγγελέ μου, μην ακούς τίποτα από όλα αυτά, όλο βλακείες λέει η Καμίλ».

Τα λόγια μόλις που βγήκαν, δεν ήθελα να τη βλέπω στα μάτια και να της λέω ψέματα, αλλά θα την έχανα και αυτό δε θα το άντεχα.

«Άγγελέ μου ακούω, είναι το καινούριο σου θύμα όπως ήταν και η Λόρεν; Αυτή εδώ όμως τώρα που τη βλέπω καλά, φαίνεται ανυποψίαστη» γύρισε η Καμίλ, δείχνοντάς τη με το δάκτυλο υποτιμητικά.

«Είπα φύγε τώρα, μη με αναγκάσεις να σε διώξω με άλλον τρόπο Καμίλ».

Θα τη σκοτώσω, τι σκόπευε να κάνει πλέον, μέχρι και τη Λόρεν έβαλε στη συζήτηση. Αλλά δεν μπορούσα να ασχοληθώ περαιτέρω μαζί της όταν αντίκρισα το όμορφο πρόσωπο της πριγκίπισσάς μου να συσπάτε και δάκρυα να τρέχουν από τα μάτια της. Αυτό δεν μπορούσα να το επιτρέψω, ένιωσα κάτι να σπάει μέσα μου, δάκρυα για μένα σκέφτηκα, δεν το αξίζω.

«Δεν είναι ανάγκη Κέννεν, ξέρω τον δρόμο, θα φύγω μόνη μου, αλλά πρώτα» είπε και εκσφενδονίστηκε πάνω στην Έβελυν, σπρώχνοντάς την πίσω, ρίχνοντάς την κάτω και έτοιμη να την κατασπαράξει. Όρμησα πίσω της χωρίς να με νοιάζει πλέον αν θα έβλεπε η Έβελυν τι είμαι, φτάνει να τη σώσω πριν τη σκοτώσει. Τη χτύπησα δυνατά προς την αντίθετη κατεύθυνση και φάνηκε χαρούμενη, πάντα τόσο μαζοχιστικά εθισμένη με τη βία. Ξεγύμνωσα τους κυνόδοντές μου για να επιτεθώ ξανά, το ίδιο έκανε και αυτή. Στο τέλος την είχα πάρει από τον λαιμό έτοιμος να της πάρω και την αθάνατη ζωή.

«Μη Κέννεν, θα φύγω, μη με σκοτώσεις» ικέτευσε για τη ζωή της, ήξερε καλά ότι θα το έκανα, δεν αστειευόμουν εδώ που είχαμε φτάσει αλλά την άφησα και χάθηκε στα γρήγορα, το έβαλε στα πόδια.

Τώρα είχα απομείνει να κοιτάζω την Έβελυν η οποία ήταν στο πάτωμα φοβισμένη από όσα είχε δει.»

Ήξερα όμως ότι η Καμίλ δε θα το έβαζε κάτω και ότι αυτό θα ήταν μόνο η αρχή.

«Άγγελέ μου, είσαι καλά;» είπα και έκανα να τη σηκώσω και να σιγουρευτώ ότι δε χτύπησε κάπου.

Το ύφος της άλλαξε αμέσως, έκανε πίσω ώστε να μην μπορώ να την ακουμπήσω και έβαλε τα χέρια γύρω από το κορμί της σε μια προστατευτική στάση.

«Φύγε μακριά μου, μη με ακουμπάς, ποιος είσαι στα αλήθεια, μάλλον καλύτερα, τι είσαι;» είπε δυνατά, τόσο δυνατά που κι άλλα δάκρυα κύλησαν στα μάγουλά της σαν καταρράχτης. Άνθρωπος αποκλείεται να είναι με όσα είχε δει απόψε, μοιάζει περισσότερο με τέρας, ένα υπερφυσικό τέρας.

«Αγάπη μου, μη μου το κάνεις αυτό, άσε με να σου εξηγήσω, απλά άκουσε με» ή θα της μιλούσα και θα καταλάβαινε ή αν όχι έπρεπε να τη σκοτώσω σύμφωνα με τους νόμους μας, δεν πρέπει να γίνει γνωστή η ύπαρξη του είδους μας. Την τελευταία φορά που είχε γίνει γνωστή η ύπαρξή μας στους θνητούς, μας επιτέθηκαν, έγιναν πολλές σφαγές και από τότε υπακούμε σε νόμους. Φυσικά δε θα τη σκότωνα, αλλά κάτι άλλο έπρεπε να σκεφτώ για να τη σταματήσω προτού θελήσει να φύγει τρέχοντας.

«Είσαι ένα τέρας, τα έχω δει όλα, δε χρειάζομαι άλλες δικαιολογίες απλά άσε με να φύγω».

Οι λέξεις της Έβελυν βγήκαν σπαρακτικές, γεμάτες με οργή και φόβο. Ένιωσα την καρδιά μου να σπάει σε χίλια κομμάτια. Πώς μπορούσα να την πείσω ότι δεν ήμουν το τέρας που νόμιζε;

«Δεν είμαι αυτό που νομίζεις. Σε παρακαλώ, δώσε μου μια ευκαιρία να σου εξηγήσω» είπα με έναν τόνο ικετευτικό, ελπίζοντας να με ακούσει.

Η Έβελυν προσπάθησε να σηκωθεί, στηριζόμενη στον τοίχο για ισορροπία. Η ματιά της ήταν γεμάτη με ανασφάλεια και πόνο, και ένιωσα τις τύψεις να με κατακλύζουν. Η σκέψη ότι της προκάλεσα τόσο πόνο ήταν αφόρητη.

«Δεν μπορώ να σε αφήσω να φύγεις μετά από αυτό που είδες, αλλά να ξέρεις πως δε θέλω να σου κάνω κακό, απλά άκουσε με» είπα με την ελπίδα να αντανακλά στα μάτια μου. Το σπασμένο μου «είναι» αντανακλούσε την απόγνωση της φωνής μου.

«Εντάξει, αφού δεν καταλαβαίνεις...»

Αποπειράθηκα να σηκωθώ, νιώθοντας τη βαριά μελαγχολία στο βλέμμα του. Ο πόνος στο πόδι μου ήταν αφόρητος, σαν να είχα τραυματιστεί σοβαρά. Έκανα ό,τι μπορούσα για να σταθώ στα πόδια μου.

Με παρακολουθούσε καθώς προσπαθούσα να σηκωθώ, με μια υποψία μελαγχολίας στα μάτια που με έκανε να νιώσω τύψεις, αυτό μας έλειπε τώρα, να με πιάσουν οι χαζοσυγκινήσεις μου. Το πόδι μου δεν έλεγε να κουνηθεί και ο πόνος ήταν ανυπόφορος. Μάλλον την ώρα που έπεσα θα στραμπούληξα τον αστράγαλό μου, τι να έκανα τώρα; Έβαλα όλες τις δυνάμεις που μου απέμειναν και στάθηκα μετά βίας στα πόδια μου, ακουμπώντας πάνω στον τοίχο για να ισορροπήσω.

«Δε σε αφορά εσένα και σταμάτα να με αποκαλείς έτσι, φαντάζει τόσο γελοίο να βγαίνει αυτή η λέξη από το στόμα σου, ενώ το μόνο που ήθελες από την αρχή ήταν να με σκοτώσεις ή να με εκμεταλλευτείς».

Έκανα ένα βήμα μακριά από τον τοίχο μήπως και κατάφερνα να περπατήσω, πονούσα πολύ, αλλά ήταν λίγο πιο υποφερτός ο πόνος από πριν.

«Αν ήθελα να σε σκοτώσω θα το είχα κάνει προτού το καταλάβεις, αλλά εγώ δεν έχω τέτοιο σκοπό και σταμάτα να περπατάς, θα το κάνεις χειρότερα.»

Ήθελα να πάω, να την αγγίξω, να τη βοηθήσω και να της εξηγήσω ότι όλα θα πάνε καλά, μα η στάση της δε μου το επέτρεπε.

«Θέλω ένα ποτήρι νερό αν έχεις ακόμη την ευγένεια να μου προσφέρεις» είπα ελπίζοντας να μην καταλάβει τι σκεφτόμουν να κάνω.

Μάζεψα όσες δυνάμεις μπορούσα και μόλις γύρισε να μου φέρει νερό έκανα την καρδιά μου πέτρα και έτρεξα, έτρεξα όσο πιο γρήγορα μπορούσα με το πόδι τραυματισμένο για να ξεφύγω, αλλά φυσικά ήταν τόσο απίστευτα γρήγορος που χωρίς να το καταλάβω με άρπαξε στην αγκαλιά του.

«Άφησε με, είσαι ένα τέρας, μη με ακουμπάς» φώναξα, ούρλιαζα για την ακρίβεια και χτυπιόμουν να με αφήσει, αλλά αυτός παρέμενε ατάραχος, χωρίς να κάνει ούτε ένα βήμα πίσω, σαν να χτυπούσα σε πέτρα ένιωθα.

«Δεν πρόκειται να σε αφήσω, σταμάτα να ουρλιάζεις, δε θα σε πειράξω».

Τι άλλο να κάνω για να τη μεταπείσω, τα έχω χάσει αλλά κάτι έπρεπε να κάνω έστω κι αν δεν το ήθελα. Της έκλεισα το στόμα με το χέρι μου και την πήρα πάνω, μεταφέροντάς τη γρήγορα στο δωμάτιό μου. «Μη φωνάζεις άγγελέ μου» άφησα το χέρι μου από το στόμα της και την έβαλα στο κρεβάτι. Δάκρυα άρχισαν να τρέχουν από τα όμορφα γλυκά της μάτια για ακόμη μια φορά, έβλεπα τον πόνο στα μάτια της που με διαπερνούσε ολόκληρο.

«Τι θα μου κάνεις; Σκότωσέ με να τελειώνουμε αν αυτό θες, αλλά δεν πρόκειται να σε αφήσω να με βλάψεις.»

Η σκηνή του βιασμού περνούσε από μπροστά μου, όλες οι άσχημες αναμνήσεις έγιναν εικόνες που περνούσαν βιαστικά μπροστά στα μάτια μου.

«Κανένα από τα δύο δε σκοπεύω να κάνω αλλά δεν έχω άλλη επιλογή, συγχώρεσέ με» την άφησα εκεί, βγήκα έξω από το δωμάτιο και την κλείδωσα μέσα.

Την άκουγα να φωνάζει, να κλαίει, να χτυπιέται, να μου φωνάζει να την αφήσω και να με βρίζει, αλλά ήταν το μόνο που μπορούσα να κάνω. Δεν άντεχα να ακούω το κλάμα και τις φωνές της, αλλά σύντομα θα λύγιζα στα σίγουρα.

Ο εμπρεσμός

Το ξημέρωμα με βρήκε εξαντλημένο, καθισμένο έξω από το υπνοδωμάτιό μου, μετά από μια ταραγμένη νύχτα. Η Έβελυν είχε πέσει επιτέλους σε βαθύ ύπνο, μετά από ώρες κλάματος και κατηγοριών εναντίον μου. Ήμουν ένα συντρίμμι, αδυνατώντας ακόμη και να μπω στο δωμάτιο χωρίς να την ενοχλήσω. Βρισκόμουν σε δίλημμα, με την Τζέιν, τον Τζακ και τους άλλους να πλησιάζουν, χωρίς καν να έχω σχεδιάσει πώς να τους αντιμετωπίσω.

Το τηλέφωνο της Έβελυν δε σταματούσε να χτυπά από το προηγούμενο βράδυ. Οι φίλες της επιμένουν και ήταν θέμα χρόνου να ειδοποιήσουν την αστυνομία. Έπρεπε να την πείσω να μιλήσει μαζί τους, να τις καθησυχάσει, αλλά δεν ήθελε καν να με ακούσει, πόσο μάλλον να κάνει ό,τι της ζητούσα.

Και σαν να μην έφταναν όλα αυτά, είχα και την κυρία Γκρέις να περιπολεί στο διάδρομο, προσπαθώντας να κρατήσει την τάξη, ούτε κάρτα να χτυπούσε! Άκουσα τη Τζέιν να μπαίνει με το αμάξι, είχαν φτάσει, τι να έκανα εγώ τώρα, ήταν ήδη πολύ αργά για να τους διώξω ξανά, θα την είχαν μυρίσει άλλωστε μέχρι τώρα.

«Κέννεν, θες να ξαναφύγουμε;» φώναξε η Τζέιν από το σαλόνι, αφού αντιλήφθηκε τη μυρωδιά της 'Εβελυν στο σπίτι. Πήγα και εγώ κάτω να τη συναντήσω και να της εξηγήσω τι είχε συμβεί.

«Όχι Τζέιν, απλά κάθισε, να έρθει και ο Τζακ για να μιλήσουμε» είπα ξερά.

«Κέννεν, τι έχεις, φαίνεσαι χάλια, νόμιζα ότι θα ήσουν τρισευτυχισμένος μετά το δείπνο με την 'Εβελυν» ρωτάει η Τζέιν όλο απορία.

«Τζέιν, μην το κάνεις ακόμα πιο δύσκολο, μια φορά θέλω να πω πως έχουν τα πράγματα, για αυτό περίμενε τον Τζακ».

Πώς να ήμουν καλά, όλη η ψυχολογία μου καταρρακώθηκε από χτες βράδυ, έσπαζα κανόνες και πλήγωσα την αγαπημένη μου, το κυριότερο όλων.

«Καλά, θα κάνω αυτό που θες αδερφούλη» είπε κατσουφιασμένα.

Τότε μπήκε ο Τζακ μέσα όλο ενέργεια, με το τσούρμο που κουβαλούσε πάντα μαζί του.

«Μυρίζει εδώ κάτι καλό, παιδιά», είπε, προσποιούμενος ότι αναπνέει βαθιά, προσπαθώντας να δημιουργήσει μια πιο ελαφριά διάθεση.

«Αδερφούλη είσαι και εσύ εδώ;» ρώτησε ειρωνικά, όπως πάντα.

«Όπως βλέπεις Τζακ, αυτό είναι το σπίτι μου. Διώξε τους ηλίθιους που κουβαλάς μαζί σου και κάθισε κάτω, θέλω να μιλήσουμε» είπα επιτακτικά λόγω της απαίσιας συμπεριφοράς του.

«Βλέπω έχουμε νευράκια, αλλά θα σου κάνω τη χάρη αδερφούλη» και έκανε νόημα στους άλλους να φύγουν.

«Λοιπόν, είμαι έτοιμος να σε ακούσω με μεγάλη προσοχή» είπε πέφτοντας χαλαρά στον καναπέ.

«Πάνω στο δωμάτιό μου, είναι η Έβελυν, η οποία σας πληροφορώ είναι δική μου και όπως αντιλαμβάνεστε, θνητή. Χθες το βράδυ έμαθε από την Καμίλ ότι είμαι αθάνατος και αντέδρασε άσχημα με αποτέλεσμα να την κλειδώσω στο δωμάτιό μου».

«Κέννεν, δεν πρέπει να το πει σε κανέναν, τι σκέφτεσαι να κάνεις» είπε η Τζέιν τρομοκρατημένη από μια άποψη.

«Μυρίζει υπέροχα το αίμα της αδερφούλη, το καλύτερο που έχουμε να κάνουμε είναι να τη σκοτώσουμε» απαντάει ο Τζακ και μόνο που τον βλέπω με αηδιάζει το ύφος του, ο τόνος του, το άκρως αντίθετο από την Τζέιν.

«Αυτό ξέχασε το Τζακ, μη μάθω ότι την ακούμπησες γιατί πίστεψε με θα σε σκοτώσω εγώ ο ίδιος, κατάλαβες; Και δεν αστειεύομαι αδελφάκι».

Η απειλή προς τον Τζακ βγήκε αυθόρμητα, δε θα άφηνα ούτε αυτόν, ούτε κανέναν να πειράξει έστω και μια τρίχα από τα μαλλιά της, και έπρεπε να τους το δώσω να το καταλάβουν.

«Καλά, και τι θα γίνει αν την αφήσουμε να φύγει έτσι απλά;» είπε ο Τζακ για να συνεχίσει να με εκνευρίζει.

«Όχι, θα μείνει εδώ μαζί μας μέχρι να την πείσω να μη μιλήσει για μας» αποκρίθηκα με σιγουριά και στο βάθος το υποσυνείδητό μου χαμογελούσε γνωρίζοντας ότι έτσι θα βρισκόμουν συνέχεια μαζί της.

Ο Τζακ συνέχισε να πηγαινοέρχεται στο σαλόνι και η Τζέιν φαινόταν σκεφτική με όλα όσα άκουσε.

«Είναι δύσκολο να αντισταθεί κανείς στη μυρωδιά της και τα παιδιά ίσως δε συγκρατηθούν αδερφούλη» μου πετάει ξεδιάντροπα.

«Τα παιδιά, όπως λες αυτά τα απόβλητα, καλά θα κάνουν να μείνουν μακριά της γιατί γνωρίζεις τις συνέπειες Τζακ. Αυτό το θέμα το αφήνω πάνω σου, είσαι υπεύθυνος για τις δικές τους πράξεις και να μεταφέρεις τα λόγια μου σε αυτούς. Επίσης διώξε τους όλους. Τώρα μπορείτε να συνεχίσετε τη μέρα σας, εγώ είπα αυτά που ήθελα».

Ο Τζακ έφυγε μόλις τελείωσα, ενώ η Τζέιν με κοίταζε θέλοντας να μου μιλήσει αλλά δεν έβγαζε ούτε λέξη.

«Τζέιν, δε χρειάζεσαι την άδειά μου για να μιλήσεις» είπα για να την ενθαρρύνω να πει τη γνώμη της.

«Κέννεν, θα σε υποστηρίξω, θα είμαι δίπλα σου σε αυτό αλλά η Έβελυν θα νιώθει επίσης χάλια μετά από ό,τι έχει γίνει. Όλα θα είναι καινούρια για αυτήν και θα ήθελα να τη βοηθήσω και 'γώ με τη σειρά μου να το αποδεχτεί, αν εσύ μου το επιτρέπεις.» Δεν περίμενα αυτά τα λόγια από την Τζέιν, σαν να ωρίμασε απότομα. Πάντα τη θεωρούσα παιχνιδιάρα και ανώριμη με τη συμπεριφορά της αλλά τώρα αποδεικνύει πως έκανα λάθος για αυτήν

«Σε ευχαριστώ, δεν έχω πρόβλημα να βοηθήσεις, φτάνει να είσαι προσεκτική μαζί της, και εσύ δεν έχεις πολλή αυτοσυγκράτηση, πράγμα που το κάνει ακόμα πιο δύσκολο, τι λες, μπορώ να σε εμπιστευτώ;» της λέω ακουμπώντας το χέρι μου στον ώμο της.

«Φυσικά Κέννεν, άφησε με να πάω στο δωμάτιο να την ηρεμήσω λίγο για αρχή» είπε χαρούμενη, όχι τόσο για να τη βοηθήσει αλλά γιατί εδώ και καιρό θέλει να αποκτήσει φίλες και τώρα βρίσκει μια ευκαιρία με την Έβελυν υποθέτω.

«Τώρα κοιμάται μικρή μου, ίσως όταν ξυπνήσει να της πας και κάτι να φάει». Σκέφτηκα ότι θα πεινούσε από χθες το βράδυ, πρέπει να φάει κάτι σήμερα οπωσδήποτε, μετά από τόσο κλάμα. Θα έλεγα στην κυρία Γκρέις να ετοιμάσει κάτι, αλλά με πρόλαβε η Τζέιν.

«Θα πω στην κυρία Γκρέις να της ετοιμάσει πρωινό, θα της πω να της βάλει και από όλα γιατί δε γνωρίζουμε τι της αρέσει» είπε χοροπηδώντας σαν μικρό παιδάκι που του χάριζαν καραμέλες και πήγε προς την κουζίνα.

Εγώ από την άλλη πήρα τον δρόμο για να καθίσω έξω από το δωμάτιο, ένιωθα άσχημα να βρίσκομαι τόσο μακριά της και τόσο κοντά της συγχρόνως, χωρίς να μπορώ να κάνω κάτι γι' αυτήν. Καθόμουν σκεφτικός ακόμη, έξω από το δωμάτιο και ξαφνικά την άκουσα να ξυπνά απότομα, τρομαγμένη, πρέπει να έβλεπε εφιάλτη. Την παρόρμησή μου να πάω μέσα και να τη σφίξω στην αγκαλιά μου τη σταμάτησε ο φόβος της απόρριψης που είχα συλλάβει στο πρόσωπό της από τα χθεσινά γεγονότα. Δεν τολμούσα να την ανησυχήσω περισσότερο από ότι ήδη ένιωθε αυτή τη στιγμή και απλά ειδοποίησα την Τζέιν για το ξύπνημά της.

~

Βρισκόμουν μόνη σε ένα σκοτεινό στενό δρομάκι χωρίς να ξέρω πως βρέθηκα εκεί. Όλο το σκηνικό με φόβιζε, τη σιωπή έσπαγε μόνο ένα απαλό αλλά κρύο αεράκι που έκανε μικροπράγματα στον δρόμο να κουνιούνται άσκοπα. Το δρομάκι φαινόταν να καταλήγει σε αδιέξοδο μπροστά σ' ένα ψηλό τοίχο από τούβλα. Δεν ήμουν πολύ μακριά από εκεί και έτσι παρόλο που ήταν σκοτεινό διέκρινα δύο φιγούρες. Χωρίς να γνωρίζω τον λόγο ήθελα να βρεθώ πιο κοντά και να φτάσω να αναγνωρίσω ποιοι μπορεί να είναι. Κραυγές φόβου κάποιας κοπελίτσας που έτρεχε τώρα προς το μέρος μου, με έκαναν να ανατριχιάσω και όσο πλησίαζε πιο κοντά σε μένα μπορούσα να δω το πρόσωπό της και πάγωσα.

Ήμουν εγώ, μα πως μπορεί να ήμουν εγώ, αφού εγώ έβλεπα όλη τη σκηνή; Ήμουν πνεύμα άραγε; Ο Κέννεν με κυνηγούσε με μια ξανθιά, αυτές ήταν οι φιγούρες που είδα, και τώρα προσπαθούσαν να με σκοτώσουν, να μου πιουν το αίμα μου. Με άρπαξαν και έκαναν στην άκρη τα μαλλιά μου, άνοιξαν τα στόματα τους ξεπροβάλλοντας τους ολόλευκους μυτερούς κυνόδοντες τους και όρμησαν πάνω στον λαιμό μου. Έβλεπα σαν θεατής, το σώμα μου να κάμπτεται σαν ψάρι έξω από το νερό λίγο πριν ξεψυχήσει, μέχρι που όλα τέλειωσαν και ήμουν νεκρή. Εκείνοι πασαλειμμένοι από το αίμα μου στα πρόσωπα τους χωρίς να το σκουπίσουν καν άρχισαν να φιλιούνται και να χαίρονται που ήμουν τόσο εύγεστη. Τι αηδία! Φώναζα, αλλά κανένας δε με άκουγε, τα δάκρυα κύλησαν στο πρόσωπό μου τόσο καυτά που με πονούσαν.

Ξύπνησα απότομα και τινάχθηκα πάνω.

«Ουφ, εφιάλτης ήταν» είπα για να το συνειδητοποιήσω.

Έμοιαζε τόσο ζωντανός, άγγιζα το πρόσωπό μου και ήταν υγρό από τα δάκρυα, σίγουρα με επηρέασε τόσο πολύ που έκλαιγα στ' αλήθεια. Πότε κατάφερα να κοιμηθώ ούτε που θυμάμαι, αλλά για ένα πράγμα είμαι σίγουρη και αυτό είναι να καταφέρω να φύγω από εδώ μέσα. Άκουσα την πόρτα να χτυπάει και κουλουριάστηκα σε εμβρυακή στάση, σίγουρα θα είναι ο Κέννεν είπα από μέσα μου, αλλά μπροστά μου τώρα εμφανίστηκε η Τζέιν. Κρατούσε ένα σερβίτσιο με πρωινό και αυτόματα γουργούρισε το στομάχι μου, πεινούσα, είχα ώρες να φάω μετά τα χθεσινοβραδινά.

«Καλημέρα γλυκιά μου, υπέθεσα ότι θα πεινάς και σου έφερα κάτι να φας» είπε ευγενικά και χωρίς να έρθει αρκετά κοντά μου.

«Καλημέρα» είπα ξερά με τη σειρά μου και χαλάρωσα τη στάση μου για να μπορεί να καθίσει και αυτή στο κρεβάτι δίνοντάς μου το πρωινό, όπως και έγινε.

«Δεν ήξερα τι τρως και έτσι έφερα λίγο από όλα» είπε γελαστά. Φαίνεται καλή, ίσως να είναι φυσιολογική και να μη γνωρίζει τίποτα για τον αδερφό της.

«Όλα τα τρώω, δεν έχω παραξενιές» ήμουν πρώτη στο φαγητό, όλοι είχαν να το λένε, από την οικογένεια μέχρι τους φίλους μου και τους γνωστούς μου.

Έπεσα με τα μούτρα στο φαγητό, είχε κρουασανάκια με σοκολάτα, αυγά, μπέικον, τηγανίτες και χυμό. Έτρωγα από όλα και ήταν πολύ νόστιμα, αλλά το πιο παράξενο είναι ο τρόπος που με κοιτούσε η Τζέιν καθ' όλη τη διάρκεια που έτρωγα χωρίς να βγάλει τσιμουδιά. Φαινόταν κάπως γελοίο όλο αυτό, τώρα που το σκέφτομαι.

«Βλέπω ότι απολαμβάνεις το φαγητό με ένα δικό σου τρόπο μπορώ να πω» είπε κάνοντάς με να την κοιτάξω με την μπουκιά ακόμη στο στόμα και παραλίγο να πνιγώ με τον τρόπο που το είπε.

«Βρίσκεις...» κατάφερα να πω αφού πρώτα έφτυσα αυτό που είχα στο στόμα μου για να καταφέρω να μιλήσω χωρίς να πνιγώ. Μόλις τελείωσα έκανα στην άκρη τον δίσκο για να καθίσω καλύτερα.

«Έβελυν, τώρα που τελείωσες το φαγητό θα ήθελα να μιλήσουμε σχετικά με όσα έγιναν χθες το βράδυ», αλήθεια τι να ήξερε άραγε για τα χθεσινά;

«Τι να σου πω Τζέιν, θέλω να φύγω από εδώ. Ο αδερφός σου είναι ένα τέρας. Με κρατάει εδώ χωρίς τη θέλησή μου και πρέπει να με βοηθήσεις, εσύ φαίνεσαι καλή» είπα με απόγνωση.

Η Τζέιν γέλασε με απορία. «Μη με κάνεις να γελάσω πάλι, γλυκιά μου. Αν ο Κέννεν είναι τέρας, τότε που να δεις τον Τζακ.» Καταλάβαινα τον ειρωνικό της τόνο, αλλά δεν ήταν αστείο για μένα. Η εξομολόγησή μου μάλλον το αντίθετο δείχνει, όχι και να γελάσει με την απόγνωσή μου.

«Τι εννοείς Τζέιν, υπάρχουν και άλλοι σαν αυτόν και την απαίσια ξανθιά;» Η ανησυχία μου μετατράπηκε σε τρόμο.

«Α, η Καμίλ... Ναι, είναι μοναδική, αλλά σαν εμάς υπάρχουν πολλοί», είπε με μια αποκαλυπτική ψυχρότητα. «Είμαστε βρικόλακες, αθάνατοι. Ζούμε με το αίμα των ανθρώπων, δεν αρρωσταίνουμε, είμαστε υπερβολικά δυνατοί και γρήγοροι...» Οι λέξεις της ήταν σαν σφαίρες, αποκαλύπτοντας έναν κόσμο πέρα από κάθε φαντασία.

«Πώς γίνεται αυτό;» Το ερώτημα βγήκε από τα χείλη μου σχεδόν ασυνείδητα.

Η Τζέιν με κοίταξε με ένα βλέμμα που συνδύαζε μυστήριο και λύπη. «Είναι μια μακρά ιστορία, γλυκιά μου. Αλλά ναι, είμαστε βρικόλακες. Και όσο δύσκολο κι αν είναι να το πιστέψεις, είμαστε αληθινοί.»

Οι λέξεις της αντηχούσαν στο μυαλό μου. Ένιωθα να βυθίζομαι σε έναν κόσμο που ήταν τόσο αλλόκοτος, τόσο μακριά από ό,τι είχα ζήσει μέχρι τώρα. Βρικόλακες; Αθάνατοι; Ήταν πέρα από κάθε λογική, αλλά η πραγματικότητα ήταν εκεί, αναπόφευκτη και τρομακτική.

«Τι εννοείς ο Κέννεν είναι παλιός;» ρώτησα, μπερδεμένη με την περίεργη διατύπωση της Τζέιν.

«Εννοώ ότι ο Κέννεν είναι αθάνατος για πολλά περισσότερα χρόνια από εμένα», εξήγησε με σοβαρότητα.

«Δε θέλω να έχω καμία σχέση με αυτόν, Τζέιν. Μόνο σε παρακαλώ, άφησέ με να φύγω» είπα με απελπισία.

Το πρόσωπο της Τζέιν σκλήρυνε. «Καταλαβαίνω το σοκ σου, αλλά δε θα επιτρέψω να μιλάς έτσι για τον αδερφό μου. Ο Κέννεν έχει παραβιάσει πολλούς κανόνες για σένα. Αν θέλεις να παραμείνεις ζωντανή, πρέπει να μάθεις να συμβιβάζεσαι με την κατάσταση». Και με αυτά τα λόγια, έφυγε απότομα από το δωμάτιο.

Απέμεινα πάλι μόνη σε αυτό το δωμάτιο να σκέφτομαι πως έγιναν έτσι τα πράγματα. Θεέ μου, βρισκόμουν σε ένα σπίτι γεμάτο από αυτούς και όσο κι αν μισούσα αυτό το πράγμα, δεν μπορούσα να ξεριζώσω από την καρδιά μου τον Κέννεν. Μπήκε τόσο γρήγορα σε αυτήν και δε λέει να βγει. Πήγα προς το παράθυρο και κάθισα μήπως περάσει λιγάκι η ώρα αλλά όσο κοίταζα έξω με κυρίευε ένα αίσθημα θλίψης. Κατά διαστήματα ξεσπούσα σε κλάματα μέχρι που μου περνούσε και πάλι από την αρχή.

Αποφάσισα ότι δεν μπορώ να μένω με σταυρωμένα τα χέρια, κάτι έπρεπε να κάνω, να αντιδράσω με κάποιο τρόπο. Στάθηκα μπροστά στην πόρτα, χτυπώντας τη με όλη μου τη δύναμη. «Ξέρω ότι με ακούτε! Ανοίξτε μου! Δεν αντέχω άλλο εδώ μέσα!» Κάθισα με την πλάτη μου να ακουμπάει την πόρτα και τα χέρια μου στο πρόσωπο. Η απελπισία φαινόταν και είχε χτυπήσει κόκκινο μέχρι που χτύπησε η πόρτα.

«Τζέιν, εσύ είσαι;» ρώτησα, ελπίζοντας να βρω έναν σύμμαχο.

«Όχι, εγώ είμαι, ο Κέννεν, μπορώ να μπω;»

Η φωνή του διαπέρασε την απόγνωσή μου, φέρνοντας μια νέα διάσταση στην αγωνία μου.

«Τι άλλο θες από μένα;»

«Θέλω να μιλήσουμε μόνο, δεν πρόκειται να σου κάνω κακό».

Πήγα όσο πιο γρήγορα μπορούσα προς το κρεβάτι για να μη είμαι κοντά του όταν μπει. Πέρασε» του είπα και άνοιξε την πόρτα.

Μόλις τον είδα η καρδιά μου χτυπούσε τόσο γρήγορα που κόντευε να βγει έξω. Ήταν όμορφος όπως πάντα, με το αγαπημένο του τζιν και το μαύρο μπλουζάκι, αλλά το βλέμμα του έκρυβε μια βαθιά θλίψη. Αυτό με έκανε να νιώσω μια περίεργη χαρά, σαν να επιβεβαίωνε τα αισθήματά του για μένα, αλλά πώς θα μπορούσε μια σχέση μεταξύ μας να λειτουργήσει, όταν ο ίδιος έπρεπε να σκοτώνει για να επιβιώσει;

«Ξέρω ότι αυτό είναι πολύ για σένα, αλλά δεν είχα σκοπό να το κρύψω για πάντα. Τώρα που το ξέρεις, πρέπει να κρατήσεις το στόμα σου κλειστό για το καλό σου, αγγελέ μου, για το καλό σου» είπε με σοβαρότητα.

«Αν ήθελες το καλό μου δε θα βρισκόμουν καν εδώ, ούτε θα με ξεγελούσες με τα κόλπα σου» αντέκρουσα, προσπαθώντας να κρύψω την ανακούφιση που ένιωθα από την παρουσία του. «Δε θα έπρεπε να μου είχες ποτέ μιλήσει».

«Αυτό ήθελες να κάνω, να μη σε γνωρίσω ποτέ; Αυτό προτιμάς;» ρώτησε με μια φωνή γεμάτη πόνο.

Τα λόγια της αντήχησαν μέσα μου σαν να με έκοβαν με μαχαίρι αργά αργά για να μη σταματήσει ο πόνος τόσο γρήγορα. Ήθελε να με κάνει να υποφέρω; Με αυτό τα κατάφερνε πάντως.

«Δε ξέρω τι θέλω, ούτε τι εννοώ πλέον, το μόνο που ξέρω είναι ότι όλο αυτό είναι λάθος από όλες τις απόψεις». είπα με ανασφάλεια, καταλαβαίνοντας την πολυπλοκότητα της κατάστασης. «Παρακαλώ, άφησέ με να φύγω. Ορκίζομαι ότι δε θα μιλήσω για εσάς».

«Αυτό δεν μπορώ να το κάνω, ξέχασέ το» απάντησε σταθερά.

«Είσαι ένα τέρας, δολοφόνος και ηλίθιος» φώναξα, σπρώχνοντάς τον με όλη μου τη δύναμη. Αλλά αυτός παρέμεινε ακλόνητος. «Εφόσον δε θα με αφήσεις να φύγω, φύγε από εδώ και άσε με μόνη».

Το πόδι μου με πέθαινε, είχε πρηστεί και κάπως άλλαξε χρώμα.

«Πονάς; Να φέρω ένα γιατρό αγγελέ μου.»
Η ανησυχία στο βλέμμα του ήταν αληθινή.

«Μη με αγγίζεις, θα μου περάσει...»
Φαινόταν να ενδιαφέρεται πραγματικά για μένα και 'γω τον αποπήρα πάλι.
Το βλέμμα του Κέννεν ήταν επιφυλακτικό, προτείνοντας να μιλήσω με τις φίλες μου. «Οι φίλες σου παίρνουν συνέχεια τηλέφωνο και θα ήθελα να τους μιλήσεις για να τις καθησυχάσεις» είπε, αβέβαιος για την αντίδρασή μου.
«Οι φίλες μου;» σκέφτηκα, ξαφνιασμένη από την απουσία τους από το μυαλό μου τόσο καιρό. «Δώσε μου το τηλέφωνο, και παρακαλώ, φύγε για λίγο από το δωμάτιο». Η έκπληξή του ήταν εμφανής, αλλά μου παρέδωσε το τηλέφωνο χωρίς διαμαρτυρίες. «Προσπάθησε να φανείς πειστική, θα είμαι ακριβώς από έξω. Σε παρακαλώ, μην κάνεις καμιά ανοησία, γνωρίζεις τις συνέπειες» με προειδοποίησε με μια ψυχρή απόχρωση στη φωνή του. Της έβαλε το τηλέφωνο στο κρεβάτι και βγήκε έξω.
Με τα χέρια μου να τρέμουν, πήρα τη Σόφη. Καθώς ακούστηκε η φωνή της, γεμάτη ανησυχία, τα δάκρυα αρχίσαν να μου πλημμυρίζουν τα μάτια.
«Έβελυν, είσαι καλά; Πού είσαι; Σκεφτόμασταν να καλέσουμε την αστυνομία. Ποτέ δεν έχεις εξαφανιστεί έτσι!»
«Σόφη, είμαι καλά, απλά ξεχάστηκα και πριν λίγο ξύπνησα» είπα, προσπαθώντας να καλύψω την αλήθεια.
«Και πού κοιμήθηκες, αν επιτρέπεται;» απάντησε με έναν τόνο που αποκάλυπτε τις υποψίες της.
«Στο σπίτι του Κέννεν. Ήπια πάρα πολύ και απλά αποκοιμήθηκα» απάντησα, νιώθοντας το βάρος των ψεμάτων.
«Εσύ, με τίποτα, κάτι άλλο συμβαίνει, μη μου λες βλακείες» με γνώριζε ό,τι και να έλεγε δεν το έβαζε κάτω, πόσο ένοχη ένιωθα που τους κορόιδευα.

«Ξέρω ότι δεν τα κάνω αυτά Σόφη αλλά μη με μαλώνεις. Πρώτη φορά νιώθω τόσο ωραία με έναν άντρα. Ο συγκεκριμένος όμως είναι διαφορετικός, με κάνει να νιώθω υπέροχα και τον αγαπώ».

Το 'πα και ξέσπασα σε κλάματα, γιατί όλα αυτά είναι αλήθεια και δεν ήθελα να τα νιώθω.

«Έβελυν, καλή μου, μην κλαις, δεν έγινε και τίποτα απλά ανησυχήσαμε, αυτό είναι όλο. Μας ξέρεις, πόσο χαζές και υπερπροστατευτικές είμαστε» είπε για να με κάνει να νιώσω καλύτερα.

«Όχι, είσαστε οι καλύτερές μου φίλες και σας αγαπώ. Θα λείψω για λίγο διάστημα, θα πάω με τον Κέννεν ένα επαγγελματικό ταξίδι που πρέπει να κάνει, μου το ζήτησε και δέχτηκα».

Το ένα ψέμα μετά το άλλο, αλλά αυτό μου βγήκε να πω.

«Και στη δουλειά ειδοποίησες; Από εδώ πότε θα έρθεις; Οι γονείς σου το ξέρουν;» έπεφταν απανωτές οι ερωτήσεις.

«Θα τους ειδοποιήσω όλους, μην ανησυχείς και θα περάσω να πάρω μερικά πράγματά μου αργότερα».

Ας ελπίσουμε πως δε θα υπάρχει πρόβλημα με τον Κέννεν που έπαιρνα όλες τις πρωτοβουλίες μόνη μου τι άλλο να έλεγα, σκέφτηκα.

«Σε περιμένουμε, η Νάνσυ πήγε στη δουλειά πριν λίγο για να τους ενημερώσει ότι δε θα πάει σήμερα, εκτός και αν υπάρξει πολλή δουλειά.

«Σας αγαπώ πολύ, θα έρθω σύντομα» είπα και έκλεισα το τηλέφωνο πριν τα πω όλα και τα θαλασσώσω τώρα που τα είχα καταφέρει.

Οι γονείς μου όμως δεν έπρεπε να μάθουν τίποτα, θα με καταλάβαιναν αμέσως. Θα τους στείλω ένα απλό μήνυμα ότι είμαι καλά για να μη με αναζητούν συνέχεια, αυτό θα κάνω. Ο Κέννεν χωρίς να χάσει στιγμή όρμησε στο δωμάτιο, πήρε το τηλέφωνο από το κρεβάτι και κίνησε να φύγει χωρίς να με κοιτάξει καν. Τι είχε πάθει και άλλαξε η συμπεριφορά του απέναντί μου τόσο ξαφνικά; «Περίμενε, μη φύγεις» του είπα χωρίς να το καταλάβω.

Σταμάτησε απότομα και γύρισε να με κοιτάξει με ανέκφραστο ύφος, δεν το άντεχα αυτό, με πλήγωνε.

Η απόρριψη της Έβελυν έκανε τον Κέννεν να νιώθει ευάλωτος, προδομένος. «Τι θέλεις, Έβελυν; Να με βρίσεις άλλο; Το κατάλαβα, για σένα είμαι τέρας και τίποτα περισσότερο», είπε με φωνή γεμάτη πίκρα και απογοήτευση.

«Δεν ήθελα να γίνει έτσι...», παραδέχτηκε από μέσα της η Έβελυν, αλλά προσπάθησε να δείξει δυνατή. «Και παρακαλώ, μη μου παίρνεις το τηλέφωνο. Βαριέμαι μόνη μου εδώ μέσα». Τον φοβόταν, αλλά την ίδια στιγμή δεν μπορούσε να αρνηθεί την έλξη που ένιωθε γι' αυτόν.

«Θα πω στην Τζέιν να σου φέρει ένα tablet. Αρκεί να είσαι φρόνιμη», είπε ο Κέννεν, προσπαθώντας να κρύψει την ανησυχία του. Η εικόνα της Έβελυν με τα χθεσινά της ρούχα και τα μπερδεμένα μαλλιά της τον προκαλούσε. Η σκέψη της προηγούμενης νύχτας τον συγκλόνιζε, και αποφάσισε να αποχωρήσει πριν χάσει τον έλεγχο.

«Μη φύγεις», ξέφυγε από τα χείλη της Έβελυν πριν καν το συνειδητοποιήσει. Τον κοίταξε με ένα βλέμμα που αναμείγνυε φόβο με επιθυμία, μια αντίδραση που την έκανε να τρέμει. Ήταν μια ταραχή που ξεπερνούσε τον φόβο της, μια έλξη που δεν μπορούσε να αρνηθεί.

Ο Κέννεν στάθηκε ακίνητος για μια στιγμή, το βλέμμα του προσκολλημένο στο δικό της. Ένιωθε την ίδια αγωνία, μια επιθυμία που τον κατακλύζει. Η παρουσία της, τόσο ακαταμάχητη και επικίνδυνη, τον ανάγκαζε να παλέψει με τον εαυτό του. Και με ένα βαθύ αναστεναγμό, βήμα προς βήμα, πλησίασε προς το κρεβάτι, χωρίς να λέει λέξη, αλλά με ένα βλέμμα που μιλούσε από μόνο του. Μεταξύ τους υπήρχε μια ηλεκτρισμένη ατμόσφαιρα, καθώς ο Κέννεν την πίεσε απαλά πάνω στον τοίχο, τα χέρια της ανεβασμένα και πλεγμένα με τα δικά του. Ο ψίθυρός του στο αυτί της την έκανε να ριγήσει, «Τι μου κάνεις, άγγελέ μου; Δεν μπορώ να αντισταθώ, σε θέλω τόσο πολύ που με πονάει».

«Κι εγώ σε θέλω, δεν μπορώ να σε απομακρύνω» αποκρίθηκε η Έβελυν με μια βαθιά ανάσα, ακουμπώντας τα χείλη της στα δικά του. Το φιλί τους βάθυνε, και της έκοψε την ανάσα όταν αισθάνθηκε τη στύση του μέσα από το παντελόνι του να ακουμπάει επίμονα στο σώμα της.

Μ' ένα θάρρος που δεν ήξερε ότι είχε, άρχισε να του αφαιρεί τη μπλούζα. Το θέαμα του γυμνού του στήθους και των κοιλιακών του την έκανε να νιώσει μια έντονη επιθυμία.

«Άγγελέ μου, αν συνεχίσεις, δε θα μπορώ να συγκρατηθώ», του ψιθύρισε με φωνή που πνιγόταν από την επιθυμία.

Η κατάσταση σίγουρα είχε μετατραπεί σε κάτι καυτό και απροσδόκητο όλο φιλιά και αισθήσεις. Όλα γύρω τους εξαφανίζονταν, μετατρέποντας τη στιγμή σε μια καυτή και ανεξέλεγκτη έκφραση του πάθους τους. Ακριβώς τότε, η Τζέιν εισέβαλε στο δωμάτιο, προκαλώντας την έκπληξη.

'Γαμώτο μου, τι θέλει η Τζέην τώρα; Βρήκε ώρα, πάντα αδιάκριτη.' Μπαίνει μέσα φουριόζα και μας πιάνει σε λίγο ακατάλληλη σκηνή με μένα γυμνό από τη μέση και να κρατάω πάνω μου την Έβελυν.

«Ωωωω, αυτό σίγουρα δεν το περίμενα από εσάς παιδιά».

Κατέβασα την Έβελυν κάτω η οποία είχε γίνει κατακόκκινη από ντροπή και φόρεσα το μπλουζάκι μου.
«Τι θες;» απαντάω νευρικά.
«Έτσι με υποδέχεσαι αδερφούλη, και εσύ Έβελυν τώρα μη μου ντρέπεσαι».
«Τζέιν, μίλα και άσε την Έβελυν ήσυχη».
«Η Καμίλ πήρε τη μαμά και τα είπε όλα. Μετά η μαμά με πήρε να τα επαληθεύσει και εγώ δεν μπορούσα να το αρνηθώ. Είναι λίγο νευριασμένη μαζί σου Κέννεν και μου ζήτησε να την πάρεις τηλέφωνο, μιας και δεν απαντάς στα δικά της.»
«Θα τη σκοτώσω τη μαλακισμένη, όλο θέλει να προκαλεί και τώρα το έχει παρακάνει. Καλά Τζέιν, μείνε εδώ με την Έβελυν για λίγο μέχρι να γυρίσω». Γύρισα προς την Έβελυν και της είπα στο αυτί ότι δε θα αργήσω και βγήκα από το δωμάτιο.
«Και τώρα οι δυο μας δεσποινίς μου. Πες τα όλα, πώς και άλλαξες γνώμη;»
Τώρα έμεινα εγώ με την Τζέιν, ντροπιασμένη χωρίς να μπορώ να ξεφύγω από τις αδιάκριτες ερωτήσεις της.

Μια δύσκολη απόφαση

Πήρα τηλέφωνο τη μητέρα μου, το τελευταίο που ήθελα ήταν να τη στεναχωρήσω και ήμουν πολύ αγχωμένος για την αντίδρασή της. Είχα καιρό να της μιλήσω, έπρεπε να το είχα κάνει νωρίτερα τώρα που το σκέφτομαι. Χτυπούσε αρκετή ώρα και σκεφτόμουν να το κλείσω, αλλά απάντησε τελικά.

«Κέννεν, έχουμε πολλά να πούμε» είπε με το που απάντησε, σίγουρα ήταν πυρ και μανία μαζί μου.

«Έλα μητέρα, καταρχάς άφησέ με να σου εξηγήσω» είπα απολογητικά.

«Μου τα είπε όλα η Καμίλ Κέννεν, μη χάνουμε την ουσία με άσκοπες κουβέντες», αλήθεια πόσο νευριασμένη ακούστηκε.

«Μητέρα την Έβελυν την αγαπώ, την ήθελα από την πρώτη στιγμή που την είδα και το ένιωσα, ήθελα να στο έλεγα για να με βοηθήσεις αλλά δεν το έκανα, δεν ήμουν σίγουρος, αλλά τώρα είμαι».

«Τι εννοείς Κέννεν, ότι ένιωσες το κάλεσμα προς εκείνη;» μου απαντάει

«Το κάλεσμα;» τι εννοεί τώρα με αυτό.

«Όταν ένας βρικόλακας βρει το ταίρι του δεν μπορεί να το αποχωριστεί ποτέ, η μοίρα τον δένει μαζί του για πάντα. Αυτό συμβαίνει σπάνια γιατί μέσα στη διάρκεια των χρόνων μπορεί και να το βρεις, μπορεί και όχι. Όσοι το βρουν μπορεί να είναι μονόπλευρο το κάλεσμα, δηλαδή να το νιώσει μόνο ο ένας. Το κάλεσμα και από τις δυο πλευρές μπορεί να υπάρξει μα είναι τόσο με τόσο σπάνιο που δεν έχει συμβεί μέχρι τώρα, εκτός από μια φορά παλιά στο παρελθόν.»

Όλα αυτά για εμάς, ποτέ δε μου τα είχε πει τόσο ξεκάθαρα. Πάντα προσπαθούσα να αφομοιώσω τα πράγματα από αυτά που κατάφερνα να ακούσω καμιά φορά, αλλά όχι τόσο ώστε να την κατανοήσω πλήρως.

«Η Έβελυν δε γνωρίζω τι ακριβώς νιώθει, αλλά και αυτή με θέλει νομίζω. Όταν είμαστε μαζί όλος ο κόσμος γύρω εξαφανίζεται, η ατμόσφαιρα γίνεται ανυπόφορη και ίσα που αντέχουμε να μην υπάρχει επαφή μεταξύ μας» συνέχισα απολογούμενος, αλλά σκεφτόμουν ότι είχαμε όλα τα δείγματα για αυτό το σπάνιο κάλεσμα, και από τις δυο πλευρές, το ένιωθα.

«Αυτό που μου είπες Κέννεν είναι σοβαρό, δε γίνεται να είσαστε μαζί, αυτή είναι θνητή, και θυμάσαι τι συνέβη την τελευταία φορά που έμπλεξες σε λάθος κατάσταση».

Είχε δίκιο, θα την κατέστρεφα κι αυτήν όπως τη Λόρεν αλλά με αυτή όλα είναι διαφορετικά, τα αισθήματά μου είναι πάρα πολύ δυνατά.

«Το ξέρω ότι όλα είναι εναντίον μας αλλά δεν μπορώ να την αποχωριστώ, και ακόμη χειρότερα, δεν μπορώ να τη σκοτώσω» απάντησα τρομοκρατημένος στη σκέψη αυτών των δύο.

«Πρέπει να φανείς δυνατός γιε μου. Το κορίτσι δεν πρέπει να μιλήσει για μας, ξέρεις τους νόμους μας και αυτή πώς το πήρε;»

Ο Πωλ και η κυρία Γκρέις όπως και μερικοί ακόμη θνητοί γνώριζαν για την ύπαρξή μας, γιατί όχι η Έβελυν, τι ήταν τώρα αυτό;

«Μητέρα, η Έβελυν θα μείνει εδώ μαζί μου και δεν πρόκειται να μιλήσει, όπως και πολλοί άλλοι που γνωρίζουν για μας τόσα χρόνια».

«Κέννεν, εμείς επιτρέπουμε σε ποιον θα εμπιστευτούμε το μυστικό μας και αυτό το γνωρίζεις πολύ καλά. Δε θυμάμαι να δώσαμε την ευκαιρία σε κάποιον ο οποίος δε μας ήταν αναγκαίος για τη φυσιολογική επιβίωσή μας».

Όλα αυτά για να συνυπάρχουμε με τον έξω κόσμο και όχι στις σκιές τη νύχτας, αυτό το γνωρίζω καλά, είχα περάσει και 'γώ μια εποχή που ήμασταν αποξενωμένοι, αλλά η Έβελυν δεν είναι κάποιος απλός άνθρωπος αναγκαίος για τις δουλειές μας, αλλά ο άνθρωπός μου, όπως είχαν κάνει με τη Λόρεν και δεν τους ένοιαζε.

«Θα τη μεταμορφώσω αν χρειαστεί» βιάστηκα να πω χωρίς να το σκεφτώ.

«Πρέπει να μιλήσω με τον πατέρα σου και μέχρι να αποφασίσεις, να ξέρεις, τον τελευταίο λόγο τον έχει πάντα αυτός».

Έκλεισε το τηλέφωνο και εγώ απέμεινα να το κρατάω.

Η μητέρα δεν ήταν ποτέ έτσι ψυχρή και απόμακρη μαζί μου, ήμουν ο αγαπημένος της. Όλο αυτό είναι πολύ παράξενο για τον χαρακτήρα της, τι είναι αυτό που κρύβεται πίσω από την αδιάλλακτη στάση της, άραγε μου τα έχει πει όλα ή υπάρχει κάτι που μου κρύβει. Ευτυχώς για την ώρα ο Τζακ δεν είχε επιστρέψει ακόμα με τους άλλους, ίσως για πρώτη φορά πήρε σοβαρά αυτά που είπαμε, πράγμα σπάνιο αλλά για όλα υπάρχει η πρώτη φορά. Επιστρέφοντας στο δωμάτιο με σταμάτησε η κυρία Γκρέις αποφασισμένη να μου μιλήσει.

«Κύριε με συγχωρείτε και πάλι, αλλά θα ήθελα να μάθω πώς είναι το κορίτσι».

«Καλά είναι κυρία Γκρέις, θα μείνει για λίγο μαζί μας και θα χρειαστούμε τρόφιμα, αν είναι θα ειδοποιήσω τον οδηγό να σας πάει για ψώνια».

«Φυσικά κύριε, θα τα φροντίσω όλα» είπε χαρούμενα και έφυγε.

Τι πάθαιναν όλοι με την Έβελυν άραγε; Τώρα που το σκέφτομαι την άφησα ήδη αρκετή ώρα με την Τζέιν και αυτό δεν ξέρω αν είναι καλό ή κακό. Άκουσα πως μιλάνε για μένα, σίγουρα θα τη στρίμωξε άσχημα, ένιωθα από τον τρόπο που απαντούσε ότι δεν αισθανόταν άνετα. Μπήκα μέσα και άκουσα την καρδιά της να χτυπάει πολύ γρήγορα, μου άρεσε αυτό που της προκαλούσε η παρουσία μου και καταλάβαινα ότι με θέλει, όπως τη θέλω και εγώ.

«Όχι τώρα Κέννεν, μιλάμε ακόμα, έλα σε λίγο» αποκρίθηκε η Τζέιν όλο νάζι και πειράγματα, ούτε οι καλύτερες φίλες να είναι, να υποθέσω τώρα δε θα ξεκολλάει με τίποτα από την Έβελυν, αλλά θα αναγκαστεί γιατί έχω προτεραιότητα.

«Αδερφούλα ώρα να την κάνεις, θέλω να μας αφήσεις μόνους» κάνοντάς της νόημα να φύγει.

«Για να συνεχίσετε από εκεί που μείνατε όταν σας διέκοψα; Είσαστε πολύ προβλέψιμοι εσείς οι δυο, όλο αγάπες και αγγίγματα, γεμίσατε το σπίτι σάλια» έκανε με υποτιθέμενες γκριμάτσες αηδίας.

«Τζέιν άσε τις βλακείες και κάνε αυτό που σου λέω για μια φορά επιτέλους». Μου την έδινε η τόση ευθύτητά της, έπρεπε να σκέφτεται πριν αρχίσει να μιλά πλέον.

Η Έβελυν ήδη ένιωσε άσχημα από τη δήλωσή της και απέτρεψε το βλέμμα της από πάνω μου.

«Θα προσπαθήσω αδερφούλη, αλλά δε σου εγγυώμαι ότι δε θα ξαναδιακόψω, καλά να περάσετε» είπε και βγήκε από το δωμάτιο με χοροπηδητά, σαν παιδάκι.

«Μην την αποπαίρνεις, θέλει παρέα και γι' αυτό τα κάνει αυτά». Την καταλάβαινα ότι νιώθει μόνη συνέχεια, χωρίς κάποιον, αλλά μου είχε κάνει ανάκριση πρώτου βαθμού γνωρίζοντάς με μόνο κάτι ώρες. Χάρηκα που επέστρεψε ο Κέννεν, μου είχε λείψει η παρουσία του, όσο απίστευτο και αν ακούγεται αυτό τώρα.

«Άγγελέ μου, μην είσαι ελαστική μαζί της, πρέπει να μάθει να συμπεριφέρεται σωστά αλλά εντάξει, θα της μιλάω καλύτερα αν αυτό θες» τόσο γλυκιά, λες και θα μπορούσα να της αρνηθώ τίποτα με αυτό το προσωπάκι που με κοίταζε στα μάτια. «Και τώρα οι δυο μας, λοιπόν που είχαμε μείνει, θύμισε μου» και με μια κίνηση την κρατούσα στην αγκαλιά μου.

«Κέννεν, όχι τώρα, σταμάτα, δε νιώθω άνετα μετά από αυτό, που μας έπιασε η αδερφή σου στα πράσα» με κρατούσε τόσο σφιχτά που παραλίγο να νιώσω τα κόκκαλα μου να σπάνε αλλά η αίσθηση ήταν τέλεια. Ένιωσα το σώμα μου να παίρνει φωτιά, αλλά παρόλα αυτά του αντιστεκόμουν για να μη γίνουμε θέαμα από κάποιον απρόσκλητο επισκέπτη για ακόμη μια φορά.

«Κλείδωσα πριγκίπισσά μου, κανείς δεν πρόκειται να μας ενοχλήσει».

Όλο αυτό το πράγμα που γινόταν συνεχώς ήταν διασκεδαστικό ως ένα σημείο, αλλά όσο πάει με κάνει ακόμα πιο αχόρταγο και ασυγκράτητο.

«Έχουμε καιρό για αυτά, ίσως αν τα καταφέρουμε να πάμε κάπου οι δυο μας, τι λες;»

«Και με ρωτάς, θα πάμε όπου θες εσύ άγγελέ μου, αλλά κάτι άλλο σε προβληματίζει».

Το έβλεπα στο πρόσωπο της πως κάτι θέλει να μου πει.

«Έχεις δίκιο, πρέπει να μιλήσουμε για αυτήν την Καμίλ, για όλα αυτά που είπε. Θέλω να μου πεις τι συμβαίνει. Επίσης θέλω να πάμε από το διαμέρισμά μου να δω τα κορίτσια, να κάνω ένα μπάνιο και να πάρω μερικά ρούχα αφού θα είμαι φυλακισμένη».

Το τελευταίο δε μου άρεσε καθόλου, δε μου άρεσε που με κρατούσε για να μην το σκάσω και να μιλήσω γι' αυτούς ή ακόμη χειρότερα όπως έλεγε κινδύνευα από αυτή την Καμίλ.

Το δωμάτιο φορτιζόταν με μια αόρατη ένταση, καθώς ο Κέννεν απάντησε με μια βαθιά συγκίνηση. «Δε θέλω να μιλάμε για αυτήν τώρα, Έβελυν. Δεν υπάρχει λόγος να ασχοληθούμε με την Καμίλ. Και επειδή μου το ζητάς, θα πάμε να δεις τα κορίτσια. Δεν είσαι φυλακισμένη εδώ, αλλά σε παρακαλώ να κατανοήσεις την κατάσταση».

«Ναι, νιώθω φυλακισμένη», παραδέχτηκε η Έβελυν, αλλά με μια νότα ελπίδας στη φωνή της. «Αλλά τώρα, δε νιώθω το ίδιο. Απλά δεν καταλαβαίνω γιατί πρέπει να μείνω εδώ».

Ο Κέννεν την κοίταξε με μια σπάνια ειλικρίνεια. «Χρειάζεται να είσαι εδώ, Έβελυν. Έχε πίστη σε μένα, δε θα ήθελα ποτέ να σου συμβεί κάτι».

Η Έβελυν κοίταξε τα ρούχα της, νιώθοντας την ανάγκη για αλλαγή. «Νιώθω βρώμικη με αυτά τα ρούχα από χθες».

«Εμένα μου φαίνεσαι πάντα πανέμορφη» είπε ο Κέννεν, πλησιάζοντάς την και την αγκάλιασε γεμάτος πάθος. Το έκπληκτό της, σχεδόν σιγανό ουρλιαχτό, την έκανε να αισθανθεί ακόμα πιο ευάλωτη.

Η Έβελυν, αιφνιδιασμένη από την απότομη κίνηση του Κέννεν, είπε ελαφρώς τρομαγμένη: «Έι, μη μου το κάνεις αυτό». Η έκφρασή της, όμως, μεταβλήθηκε σε ένα παιχνιδιάρικο χαμόγελο. «Είσαι πολύ κόλακας, αλλά μ' αρέσει».

«Απλώς λέω την αλήθεια», απάντησε ο Κέννεν, με το βλέμμα του γεμάτο επιθυμία. «Δεν μπορώ να περιμένω για τη στιγμή που θα είμαστε μόνοι, χωρίς δικαιολογίες, χωρίς φόβους».

Η ιδέα της ενδεχόμενης ιδιωτικής στιγμής τους προκάλεσε στην Έβελυν αναστάτωση και περιέργεια. «Θέλω να αλλάξω αυτά τα ρούχα» είπε, κοιτάζοντας τον εαυτό της.

«Θα πω στην Τζέιν να σου φέρει κάτι καθαρό. Σχετικά με το μπάνιο...» είπε ο Κέννεν, κοιτώντας τη με μια πρόκληση στα μάτια του, «ίσως μπορούσα να σου κρατήσω συντροφιά».

Τα μάγουλα της Έβελυν κοκκίνισαν από την πρότασή του, αλλά η ιδέα δεν της φάνηκε αποκρουστική. Κάτι μέσα της την έσπρωχνε προς αυτόν, παρά τον φόβο και την αβεβαιότητα που της προκαλούσε η κατάσταση. «Ίσως» είπε με μια χαμηλή φωνή, τα μάτια της να συναντούν τα δικά του με περιέργεια και επιθυμία.

Ο Κέννεν γέλασε με έναν τρόπο που της έδειξε πως η απάντησή της τον ικανοποίησε. «Θα δούμε τότε» είπε και απομακρύνθηκε από την πόρτα, αφήνοντας την Έβελυν μόνη με τις σκέψεις της.

Αυτό δεν είναι μπάνιο, παράδεισος είναι· σκέφτηκα, σε αρκετά μοντέρνο σχέδιο και τεράστιο, μα τόσο τεράστιο. Με το που μπαίνεις μέσα αντικρίζεις ένα γωνιακό καναπέ που μου φαίνεται υπερβολικό στοιχείο για τον χώρο και κάπως αχρείαστο, δύο νιπτήρες με καθρέφτες και μια μεγάλη οβάλ μπανιέρα με εξωτερικές τζαμόπορτες. Τα υλικά και ο σχεδιασμός έδιναν μια πινελιά πολυτέλειας και άνεσης που χρειάζεται αυτός ο χώρος. Το αφρόλουτρο αναδεύτηκε γύρω της, απελευθερώνοντας αρώματα τροπικών φρούτων και γάλακτος καρύδας που γέμιζαν τον αέρα. Η Έβελυν ένιωθε τον πόνο στον αστράγαλό της να υποχωρεί ελαφρά καθώς το ζεστό νερό την περιέβαλλε. Κλείνοντας τα μάτια της, προσπάθησε να ξεχάσει την παρουσία του Κέννεν, την έλξη και το φόβο που την κατέκλυζαν.

Το άνοιγμα της πόρτας την ξαφνιάζει. «Ποιος είναι;» φώναξε, με την καρδιά της να χτυπά γρήγορα.

«Εγώ είμαι, ο Κέννεν», απάντησε με μια ήπια φωνή. «Σκέφτηκα ότι θα ήταν καλύτερα να σου φέρω τα ρούχα εδώ, για να νιώθεις πιο άνετα».

Έβλεπα μέσα από τις τζαμόπορτες πως ήταν ξαπλωμένη και τα μόνα γυμνά σημεία που φαίνονταν είναι τα χέρια από τους ώμους και πάνω. Τη λαχταρώ τόσο πολύ που γίνεται μαρτύριο να τη βλέπω και να συγκρατιέμαι από τις ορμές μου και τις κακές μου σκέψεις.

«Δεν ήταν ανάγκη, αλλά ευχαριστώ», απάντησε η Έβελυν, προσπαθώντας να κρατήσει την ηρεμία της, αν και η σκέψη του να είναι τόσο κοντά την αναστάτωνε.

«Θες κάτι άλλο ή να φύγω;» ρώτησε ο Κέννεν, η φωνή του να ακούγεται γεμάτη ανυπομονησία.

«Ξέρω τι θες, Κέννεν, αλλά πρέπει να κάνεις υπομονή. Φύγε τώρα, θέλω να συνεχίσω το μπάνιο μου» είπε η Έβελυν, αν και ένιωθε την ανάγκη να τον κρατήσει εκεί.

Ο Κέννεν έστρεψε το βλέμμα του από την πόρτα της μπανιέρας και αναστέναξε. «Θα κάνω ό,τι θέλεις, αλλά να ξέρεις ότι δεν είναι εύκολο για μένα», είπε πριν βγει από το δωμάτιο, αφήνοντας την Έβελυν μόνη με τις σκέψεις και την αναστάτωσή της.

Μόνη στην μπανιέρα, η Έβελυν αναρωτιόταν πώς είχαν φτάσει μέχρι εδώ, πώς είχε βρεθεί σε μια τόσο ασυνήθιστη κατάσταση με έναν άνθρωπο που τόσο τη φοβίζει όσο και την προκαλεί. Κλείνοντας τα μάτια της, προσπάθησε να αφεθεί στη θαλπωρή του νερού, αλλά οι σκέψεις της συνέχιζαν να γυρίζουν γύρω από τον Κέννεν και τον κόσμο που την είχε βυθίσει. «Αυτό να κάνεις για να είμαστε και οι δύο ήσυχοι» του φώναξε.

«Ω, πίστεψε με άγγελέ μου, ποτέ δε νιώθω ήσυχος όταν βρίσκεσαι κοντά μου».

«Πολλά λέμε, άντε βγες σου λέω, έχω μουδιάσει, θα βγω έξω».

Η Έβελυν εμφανίστηκε στην πόρτα του μπάνιου, η απλότητα και η φυσική της ομορφιά έκαναν την εικόνα της μοναδική. Τα μαλλιά της τυλιγμένα στην πετσέτα, και τα ρούχα της Τζέιν να αναδεικνύουν την αθώα μορφή της. Ο Κέννεν κατάπιε την επιθυμία του να την πλησιάσει, αναγνωρίζοντας την ανάγκη να διατηρήσει έναν κώδικα τιμής, παρά τον πόθο που τον κατέκλυζε.

«Πώς ήταν το μπάνιο σου;» ρώτησε με μια φωνή γεμάτη κατανόηση, προσπαθώντας να κρύψει την ένταση που ένιωθε.

Η Έβελυν καθισμένη στην άκρη του κρεβατιού, προσπαθώντας να αποφύγει το βλέμμα του. «Ήταν αναζωογονητικό, ευχαριστώ. Τα ρούχα της Τζέιν είναι πολύ άνετα.»

Ο Κέννεν ένιωσε την καρδιά του να χτυπά δυνατά, αλλά δεν έκανε καμία κίνηση προς την Έβελυν. «Είμαι εδώ για να σε βοηθήσω με ό,τι χρειάζεσαι. Μη διστάσεις να με καλέσεις.»

Η Έβελυν γύρισε το βλέμμα της προς τον Κέννεν, τα μάτια της γεμάτα σύγχυση και επιθυμία. «Κέννεν, δεν ξέρω τι να πω. Όλα αυτά είναι τόσο νέα και ανατρεπτικά για μένα. Νιώθω σαν να μπήκα σε έναν κόσμο που δεν καταλαβαίνω.»

«Θα είμαι δίπλα σου σε κάθε βήμα,» απάντησε ο Κέννεν με μια φωνή γεμάτη αλήθεια και πάθος. «Δεν πρόκειται να σε αφήσω μόνη σε αυτό τον κόσμο.»

«Ξέρω, μου είναι κάπως στενά, πολύ λεπτή είναι η Τζέιν» είπα ενώ έβλεπα το βλέμμα του να ταξιδεύει πάνω στο κορμί μου σαν να μη χόρταινε αυτό που έβλεπε. Όταν το κάνει αυτό θέλω να τον αρπάξω και να τον φιλήσω σαν τρελή, αλλά και πάλι μόνο στη σκέψη το κάνω όλο αυτό.

Της είχε φέρει να φορέσει ένα μαύρο στενό μπλουζάκι και ένα μπλε τζιν με σκισίματα, για να μην πω για τα εσώρουχα που ντρέπομαι μόνο και στη σκέψη. Που να το περίμενα πως η μικρή θα φοράει τόσο αποκαλυπτικά προκλητικά εσώρουχα και το καλύτερο, πως θα τα φορούσα και 'γώ με τη σειρά μου. Στο κόκκινο της φωτιάς, με δαντέλα, λίγο διαφανές και πολύ λίγο ύφασμα για τα δικά μου γούστα. Το χειρότερο είναι πως μου πέφτει λίγο μικρό το σουτιέν και νιώθω πως θα ξεχειλίσει το στήθος μου.

«Εμένα μου φαίνονται τέλεια πάνω σου. Τα εσώρουχα είναι εντάξει ή σου είναι μικρά;» ρώτησε ενώ γνώριζε την απάντηση. Η Έβελυν είναι αυτό που λέμε γυναίκα με τα όλα της και διέκρινε πως σίγουρα θα φοράει ένα νούμερο μεγαλύτερο στο μπούστο τουλάχιστον.

«Όλο στο πονηρό πάει το μυαλό σου, αλλά δε θα σου δώσω την ικανοποίηση να μάθεις» του είπα και τον έβλεπα από τον καθρέφτη να ξαπλώνει στο κρεβάτι σε χαλαρή στάση.

Αυτός ο άντρας είναι δικός μου, άρχισα να ρωτάω τον εαυτό μου βλέποντάς τον τόσο όμορφο να βρίσκεται εδώ μαζί μου απολαμβάνοντας τη συντροφιά μου. Τα μαλλιά μου ήταν πολύ βρεγμένα ακόμα και άρχισα να τα στεγνώνω με την πετσέτα πριν αρχίσω να τα χτενίζω, τα μάτια του όμως δεν έλεγαν να ξεκολλήσουν από πάνω μου και ανατρίχιαζα και μόνο που το σκεφτόμουν.

«Πείνασα κάπως τώρα» είπα ενώ ένιωθα το στομάχι μου να γουργουρίζει.

«Η κυρία Γκρέις θα σου ετοιμάσει κάτι να φας, έχεις καμιά προτίμηση;» έχω καιρό να νιώσω έτσι ή να βρίσκομαι με έναν άνθρωπο, με αποτέλεσμα να ξεχάσω τις ανάγκες τους, αλλά πρέπει να αρχίσω να το συνηθίζω, σκέφθηκε καθώς μιλούσε ο Κέννεν.

«Όσο για αυτό, τρώω τα πάντα» εκτός από ανθρώπους φυσικά, σε αντίθεση με εσάς, ήταν η κρυφή συνέχεια της απάντησης!

«Έχεις πολύ όμορφα μαλλιά!»

Την παρακολουθούσε να τα χτενίζει με προσοχή και μαγεύτηκε από τον τρόπο που έμοιαζαν παρόλο που ήταν βρεγμένα. Από την πρώτη στιγμή που την είχε δει ενθουσιάστηκε με τα μαλλιά της, πριν ακόμα γνωριστούν.

«Ευχαριστώ αλλά δεν μπορώ να πιστέψω πως ένας τόσο όμορφος και επιτυχημένος άντρας όπως εσύ θέλει να είναι μαζί μου». Το 'πα και ξαλάφρωσα, ήθελα να μου φύγει η περιέργεια και ίσως από την απάντησή του ξεκαθαρίσουν πολλά. Στο πρόσωπό του είδα την έκπληξη που του προκάλεσαν τα λόγια μου και χωρίς να το σκεφτεί ιδιαίτερα ήρθε κοντά μου και με γύρισε έτσι που να βλέπουμε μαζί στον καθρέφτη.

«Δες το πρόσωπό σου, δες πόσο υπέροχη είσαι, δεν μπορώ να φανταστώ κάτι πιο όμορφο από εσένα. Εγώ είμαι άσχημος χωρίς την παρουσία σου δίπλα μου, να μου δίνει λίγο από το φως της» της είπε και αναρωτήθηκε πως νιώθει έτσι για τον εαυτό της ενώ ήταν πανέμορφη μέσα και έξω.

«Φοβάμαι ότι όλο αυτό δεν είναι αληθινό και θα ξυπνήσω απότομα και δε θα υπάρχει, θα εξαφανιστεί».

«Το ίδιο νιώθω και 'γώ άγγελέ μου, είναι η ευκαιρία που μας δόθηκε για να γίνουμε ευτυχισμένοι, για αυτό μην κάνεις πίσω σε όλο αυτό, απλά άσ' το να μας πάει μόνο του».

Δεν ήθελε τίποτε άλλο για να νιώσει ευτυχία από το να είναι μαζί. Συνέχισε να τακτοποιεί τα μαλλιά της και κατά διαστήματα του έριχνε μερικές κλεφτές ματιές, όλο νόημα.

~

Μετά από περίπου μια ώρα και αφότου είχε φάει η Έβελυν ήμασταν καθοδόν για το διαμέρισμά της. Είχε ήδη πάει τέσσερις το απόγευμα, νωρίτερα από όσο υπολόγιζα, αλλά αυτό δεν είχε καμία σημασία, είχα μαζέψει ότι απαραίτητο χρειαζόμασταν γιατί θα πηγαίναμε αλλού να περάσουμε το βράδυ μας, ίσως και για μεγαλύτερο χρονικό διάστημα. Σε όλη τη διαδρομή παρακολουθούσα τη μελαγχολία που απλώθηκε στο πρόσωπό της, δεν περίμενα καθόλου να συμβεί αυτό με δεδομένη τη συζήτηση που είχαμε κάνει νωρίτερα. Προσπάθησα να μην την πιέσω αυτή τη φορά και προτίμησα απλά να την αφήσω να τα βγάλει πέρα με ότι την απασχολεί χωρίς τις δικές μου συνεχείς ερωτήσεις.

«Κέννεν, εσύ πώς έγινες αυτό που είσαι;»

«Έγινα αυτό που είμαι, δηλαδή βρικόλακας, σε ηλικία 28 ετών. Εκείνο το διάστημα πολύς κόσμος πέθαινε από μια ασθένεια γνωστή ως πανούκλα. Εγώ και η οικογένειά μου ήμασταν πολύ φτωχοί, η ασθένεια άρχισε να μας παίρνει σιγά σιγά, έναν έναν μαζί της, μέχρι που απέμεινα εγώ τελευταίος και για καλή ή κακή μου τύχη με βρήκαν οι

αθάνατοι γονείς που έχω τώρα και με μεταμόρφωσαν λίγο πριν πεθάνω.»
Ελπίζω τώρα να καταλάβει ότι ποτέ δε θέλησα να γίνω αυτό που είμαι σήμερα και να αλλάξει η άποψή της για μένα.
«Αυτό που μόλις μου είπες μοιάζει φριχτό, πρέπει να έχεις περάσει πάρα πολύ δύσκολες στιγμές και υποθέτω δε σου δόθηκε η ευκαιρία για κάτι άλλο εκτός από αυτό».
Ένιωθα τύψεις που τον έβριζα ότι είναι τέρας νωρίτερα, τώρα νιώθω ότι εγώ ήμουν άδικη μαζί του, θα ήθελα να μπορώ να σβήσω όλες τις κακές αναμνήσεις που ταλαιπωρούν τις σκέψεις του για πάντα και αυτό σκοπεύω να κάνω.
«Αυτά ανήκουν στο παρελθόν, έχει περάσει καιρός και όλα μοιάζουν τόσο μακρινά και ξένα που δεν αξίζουν την προσοχή μου».
«Οι γονείς σου που βρίσκονται; Εννοώ αυτοί που αποκαλείς γονείς, αυτοί που σε μεταμόρφωσαν» ακόμη λίγο και θα το πω σωστά, αλλά πώς να τους έλεγα; Βρικόλακες ή κάτι; Θα έμοιαζε πιο βλακώδες από μέρους μου από όσο τώρα.
«Οι γονείς μου βρίσκονται στη Σκωτία, δεν τους αρέσει η βαβούρα των μεγαλουπόλεων και μη φοβάσαι να εκφραστείς, δε δαγκώνω, δηλαδή όχι εσένα τουλάχιστον» τι το ήθελα τώρα αυτό, με το που βγήκε από τα χείλη μου το μετάνιωσα, το πρόσωπό της χλόμιασε στο άκουσμα της λέξης, αλλά ήταν αργά για να το πάρω πίσω.
Συνεχίσαμε τη διαδρομή χωρίς να πούμε λέξη μετά από την ατυχή συζήτηση που είχαμε με τη δική μου απερισκεψία. Μετά από λίγο είχαμε φτάσει και πάρκαρα το αμάξι μπροστά στην είσοδο. Η Έβελυν βγήκε προτού να της ανοίξω την πόρτα και άρχισε να προχωράει προς την είσοδο του κτιρίου με γοργούς ρυθμούς. Την πρόφτασα

χωρίς δυσκολία και πρόλαβα να της ανοίξω την πόρτα να περάσει. Ακόμη δεν είχαμε σταυρώσει λέξη και μπήκαμε ήδη στον ασανσέρ, όπου η απόσταση μεταξύ μας ήταν μηδαμινή. Την τελευταία φορά που ήμασταν σε αυτόν τον χώρο δεν άντεξα και της όρμησα, αυτό ήθελα να κάνω και τώρα αλλά η κατάσταση φαινόταν δύσκολη με όσα είχαν προηγηθεί. Μου ζήτησε χρόνο και πρέπει να πιέσω τον εαυτό μου επιτέλους να το αποδεχτεί, επομένως παρέμεινα φρόνιμος χωρίς να κάνω οποιαδήποτε κίνηση προς το μέρος της μέχρι που θα μου το ζητούσε η ίδια.

Βγήκαμε από το ασανσέρ επιτέλους γιατί μου ήταν δύσκολο να συγκρατηθώ σε τόσο κλειστό χώρο και η Έβελυν χτύπησε το κουδούνι. Εμφανίστηκε μπροστά μας να ανοίγει την πόρτα η Σόφη και να αγκαλιάζει πάνω της σφιχτά την Έβελυν.

«Πριγκίπισσα, πόσο χαίρομαι που σε βλέπω, μια χαρά μου φαίνεσαι».

Αχ, αυτή η Σόφη, μου έκανε ολόκληρη περιστροφή για να σιγουρευτεί ότι είμαι καλά και δεν έχω πάθει τίποτε.

«Η Νάνσυ πού είναι, δεν είναι εδώ;» ρώτησα παρατηρώντας ότι δεν είχε τρέξει και αυτή πάνω μου, όπως γίνεται πάντα.

«Δεν έχει έρθει ακόμη από την καφετέρια, μπορεί να έτυχε κάτι και να την καθυστέρησε, αλλά θα έρθει σύντομα μάλλον».

«Γεια σου Σόφη, τι κάνεις;» είπα και εγώ με τη σειρά μου, αφού δε με χαιρέτησε.

«Γεια σου Κέννεν, συγνώμη, απλά αφαιρέθηκα, και τι ανόητο εκ μέρους μου που δε σε χαιρέτησα» πρόλαβε να πει γρήγορα.

«Καταλαβαίνω πως σας έλειψε η φίλη σας, δεν παρεξηγώ» είπα ευγενικά και περάσαμε μέσα στο σαλόνι να καθίσουμε. Δεν πέρασαν πέντε λεπτά και σηκώθηκαν να ετοιμάσουν τα πράγματα και να μιλήσουν μόνες στο υπνοδωμάτιο της Έβελυν.

«Θα κάνω όσο πιο γρήγορα μπορώ» είπα κάνοντας ένα σιωπηλό νόημα ότι δε θα αργήσω. Το δωμάτιό μου, τώρα που το βλέπω, δε θέλω να το αποχωριστώ αλλά πρέπει. Πήρα τη βαλίτσα ταξιδιού και άρχισα να βάζω διάφορα ρούχα μέσα κάνοντας συνδυασμούς στο μυαλό μου πως θα τα ταίριαζα.

«Καλά παιδί μου, τη βαλίτσα ταξιδιού τι τη θες; Θα φύγεις για πάντα;» με ρώτησε χαζογελώντας με την ερώτησή της, πού να ήξερε ότι μπορεί και να είχε και δίκιο.

«Αφού με ξέρεις, και δυο μέρες να πάω κάπου τα παίρνω όλα, μήπως και τα χρειαστώ» απάντησα, κάτι που ήταν αλήθεια, μπορεί και η μόνη αλήθεια που της είπα σήμερα.

«Και πού θα πάτε; Δε μου φαίνεσαι ιδιαίτερα ενθουσιασμένη, μήπως συμβαίνει κάτι άλλο και δε θες να μου το πεις; Μήπως ο τύπος είναι ιδιότροπος, γιατί θυμάσαι τι σου έλεγα για τον φίλο μου τον δημοσιογράφο που λέγαμε».

Αν θυμάμαι λέει, και που να ήξερα τότε τον λόγο που δεν του αρέσει η δημοσιότητα, τώρα όμως εξηγούνται όλα.

«Μη βάζεις βλακείες με το μυαλό σου, όλα είναι κάτι παραπάνω από καλά και εγώ μπορεί να φαίνομαι κάπως επειδή δυσκολεύομαι λίγο να το συνειδητοποιήσω, αυτό είναι όλο» πειστικό ακούστηκε για ένα τόσο δα ψεματάκι.

«Ας το ελπίσουμε, γιατί όλη αυτή η συμπεριφορά σου έτσι ξαφνικά, δε μας έχεις συνηθίσει και θέλω να σιγουρευτώ ότι όλα είναι εντάξει, μην το παίρνεις στραβά».

«Αυτά είναι όλα, ελπίζω να μην ξέχασα κάτι άλλο» κλείνοντας τη βαλίτσα άρχισα να τακτοποιώ και τα καλλυντικά στο βαλιτσάκι μου και ήμουν έτοιμη.

«Νιώθω σαν να φεύγεις για πάντα, τα πήρες όλα, άφησε και κάτι πίσω» παραλίγο να την πάρουν τα ζουμιά.

«Ουφ, σταμάτα τα παραπονάκια όλη την ώρα, για λίγο θα λείψω και αυτό είναι όλο, προτού το καταλάβεις θα είμαι πίσω, σύμφωνοι;» την πήρα αγκαλιά και ίσα που συγκρατήθηκα για να μην με πάρουν τα κλάματα και προδοθώ. «Πρέπει να πηγαίνω τώρα» της είπα και ξέφυγα από την αγκαλιά της.

«Μα τόσο γρήγορα; Περίμενε ακόμη λίγο να επιστρέψει και η Νάνσυ, θα στεναχωρηθεί αν δε σε προλάβει πριν φύγεις».

«Μακάρι να μπορούσα αλλά πρέπει να πηγαίνω, έχουμε αργήσει» είπα στα ψέματα. Κάποια δικαιολογία έπρεπε να πω για να μη μείνω άλλο εδώ και μετανιώσω για όλα. Τι έφταιγαν αυτές να μπλέξουν και να πάθουν κακό; Δεν πρόκειται να τις βάλω σε τέτοιες περιπέτειες για μένα.

«Εντάξει, δεν επιμένω άλλο, καλά να περάσετε και φρόνιμα καημενούλα μου, ε;» Πόσο φρόνιμα μπορεί να ήταν με τον Κέννεν, αυτό θα δείξει.

«Πάντα» απάντησα χωρίς να πω πολλά, αλλά αρκετά για να την ηρεμήσω. Βγαίνοντας από το δωμάτιο ο Κέννεν βρισκόταν ακόμη εκεί που τον αφήσαμε βλέποντας δήθεν τηλεόραση, ενώ γνώριζα καλά πως άκουσε επακριβώς τη συζήτηση που έκανα με τη Σόφη στο δωμάτιο για να σιγουρευτεί ότι δεν έχω πει κάτι που δεν έπρεπε.

«Τελειώσατε;» ρώτησε γνωρίζοντας ότι ήταν έτοιμες

«Ναι, πήρα όσα χρειαζόμουν, είμαι έτοιμη να φύγουμε» είπα κοιτάζοντας τη Σόφη να με κοιτάζει με ένα περίλυπο ύφος.

«Ωραία, να φύγουμε λοιπόν» και πήρα τη βαλίτσα από τα χέρια της. Μα τι σκέφτεται επιτέλους αυτή η κοπέλα, αυτή η βαλίτσα είναι πολύ βαριά για να τη σηκώνει.

«Γεια σου Σόφη, θα σου τηλεφωνήσω, πες στη Νάνσυ πως βιαζόμουν» είπα απολογητικά που δεν περίμενα να έρθει, φιληθήκαμε και έφυγα.

«Γεια σου πριγκίπισσα, καλά να περάσετε, θα της το πω. Γεια σου Κέννεν, να μου την προσέχεις.» «Να είσαι σίγουρη» της είπε και καθώς είμασταν έτοιμοι να φύγουμε μας σταματάει η Σόφη στην πόρτα.

«Έβελυν, τι συμβαίνει, τι έπαθες και κουτσαίνεις;» φωνάζει η Σόφη τρομοκρατημένη πάνω που ήμασταν έτοιμοι να φύγουμε.

«Εεμ τίποτα δεν είναι, απλά κτύπησα τον αστράγαλό μου χθες ξέρεις πόσο απρόσεκτη είμαι καμιά φόρα» απαντάω ελπίζοντας ότι θα πιστέψει στα λόγια μου και δε θα αρχίσει να βάζει άλλες υποψίες με το μυαλό της. Ήδη δεν της καθόταν καλά η ξαφνική μου απόφαση για όλα αυτά, τώρα νομίζω όλα θα γίνονταν χειρότερα.

«Τι είναι αυτά που λες, το κοίταξε κάποιος; Εσύ κουτσαίνεις» έσκυψε και άγγιξε το πόδι μου για να το δει καλύτερα, και δεν ήξερα τι να πω. Από την άλλη έβλεπα τον Κέννεν ότι έπρεπε να φύγουμε. Έπρεπε να σκεφτώ μια δικαιολογία στα γρήγορα πριν να γίνονταν όλα χειρότερα.

«Μην αγχώνεσαι μόλις φύγουμε από εδώ κανόνισα να τη δει γιατρός αν δε φύγουμε τώρα θα αργήσουμε στο ραντεβού μας» απάντησε αυτός, αλλιώς η Έβελυν δε θα κατάφερνε να πει ούτε ένα ψέμα για να φύγουν, ήδη αισθανόταν άσχημα με την τροπή των γεγονότων.

«Το καλό που σου θέλω κύριε Μπλέικ να μου την προσέχεις» του απαντάει κουνώντας το δάκτυλο της μπροστά του όλο νόημα.

Επιτέλους αποχαιρετιστήκαν και καταφέραμε να φύγουμε χωρίς παρατράγουδα.

Φόρτωσα τα πράγματα στο αμάξι, ευτυχώς είχα πάρει το Jeep για το ταξιδάκι μας αλλιώς δε θα χωρούσε η βαλίτσα, και ξεκινήσαμε. Η σιωπή δεν είχε σπάσει ακόμα αλλά η διαδρομή είναι μεγάλη, θα μου μιλήσει, που θα πάει. Ας ελπίσουμε πως θα της αρέσει ο προορισμός μας τουλάχιστον.

~

Δεν της είχα αποκαλύψει ακόμα τίποτα, ωστόσο δεν έδειχνε ιδιαίτερο ενδιαφέρον. Βρισκόμασταν καθ' οδόν προς το Σαουθάμπτον. Την παρατηρούσα να αναστατώνεται ελαφρώς και τώρα είχα αρχίσει να εκνευρίζομαι μαζί της. Η διάθεσή της άλλαζε κάθε πέντε λεπτά· μόλις σκεφτόμουν πως όλα θα πάνε καλά, συνέβαινε κάτι και τα πράγματα ανατρέπονταν.

«Γαμώτο μου, τι συμβαίνει τώρα, το μετάνιωσες; Πες το μου να ξέρω, δεν πρόκειται να σε πάρω με το ζόρι.»

Μπορεί να δυνάμωσα λίγο τους τόνους και να την εξέπληξα αλλά δε με ένοιαζε, κάποιος έπρεπε να την ταρακουνήσει λιγάκι.

«Τι στο καλό συμβαίνει μαζί μου; Άλλο πάλι και τούτο. Εσύ και η οικογένειά σου ή το είδος σου, όπως θέλεις πες το, αυτό μου φταίει. Σκοτώνετε αθώο κόσμο και ρουφάτε το αίμα τους, τίποτα το σπουδαίο που να με κάνει να αηδιάσω, δε βρίσκεις;» είπα ειρωνικά και εξίσου επιθετικά με αυτόν.

«Το έκανες θέμα, το συζητήσαμε και φάνηκες να καταλαβαίνεις, γιατί το αναφέρεις ξανά, δεν καταλαβαίνω. Αυτό είμαι, δεν μπορώ να το αλλάξω και καλά θα κάνεις να το αποδεχτείς και να ζεις με αυτό.»

Τέρμα το καλό παιδί είπα στον εαυτό μου. Δεν πρόκειται να δίνω συνέχεια εξηγήσεις και να απολογούμαι για αυτό που είμαι καλώς ή κακώς, δεν μπορώ να αλλάξω τίποτα από αυτά.

«Δεν μπορώ να φανταστώ τον άνθρωπο που εγώ αγαπώ να παίρνει τη ζωή κάποιου άλλου, οποιουδήποτε, δεν μπορείς να το καταλάβεις αυτό;»

Χριστέ μου, το είπα, γιατί το είπα; Να το πάρω πίσω ή να δω πώς θα το πάρει πρώτα. Έβλεπα το πρόσωπό του ανέκφραστο, να κοιτάζει τον δρόμο χωρίς να γυρνάει ούτε εκατοστό προς εμένα και ένιωσα πληγωμένη ανοίγοντας την ψυχή μου και να λαμβάνω αδιαφορία από μέρους του.

«Το εννοείς αυτό που λες τώρα;» η φωνή μου βγήκε πνιχτή από όλα όσα περίμενα να ακούσω αυτό δεν ήταν στη λίστα μου και μου άρεσε τόσο πολύ που ήθελα να σιγουρευτώ πριν χαρώ.

«Ποιο από όλα;»

«Ότι με αγαπάς» απαντάω κοιτάζοντάς την κατάματα.

«Ναι» απάντησα μονολεκτικά. Παρόλο που δεν ήμουν σίγουρη αν έκανα καλά να το επαληθεύσω.

Σταμάτησε το αμάξι απότομα στην άκρη του δρόμου και έβαλε τα χέρια πάνω στο πρόσωπό του κρύβοντάς το και σκύβοντας επάνω στο τιμόνι. Πανικοβλήθηκα από την αντίδρασή του, ίσως έκανα λάθος που το είπα αλλά τώρα έγινε. Έβγαλα τη ζώνη μου και προσπάθησα να πάω όσο πιο κοντά του μπορούσα και τότε έστρεψε το βλέμμα του πάνω και προτού το καταλάβω φιλιόμασταν. Το φιλί μας ήταν τόσο γλυκό και τρυφερό που με συνεπήρε, όμως καθώς τελείωσε ένιωσα άσχημα, ήθελα κι άλλο, σαν να μου το στερούσε κάποιος.

«Με κάνεις τόσο ευτυχισμένο άγγελέ μου, δεν ξέρεις πως νιώθω που ξέρω τι νιώθεις για μένα. Ό,τι και να γίνει, θέλω να συνεχίσεις να με αγαπάς, ούτε και 'γώ θα το

βάλω κάτω, θα προσπαθήσω να απαλύνω κάθε πληγή που ανοίχτηκε μέσα σου από μένα.»
«Μην το λες αυτό, ας πούμε απλά ότι θα το κάνουμε όλο αυτό μαζί να δουλέψει. Συγνώμη για τον ευμετάβλητο χαρακτήρα μου αλλά παρόλο που αισθάνομαι πρώτη φορά έτσι, το νιώθω πως είναι λάθος» του απαντώ διστακτικά δεν ξέρω πως να φερθώ, τι να κάνω! Όλα είναι μπερδεμένα στο μυαλό μου.
«Μην το βλέπεις έτσι άγγελέ μου, λάθος είναι τα χρόνια που έχασα πριν σε γνωρίσω, όχι αυτό που ζούμε τώρα» και ήταν αλήθεια πέρα από κάθε αμφιβολία. Τώρα το γνωρίζω καλά, ότι βρισκόμουν σε αιώνιο λήθαργο και όταν εμφανίστηκες άρχισα σιγά σιγά να ξυπνάω και να νιώθω και πάλι.
«Θα το κάνω, θα σε αφήσω να μπεις στην ψυχή μου και στην καρδιά μου. Θα σταματήσω τις κακές σκέψεις και θα παραδοθώ. Τα λόγια σου μου δίνουν δύναμη». Αγκαλιαστήκαμε τρυφερά με τον πόθο να υποβόσκει κάτω από τα ρούχα και να φτάνει στα γυμνά κορμιά μας κάνοντάς τα έτοιμα να παραδοθούν στις ερωτικές απολαύσεις που τόσο λαχταρούσαμε από την πρώτη στιγμή που ανταμώσαμε. Δεν το συνεχίσαμε, ο χώρος και οι περιστάσεις δεν το επέτρεπαν ούτε αυτή τη φορά και αναγκάσαμε τον πόθο να κοπάσει προς το παρόν, όπως θα κόπαζε μια επερχόμενη καταιγίδα.
«Φόρεσε τη ζώνη σου πριγκίπισσα, δε θα ήθελα να μου πάθεις κάτι, σε θέλω γερή και ζωντανή» το είπα και εννοούσα κάθε λέξη.
«Ξέρεις τι ξέχασα; Δεν έχω πάρει στη δουλειά, θα με ψάχνουν και θα είναι νευριασμένοι μαζί μου που δεν τους ενημέρωσα» δεν ήθελα να σκεφτώ πως θα αντιδρούσε ο κύριος Λένοξ, ο οποίος μου εμπιστευόταν πολλά στο γραφείο και βασιζόταν πάντα στη συνέπειά μου.

«Μου λες με λίγα λόγια να σου δώσω το τηλέφωνό σου, σωστά;» της το είχα πάρει πριν, όταν είχε μιλήσει με τα κορίτσια για δεύτερη φορά.

«Θα πάρω στη δουλειά και θα στο επιστρέψω» δεν είχα πια σκοπό να το σκάσω, ούτε να πω τίποτα. Ήθελα όμως να καταλάβει την αλλαγή στάσης μου με αυτήν μου την κίνηση.

«Ορίστε, κράτα το» της είπα δίνοντάς το και ξαφνιάζοντας τη με την απότομη αλλαγή μου.

«Ομολογώ πως εκπλήσσομαι ευχάριστα κύριε Μπλέικ και αυτό σας κάνει ακαταμάχητο» απάντησα γεμάτη νάζι.

«Ακαταμάχητο ακούω, υποθέτω θα σας εκπλήσσω συνέχεια ευχάριστα για να παίρνω τέτοιες φιλοφρονήσεις δεσποινίς Γκριν».

Συνεχίσαμε να παίζουμε με τις λέξεις σαν παιδάκια αφού δεν μπορούσαμε να κάνουμε κάτι προς το παρόν. Ο καιρός φαινόταν πως δε θα μας χαλούσε τα σχέδια επί του παρόντος παρόλο που ποτέ δεν ξέρεις πως θα εξελιχθεί. Το Σαουθάμπτον είναι ένα μέρος πολύ αγαπημένο, είχα στην κατοχή μου ένα σπίτι κοντά στη θάλασσα που δε γνώριζε σχεδόν κανείς για την ύπαρξή του και ήταν ο λόγος που αποφάσισα να την πάρω εκεί. Την άκουγα να ζητά συγνώμη από το αφεντικό της στο τηλέφωνο, συνειδητοποιώντας πόσο άσχημα ένιωθε για την απρόσμενη απουσία της από τη δουλειά. Πρέπει να της τονίσω όμως ότι τώρα που είμαστε μαζί δε χρειάζεται να δουλεύει για κανέναν, δε χρειάζεται έτσι κι αλλιώς. Ούτε θα μου άρεσε να την περιτριγυρίζουν διάφοροι λιγούρηδες τώρα που το σκέφτομαι, ειδικά αυτός ο ηλίθιος που του έτρεχαν τα σάλια στο εστιατόριο.

«Λοιπόν μυστήριο αγόρι, πού σκοπεύεις να με πας, δε μου έχεις πει».

«Αυτό κι αν είναι έκπληξη, δε θα σου πω» αποκρίθηκα πειράζοντάς την.

«Δε μου αρέσουν οι εκπλήξεις, πόσες φορές να στο πω».

«Πάρα πολλές, γιατί κάποιες φορές δεν ακούω καλά».

«Ναι καλά, εσείς έχετε σούπερ δυνάμεις από όσα μου έχει πει η Τζέιν».

«Χαχά, σούπερ τι;»

«Δυνάμεις! Τι το γελάς; Η Τζέιν μου είπε πως έχετε όλες τις αισθήσεις ανεπτυγμένες σε βαθμό που εμείς δεν το αντιλαμβανόμαστε, είπα κάτι λάθος;»

«Καλά στα είπε η Τζέιν».

«Ε τότε ακούς μια χαρά, περισσότερο από μια χαρά θα έλεγα».

«Έχεις δίκιο, αλλά μερικά πράγματα επιλέγω να κάνω πως δεν τα ακούω. Σε κάλυψα δικηγόρε; Με τόσα επιχειρήματα μια χαρά θα τα πηγαίνετε στα δικαστήρια».

«Θυμηθήκατε και την ειδικότητά μου, πολύ ενδιαφέρον».

«Τα θυμάμαι, όλα όσα αφορούν εσένα, με κάθε λεπτομέρεια άγγελέ μου!» Συνεχίζαμε να πειραζόμαστε και να μιλάμε για διάφορα θέματα μέχρι που χτύπησε το κινητό της και μας διέκοψε. Την έβλεπα πως σκεφτόταν να το απαντήσει και απόρησα με τη συμπεριφορά της, μέχρι που τελικά απάντησε.

«Ναι» είπα ξερά με το που απάντησα μετά από λίγη σκέψη. Δε γνώριζα τι να με ήθελε τώρα ο Τζον, είχε να με πάρει από τη νύχτα που με άφησε στο εστιατόριο για μια δουλειά.

«Έβελυν, επιτέλους σε βρίσκω, σε έπαιρνα τηλέφωνο χθες αρκετές φορές αλλά δεν απαντούσες, συμβαίνει κάτι ή προσπαθείς να με αποφύγεις;»

Άλλο πάλι και τούτο, γιατί τόση βαβούρα, επειδή απλά δεν του απαντούσα στο τηλέφωνο, ακόμη καλά καλά δεν τον γνώριζα και αρχίσαμε; Τι να του απαντούσα τώρα όμως;
«Είχα βάλει το τηλέφωνό μου στο αθόρυβο και μετά το ξέχασα, δεν έχω πάθει κάτι», ωραία δικαιολογία για πρωτάρα.

«Ξέρεις, θα ήθελα να επαναλάβουμε την έξοδο μας, χωρίς απρόοπτα αυτήν τη φορά, αν φυσικά θες και συ. Σε βρίσκω πολύ ενδιαφέρον άτομο και μου αρέσεις πάρα πολύ για την ακρίβεια.» Την έριξε τη βόμβα και τώρα πώς να τον σταματήσεις με τέτοια φόρα που είχε πάρει. Από την άλλη ο Κέννεν με κοίταζε και είναι λες και θα βγάλει φωτιές από τα μάτια, κρατάει και αυτό το τιμόνι λες και είναι έτοιμος για καβγά. Σίγουρα τα ακούει όλα όσα μου λέει ο Τζον για αυτό είναι πυρ και μανία, θα πρέπει να βρω μια δικαιολογία για να κλείσω το κινητό πριν χειροτερέψει.

«Ευχαριστώ για τα καλά σου λόγια αλλά θα απουσιάζω για λίγο καιρό, θα τα πούμε κάποια άλλη στιγμή, ίσως όταν επιστρέψω». Έκανα ό,τι καλύτερο μπορούσα, έτσι κι αλλιώς δε μου αρέσει να στεναχωρώ και να φέρνω σε δύσκολη θέση τους άλλους, το 'χα και αυτό το ελάττωμα και στο τέλος γινόμουν εγώ το θύμα, αλλά δε βαριέσαι, όλα μέσα στη ζωή είναι.

«Και η δουλειά σου στο γραφείο; Πόσο καιρό θα λείπεις αν επιτρέπεται;» Καλά, δεν το βάζει κάτω με τίποτα αυτός.

«Μίλησα με τον κύριο Λένοξ αλλά δε γνωρίζω ακόμη για πόσο χρονικό διάστημα θα απουσιάζω».

«Θα σε περιμένω να γυρίσεις και να τα πούμε από κοντά, χάρηκα που τα είπαμε και καλή επιστροφή, θα πω εγώ».

«Ευχαριστώ, γεια σου».

Επιτέλους το έκλεισε γιατί δεν ξέρω αν θα άντεχα άλλες προσωπικές ερωτήσεις από μέρους του.

«Αυτός ο ηλίθιος σε γουστάρει, αλλά θα του το κόψω αυτό».

«Κέννεν, μην κάνεις καμιά βλακεία, ο άνθρωπος δε γνωρίζει ότι είμαι μαζί σου.» Αυτό μας έλειπε τώρα, να ζηλέψει και να έχουμε κι άλλα. Ήξερα πόσο άσχημο συναίσθημα είναι η ζήλια, το είχα ζήσει στο πετσί μου με την προηγούμενη σχέση μου και μου κατέστρεφε τη ζωή, δεν τη θέλω στη ζωή μου πλέον.

«Καλά θα κάνει ο ηλίθιος να κρατηθεί μακριά σου, το καλό που του θέλω αλλιώς δε σου εγγυώμαι ότι θα παραμείνω ψύχραιμος» τον άκουγα να της μιλάει, διέκρινα τον πόθο του για αυτήν και αμέσως ένα άγριο ένστικτο με διαπέρασε ολόκληρο, πρώτη φορά αντιδρώ με τόση κτητικότητα.

«Δεν πρόκειται να γίνει κάτι με αυτόν και το ξέρεις, είμαστε μαζί και αυτό δεν αλλάζει για αυτό μην αντιδράς έτσι». Προσπάθησα να τον καθησυχάσω.

«Μη μου ζητάς κάτι που δεν μπορώ να ελέγξω. Καλύτερα να μη μιλάμε άλλο για αυτό, εκνευρίζομαι ακόμη περισσότερο. Φρόντισε να τον κρατήσεις μακριά σου και ίσως του χαρίσω τη ζωή» πρέπει να ενημερώσω τον Πωλ να τον απολύσει, δε θέλω να δουλεύει για μένα αυτός ο λιγούρης.

«Να αρχίσω να φοβάμαι και για τη δική μου ζωή δηλαδή, αν δε λειτουργώ με τον τρόπο που εσύ θες» σταύρωσα τα χέρια μου θυμωμένη. Δε πρόκειται να κάνω αυτό που θέλει αυτός συνέχεια, γιατί με απειλεί με τις ζωές των άλλων, αυτό καταντάει σπαστικό.

«Έβελυν, μέχρι εδώ, δεν πρόκειται να συνεχίσουμε αυτή τη συζήτηση, θα κάνεις αυτό που λέω και τέρμα» αυτή η κοπέλα ξέρει ακριβώς πώς να με βγάζει από τα όρια μου, αλλά που θα πάει, θα καταλάβει τη σοβαρότητα της κατάστασης.

«Εντάξει» είπα φοβισμένα, δε μου είχε ξαναμιλήσει έτσι επιθετικά, κατάφερα να διακρίνω δύο λευκούς κυνόδοντες καθώς μου φώναζε, που δεν είχα προσέξει προηγουμένως. Στα αλήθεια δεν αστειεύεται με αυτά που λέει. Την υπόλοιπη ώρα κάθισα φρόνιμη, χωρίς να έχω κάτι να πω, ενώ έβλεπα ότι η διάθεσή του δεν ήταν ιδιαίτερα καλή. Άνοιξα λίγο το ραδιόφωνο για να ακούσω λίγο μουσική, τουλάχιστον για να μη με πάρει ο ύπνος, αλλά πριν το καταλάβω είχα αποκοιμηθεί.

~

Την κοίταζα ανά διαστήματα ενώ είχε ήδη αποκοιμηθεί και φαινόταν τόσο ήρεμη που ένιωσα μια σουβλιά ενοχής για τον τρόπο που της μίλησα πριν. Δεν έφταιγε αυτή που τρελαίνομαι και μόνο στη σκέψη κάποιου άντρα δίπλα της, αλλά δεν μπορώ να το ελέγξω. Είχα ήδη στο μυαλό μου πως έπρεπε να την προστατεύσω από την οργή της Καμίλ, για την απόρριψη που της έδωσα για δεύτερη φορά, όπως και από την απόφαση του πατέρα μου. Όλο αυτό το μυστήριο, μου δημιούργησε μια ανησυχία σχετικά με την απρόβλεπτη στάση της μητέρας μου, που έπρεπε να λύσω οπωσδήποτε.

Σε λίγο καιρό θα γινόταν ο ετήσιος, επίσημος, χορός των αθανάτων, στο κάστρο στη Σκωτία, για να δοξαστεί το αίμα, ως δώρο της ζωής μας, και δεν ήθελα να την αφήσω πίσω μόνη. Δε πιστεύω να της αρέσει η ιδέα αυτού του ταξιδιού και για να είμαι ειλικρινής ούτε εμένα με ενθουσιάζει η ιδέα να την περιτριγυρίζουν τόσοι πολλοί βρικόλακες, αλλά ούτε να την αφήσω εδώ γίνεται. Θυμάμαι που είχα αφήσει τη Λόρεν και όταν επέστρεψα ήταν πλέον αργά, δεν πρόκειται να αφήσω να συμβεί το ίδιο πράγμα στην Έβελυν. Έπρεπε να βρω κάποιο τρόπο να μην πάω με ό,τι αυτό συνεπαγόταν. Όπου να ναι φτάνουμε, θα προσπαθήσω να τα βγάλω όλα από το μυαλό μου για να περάσουμε όσο καλύτερα μπορούμε χωρίς να κάνω κακές σκέψεις. Στο σπίτι θα ήμασταν ευτυχώς μόνοι. Έρχεται μια φορά την εβδομάδα ένα συνεργείο καθαρισμού για να τα βρίσκω όλα καθαρά όταν αποφασίζω να έρθω. Το μόνο που θα χρειαστεί είναι κάποια τρόφιμα για την Έβελυν.

Είχε πλέον νυχτώσει και επιτέλους έβλεπα το σπίτι. Πάρκαρα το αμάξι στο κλειστό πάρκινγκ που διέθεται και έσβησα τη μηχανή. Η Έβελυν δεν είχε ξυπνήσει ακόμη και δεν ήθελα να την ξυπνήσω, προτιμούσα να την κουβαλήσω πάνω στο δωμάτιο απευθείας. Την πήρα πάνω μου και της ξέφυγε ένα γλυκό γουργούρισμα καθώς έγειρε το κεφαλάκι της πάνω στο στήθος μου. Η ζεστασιά που μου προκαλούσε όλο το κορμί της μέσα στην αγκαλιά μου με γέμισε ευδαιμονία, σαν να περίμενα συνέχεια αυτό το άγγιγμα με αυτό το ξεχωριστό δέσιμο που μας ένωνε, ίσως η μοίρα να το είχε επιφυλάξει όλο αυτό για εμάς. Μύριζε υπέροχα και ένιωσα τη δίψα μου να φουντώνει γρήγορα, αυτό δεν ήταν καλό, πρέπει να τραφώ όσο πιο σύντομα γίνεται.

Έβαλα τον κωδικό ασφαλείας και μπήκα μέσα στο σπίτι, ανέβηκα γρήγορα τα σκαλιά και την τοποθέτησα απαλά πάνω στο κρεβάτι του κεντρικού υπνοδωματίου. Δεν είχε ξυπνήσει ευτυχώς ακόμα αλλά αναδεύτηκε και πήρε εμβρυακή στάση. Πήρα μια κουβέρτα και τη σκέπασα, σίγουρα θα έκανε κρύο από τον τρόπο που κουλουριάστηκε όλο της το σώμα, θα έπρεπε να ανάψω και το τζάκι του δωματίου.

Όταν όλα ήταν έτοιμα και το δωμάτιο ήταν αρκετά ζεστό, πήγα να κατεβάσω τις αποσκευές μας από το αμάξι και πέτυχα το τηλέφωνό της να χτυπάει. Ποιος να ήταν πάλι; Αν ήταν αυτός ο ηλίθιος θα τα άκουγε αυτή τη φορά για τα καλά. Κοίταξα την οθόνη και έγραφε "μπαμπάς". Το άφησα να χτυπάει και όταν ξυπνήσει θα της πω να τον πάρει. Πρέπει να είναι πολύ δεμένη με τους γονείς της σκέφτηκα και θα ανησυχήσουν αν δεν τους δώσει σημεία ζωής. Πήρα όλα τα πράγματα και τα άφησα στο σαλόνι κάτω, για να μην την ξυπνήσω. Ήμουν έτοιμος να βγω έξω για να βρω οποιονδήποτε αρκεί να ήταν μόνος του, για να τραφώ χωρίς να τραβήξω κάποιο βλέμμα.

Δεν είχα σκοπό να σκοτώσω απόψε, απλά να καθησυχάσω τη δίψα μου. Είχε αρκετό κόσμο να τριγυρνάει έξω και μου ήταν πιο δύσκολο να πετύχω κάποιον, μέχρι που μια γυναίκα γύρω στα 30, πολύ ζουμερή, ήταν η μόνη και από ότι μύριζα πρέπει να ήταν απολαυστική. Κρατούσε ψώνια και στα δυο χέρια και την είδα να στρίβει σε ένα σκοτεινό, στενό, σοκάκι, ήταν ό,τι έπρεπε, θα ξεμπέρδευα στα γρήγορα. Εμφανίστηκα μπροστά της στα γρήγορα και τη χτύπησα στο κεφάλι, δεν πρόλαβε να αντιληφθεί τίποτα. Με το που έπεσε στο έδαφος και λιποθύμησε, όρμησα στην πρώτη φλέβα που είδα να είναι φουσκωμένη μπροστά στα μάτια μου. Το αίμα της ήταν παχύρευστο, κάτι που δε συναντάω συχνά αλλά όποτε το πετυχαίνω με ικανοποιεί αφάνταστα, όμως σαν το αίμα της πριγκίπισσάς μου σκέφτηκα δεν έχω ξαναμυρίσει και πόσο μάλλον δεν έχω γευτεί ξανά. Λίγο πριν σβήσει και ο τελευταίος παλμός της και χωρίς να συνειδητοποιήσω ότι είχα ξεχαστεί, την άφησα να ζήσει. Έκλεισα την πληγή με λίγο από το αίμα μου για να μην αφήσω κανένα αποδεικτικό σημάδι που θα προκαλούσε υποψίες στους αστυνομικούς και τώρα ήμουν έτοιμος να επιστρέψω στην αγαπημένη μου.

Ξύπνησα σε ένα άγνωστο περιβάλλον, σκεπασμένη με μια κουβέρτα και όλα να είναι πάρα πολύ ζεστά, νιώθω κάπως ζαλισμένη μετά από τον ύπνο που έριξα. Κοιτάζω τριγύρω και το μόνο που βλέπω είναι ένα τεράστιο δωμάτιο ζεστό, με τζάκι και μοιάζει πολύ με το δωμάτιο ενός εξοχικού. Ο Κέννεν όμως που να βρίσκεται; Αν ήταν στο σπίτι θα με είχε ακούσει μέχρι τώρα και θα ήταν εδώ, αλλά προφανώς κάπου θα είχε πάει ή δεν ξέρω τι άλλο να σκεφτώ. Έπιασα τον αστράγαλό μου, δε μου είχε περάσει τελείως ο πόνος αλλά φαινόταν καλύτερα τώρα και αποφάσισα να σηκωθώ για να εξερευνήσω το σπίτι. Ούτε και τα πράγματα μου βλέπω εδώ και θέλω το τηλέφωνο μου, που το είχα ξεχάσει πριν να με πάρει ο ύπνος, τώρα που το σκέφτομαι. Σίγουρα οι γονείς μου θα έχουν ανησυχήσει για μένα μετά από ένα ξερό μήνυμα που τους είχα αφήσει, δεν ήταν συνηθισμένοι σε τέτοιες κινήσεις.

 Σηκώθηκα κάπως βιαστικά από το κρεβάτι μετά τη σκέψη που έκανα και το πρώτο πράγμα που έκανα όμως ήταν να πάω κατευθείαν στο μπάνιο, να κοιτάξω στον καθρέφτη τον εαυτό μου και ειδικά το πρόσωπο μου. Θα είμαι χάλια, στα σίγουρα, ο Κέννεν θα με είχε ήδη δει σε αυτήν την κατάσταση και θα τρόμαξε. Ήμουν ήδη μπροστά στον καθρέφτη και προς μεγάλη μου έκπληξη φαινόμουν όμορφη, καμία σχέση με αυτό που είχα στο μυαλό μου. Άνοιξα τη βρύση και πήρα με τα χέρια μου λίγο νερό και το έριξα στο πρόσωπο μου μήπως και ξυπνήσω, φαινόμουν ακόμη υπνωτισμένη μετά τον απρόσμενο υπνάκο που είχα.

 «Όμορφη, πολύ όμορφη είσαι τελικά» ακούστηκε να λέει μια αντρική φωνή που όμως δεν ήταν του Κέννεν, ο φόβος μου μετατράπηκε σε ρίγος και ένιωθα σαν να μη μπορώ να σταθώ στα πόδια μου. Κοίταξα πανικόβλητη τριγύρω αλλά δεν υπήρχε κανένας, μόνο εγώ. Άραγε να το είχα φανταστεί όλο αυτό; Δεν ήταν και πολύ παράξενο με όλα αυτά που μου συμβαίνουν τελευταία αλλά έπρεπε να μάθω ή να το βάλω στα πόδια.

«Ποιος είναι;» ρώτησα με τρεμάμενη φωνή χωρίς να μπορώ να το ελέγξω.

«Κουκλίτσα, εγώ είμαι ο χειρότερος εφιάλτης σου» απάντησε η φωνή με ένα ελαφρώς ειρωνικό τόνο στο άκουσμα. Ο πανικός όμως δεν άργησε να εμφανιστεί μετά από αυτή του τη δήλωση, ήμουν σίγουρη πως έπρεπε να τρέξω για να σωθώ. Βγήκα από το μπάνιο μέχρι που έπεσα πάνω σε κάτι σκληρό. Κοίταξα πάνω και είδα δύο μαύρα μάτια να με κοιτάζουν, έτοιμα να με κατασπαράξουν. Ενστικτωδώς έπεσα κάτω στο έδαφος από φόβο προσπαθώντας να ξεφύγω και ένα ειρωνικό γέλιο ξέφυγε από τα χείλη του.

«Δεν μπορείς να μου ξεφύγεις κουκλίτσα, απλά μην προσπαθείς» είπε, ενώ δεν είχε κουνηθεί καθόλου από τη θέση που τον είχα αφήσει και συνέχισε να με κοιτάζει.

«Ποιος είσαι και τι θες από εμένα;»

Βρισκόμουν τώρα στην άλλη άκρη του δωματίου και μας χώριζε κάποια μικρή απόσταση, όμως βρήκα το θάρρος να του απαντήσω.

«Εγώ είμαι ο Λίαμ και ας πούμε πως είμαι φίλος του Κέννεν, κατά κάποιον τρόπο. Το πιο σημαντικό όμως δεν είναι αυτό, αλλά το ότι σας ακολούθησα μέχρι εδώ περιμένοντας να σε αφήσει μόνη κάποια στιγμή και να μπορώ να εμφανιστώ. Βλέπεις μικρούλα το αίμα σου δε σταμάτησε λεπτό να με καλεί να έρθω κοντά σου και αυτό έκανα».

Είναι βρικόλακας και είναι φίλος του Κέννεν, αλλά θέλει να με σκοτώσει. Όλο αυτό φαντάζει με θρίλερ επιστημονικής φαντασίας με πρωταγωνίστρια εμένα.

«Ο Κέννεν από στιγμή σε στιγμή θα είναι εδώ και το καλό που σου θέλω είναι να φύγεις αλλιώς...» ακούστηκα να λέω χωρίς να ήμουν σίγουρη για τίποτα.

Δεν ήξερα που ήταν ο Κέννεν, ούτε πότε θα γυρνούσε, δεν ήξερα τίποτα και όλα γυρνούσαν στο μυαλό μου. «Αλλιώς τι; Αρκετά είπαμε λέω εγώ κουκλίτσα, είναι ώρα για πράξεις» με μια κίνηση βρέθηκε μπροστά μου ακινητοποιώντας όλο μου το σώμα.

«Θα σε γευτώ για λίγο και μετά θα σε πάρω μαζί μου» μου λέει έχοντας το πρόσωπό του μια αναπνοή από το δικό μου.

«Άφησε με, προτιμώ να πεθάνω, παρά να έρθω μαζί σου αλήτη» φώναξα προσπαθώντας να τον διώξω χωρίς νόημα.

«Είσαι σκληρό καρύδι, μου αρέσεις, δεν μπορώ να το κρύψω. Θα σε πάρω μακριά του και σιγά σιγά θα με αγαπήσεις και συ».

Μόνο ένα θαύμα θα με έσωζε από αυτήν την κατάσταση. Ποτέ δε θα αγαπούσα άλλον είπα στον εαυτό μου και χωρίς να έχω καταθέσει ακόμα τα όπλα προσπαθούσα να ξεφύγω με κάθε τρόπο από τον κλοιό που δημιούργησε. Ένα δυνατό τσούξιμο ένιωθα τώρα και το αίμα μου να φεύγει αργά από το σώμα μου. Το πρόσωπό του ήταν χωμένο στον λαιμό μου, βγάζοντας ήχους ευχαρίστησης μαζί με ηδονή. Η ελπίδα μου άρχισε να χάνεται.

«Είσαι τόσο γλυκιά, τόσο υπέροχα γλυκιά που δε φαντάζεσαι» είπε ευτυχισμένος πλέον που είχε καταφέρει αυτό που ήθελε και 'γώ το μόνο που ευχόμουν ήταν να εμφανιστεί ο Κέννεν.

«Αρκετά ήπια όμως, δε θέλω να μου πεθάνεις κουκλίτσα και τώρα ώρα να φεύγουμε» με άρπαξε πάνω του σαν να κουβαλούσε μια ψεύτικη κούκλα και όλα έδειχναν ότι ήμουν καταδικασμένη.

Έκλεισα τα μάτια μου νιώθοντας αδύναμη και απογοητευμένη συνάμα από την εξέλιξη των γεγονότων.

«Άφησέ την κάτω αμέσως τώρα!»

Στο άκουσμα της φωνής του τα μάτια μου άνοιξαν διάπλατα σαν να διέθετα μια μυστική πηγή ενέργειας που τώρα έκανε την εμφάνισή της. Η ελπίδα επέστρεψε, ο Κέννεν επέστρεψε.

«Δεν πρόκειται να κάνω αυτό που ζητάς, είναι δική μου, την έχω γευτεί» είπε ξεδιάντροπα.

«Θα σε σκοτώσω καθίκι».

Με το που μπήκα και είδα το σώμα της άκαμπτο στην αγκαλιά του κόντεψα να τρελαθώ. Δε με νοιάζει που είναι ένα από τα τσιράκια του Τζακ, αυτό που έκανε θα το πληρώσει με τη ζωή του. Όρμησα πάνω του ρίχνοντάς τον κάτω και παίρνοντας την Έβελυν από τα χέρια του την ακούμπησα στο κρεβάτι. Γνώριζε πολύ καλά ότι είμαι πολύ πιο δυνατός από αυτόν, αλλά συνέχισε παίρνοντας θέση μάχης για να αμυνθεί. Φαινόταν έτοιμος να πεθάνει για χάρη της δικής μου αγαπημένης, όσο έτοιμος θα ήμουν και 'γώ για να την έχω μαζί μου.

«Ακόμα έχω τη γεύση από το αίμα της στα χείλη μου» είπε και έγλυψε την άκρη των χειλιών του με τη γλώσσα του τόσο επιδεικτικά που όλα σκοτείνιασαν γύρω μου. Πριν προλάβει να κάνει ένα βήμα τον είχα σκοτώσει. Απέμεινα να κρατάω στα χέρια μου το κεφάλι του. Πήρα γεμάτος οργή και το υπόλοιπο σώμα του και τα έριξα όλα μαζί στη φωτιά που έκαιγε μέσα στο τζάκι. Μετά από αυτό ήταν πλέον παρελθόν.

Μόλις συνήλθα πήγα κοντά της, το αίμα έτρεχε από την πληγή της και όλο μου το είναι έλεγε να συγκρατηθώ, να μη το γευτώ, είχε ήδη χάσει αρκετό και θα ήταν μοιραίο για τη ζωή της. Μάζεψα τις δυνάμεις μου και έκλεισα την πληγή της. Η ανάσα της δεν είχε βρει ακόμα έναν κανονικό ρυθμό και όλα έδειχναν πως ήταν αργά. Αποφάσισα να της δώσω από το αίμα μου να πιει για να τη σώσω, δεν μπορούσα να τη χάσω. Την πήρα αγκαλιά και της ψιθύριζα στο αυτί για να το πιει αλλά αρνιόταν, τόσο πεισματάρα, αλλά στο τέλος δέχτηκε για λίγο και αποκοιμήθηκε. Δε θα την άφηνα ποτέ ξανά μόνη και για κανέναν λόγο, αυτό ήταν το μόνο σίγουρο. Απέμεινα δίπλα της χαϊδεύοντας τα μαλλιά της και ακούγοντας την αναπνοή της καθώς κοιμόταν. Φαινόταν τόσο ήρεμη, σαν να μην είχε συμβεί κάτι κακό, αλλά όλο αυτό να ήταν ψέμα. Πέρασε αρκετά αυτές τις μέρες, αυτό ήταν το μόνο σίγουρο και σήμερα που κόντεψα να τη χάσω στα αλήθεια ένιωσα τρόμο, ένα συναίσθημα που δεν είχα βιώσει ποτέ μέχρι σήμερα. Όλα όσα νιώθω και κάνω όταν είμαι μαζί της είναι πρωτόγνωρα και ανεξήγητα, όμορφα παρόλα αυτά, τολμώ να παραδεχτώ. Είχε περάσει όμως κανένα δίωρο που κοιμόταν, θα έπρεπε να είχε ξυπνήσει μέχρι τώρα σκέφτηκα μέχρι που χτύπησε το τηλέφωνό μου και απομακρύνθηκα λίγο από κοντά της.

«Έλα Τζέιν» είπα χωρίς να έχω ιδέα τι σκέφτηκε πάλι για να με παίρνει.

«Κέννεν, που είσαι, εδώ η κατάσταση δεν είναι πολύ καλή» την άκουσα αναστατωμένη και σίγουρα δεν ήταν για καλό.

«Τι συμβαίνει Τζέιν;»

«Ο Τζακ» είπε ξερά.

«Τι με τον Τζακ;»

«Είναι εκτός ελέγχου, δεν μπορείς να φανταστείς».

«Γιατί Τζέιν, πες μου τι έγινε;»

Τι να είχε συμβεί μαζί του, όλο μπελάδες δημιουργούσε, αλλά η Τζέιν πρώτη φορά ακουγόταν τόσο φοβισμένη μαζί του.

«Λέει πως ένας από τους φίλους του, ο Λίαμ δεν έχει επιστρέψει, ενώ πάντα είναι όλοι μαζί και υποθέτει πως κάτι συνέβη».

Που να ήξερε τι του είχε συμβεί όμως, δε θα του άρεσε ακόμη περισσότερο, αλλά θα του το έλεγα, τώρα μάλιστα.

«Μην ανησυχείς Τζέιν απλά πρόσεχέ τον μη σκοτώσει κάποιον από το προσωπικό μας».

Η κυρία Γκρέις είχε συνηθίσει και αυτή στα ξεσπάσματά μας, αλλά οι υπόλοιποι που ήταν καινούριοι δε θα καταλάβαιναν και δε θα ήταν για καλό.

«Αυτό θα κάνω» είπε και έκλεισε το τηλέφωνο.

Κτύπησα στα γρήγορα τον αριθμό του Τζακ, όλα έπρεπε να ξεκαθαρίσουν γρήγορα προτού διαλύσει το σπίτι. Το άφησα να χτυπάει αρκετές φορές, αλλά δε μου απαντούσε. Θα τον έπαιρνα ξανά αργότερα, όμως άκουσα την Έβελυν να κινείται, σίγουρα θα ξύπνησε και ήθελα να με δει μπροστά της με το που θα ανοίξει τα μάτια της.

«Κέννεν, εσύ, είχες φύγει» κατάφερα να πω, ενώ ένιωθα κομμένη σαν να είχε πέσει κάτι βαρύ πάνω μου και να με κόλλησε κάτω.

«Άγγελέ μου, είμαι εδώ τώρα, δε θα ξαναφύγω ποτέ».

Αυτό ήταν το μόνο σίγουρο, είπα στον εαυτό μου μετά την αγωνία που τράβηξα για τη ζωή της.

«Αυτός που... εννοώ, εκείνος ο άντρας... τι έγινε» έβλεπα με το μυαλό μου σκηνές που διαδραματίστηκαν σε αυτό το δωμάτιο πριν σκοτεινιάσουν όλα μαζί του και ανατρίχιασα απότομα. Ο Κέννεν με πήρε μια τεράστια αγκαλιά να με καθησυχάσει και ανταποκρίθηκα αμέσως στο άγγιγμά του όπως πάντα.

«Μην τον σκέφτεσαι αυτόν άγγελέ μου, δεν πρόκειται να σου κάνει ξανά τίποτα, για αυτό να είσαι σίγουρη».

«Τον σκότωσες;» ρώτησα χωρίς να είμαι σίγουρη αν αυτό θα με έκανε να νιώσω καλύτερα.

«Έκανα αυτό που του άξιζε για την πράξη του, τίποτα και κανένας δεν μπορεί να σε πάρει από μένα χωρίς συνέπειες».

«Μα εγώ...νόμιζα πως ήταν σαν εσένα, πώς γίνεται να πεθάνει;»
«Και 'μεις πεθαίνουμε άγγελέ μου, πολύ πιο δύσκολα, φυσικά, αλλά υπάρχουν κάποιοι τρόποι για να γίνει».

Δεν είμαι σίγουρος αν είναι ακόμα έτοιμη να ακούσει περισσότερα για το είδος μου μετά από όσα έχει περάσει, αλλά φαίνεται να δείχνει κάποιο ενδιαφέρον.

«Θα μπορούσες δηλαδή να σκοτωθείς εσύ, αντί για αυτόν; Ούτε να το σκέφτομαι δε θέλω.»
«Όχι άγγελέ μου, εγώ είμαι πιο παλιός και πιο δυνατός από πολλούς, δεν είναι εύκολο να πεθάνω».

Μου άρεσε που νοιαζόταν για μένα, έτσι ξαφνικά σαν να άλλαξε κάτι μετά από αυτό που έγινε, έτσι νιώθω.

«Ωραία, δε θα ήθελα να σε χάσω. Φοβήθηκα πολύ όταν κατάλαβα ότι έφυγες και θα με έπαιρνε μαζί του. Νόμιζα ότι δε θα επέστρεφες, ότι απλά με άφησες» είπα.

Ένιωσα ένα κάψιμο να ανεβαίνει στα μάτια μου. Είναι πολύ αργά για να φανταστώ τον κόσμο μου, χωρίς αυτόν μέσα.

«Άγγελέ μου, κανένας και τίποτα δεν μπορεί να με πάρει μακριά σου. Ήταν λάθος μου που δεν ενημέρωσα ότι θα βγω, αλλά κοιμόσουν και δεν ήθελα να σε ξυπνήσω».

Προς στιγμή, σκέφτηκα ότι ήθελα τόσο πολύ να της κάνω έρωτα μετά από τα λόγια της που με το ζόρι κρατιόμουν. Πήρα το πρόσωπό της στα χέρια μου και έκανε και αυτή το ίδιο, ένιωσα τους παλμούς της να ανεβαίνουν γρήγορα. Έπρεπε να φάει κάτι τώρα που το σκέφτομαι, ήταν αργά και ήταν αδύναμη.

«Πρέπει να φας κάτι, φαίνεσαι εξαντλημένη, τι θες να παραγγείλουμε λοιπόν;»

«Μα τώρα; Είναι αργά, δεν είναι ανάγκη».
Ήταν η πρώτη φορά που η πείνα μου για φαγητό ήταν λιγότερη από αυτήν που αισθάνομαι για τον ίδιο. Πού να το ήξερε όμως;
«Μια χαρά είναι, απλά πες μου τι θα φας και δε σηκώνω αντιρρήσεις».
Τα μάτια της έπεφταν αχόρταγα πάνω μου. Γιατί το κάνει αυτό; Μόλις που συγκρατιέμαι να μην την αρπάξω και να την κάνω δική μου.
«Μια πίτσα θα ήταν εντάξει υποθέτω. Εσύ όμως δε μου είπες, γιατί βγήκες έξω, είχες κάποια δουλειά;»
«Να παραγγείλω και θα σου πω, προηγείται η τροφή σας κυρία μου» πήρα τις πληροφορίες για να μου δώσουν το τηλέφωνο μιας πιτσαρίας και παρήγγειλα μια τεράστια πίτσα με από όλα μέσα και φιλαδέλφεια από ότι κατάλαβα με τα νοήματα της Έβελυν και τα λόγια της κοπέλας στο τηλέφωνο. Στο τέλος τα κατάφερα όμως, για πρώτη παραγγελία μια χαρά τα πήγα.
«Φαινόσουν πολύ αστείος όσο έδινες την παραγγελία, σαν να μην το έχεις ξανακάνει» είπα χαζογελώντας κάπως δυνατά.
«Ώστε, με κοροϊδεύεις κυρία μου, τώρα θα δεις» την άρπαξα και τη γαργαλούσα, γελούσε και τσίριζε τόσο δυνατά, μέχρι που με παρακαλούσε να σταματήσω.
«Σταμάτα Κέννεν, δεν μπορώ άλλο, πονάω από το πολύ γέλιο»
Τι τον έπιασε; Η διάθεσή του είναι πολύ καλή, σαν μωρό κάνει αλλά μου αρέσει πολύ αυτό που βλέπω, με κάνει να ξεχνάω ότι είναι βρικόλακας.
«Πες μου, γιατί βγήκες έξω;»
«Τι να σου πω, βασικά πήγα να τραφώ».
Της είπα ενώ αναρωτιόμουν, αφού δεν της αρέσει αυτό το πράγμα γιατί με ρωτάει, για να με φέρνει σε δύ-

σκολη θέση όπως τώρα; Δε θα ήθελα να χαλάσουμε την ατμόσφαιρα που δημιουργήσαμε μεταξύ μας με αυτό που της είπα.

«Τη σκότωσες;» ήξερα τι θα μου έλεγε, αλλά πάλι με ξάφνιασε.

«Όχι, θα είναι μια χαρά».

«Δε θέλω να τρέφεσαι από άλλους».

«Δεν μπορώ να κάνω αλλιώς, ή θα τραφώ ή θα πεθάνω από την πείνα».

«Όταν νιώθεις την ανάγκη να τραφείς θέλω να το κάνεις από μένα» ορίστε, το είπα και αυτό γιατί τον ήθελα να είναι όλος δικός μου, μπορεί και να ζήλευα και λίγο που άγγιζε άλλες ή άλλους, ό,τι και να ήταν.

«Το εννοείς αυτό που λες; Δεν είναι ό,τι καλύτερο, γιατί μου το ζητάς;»

«Το θέλω, απλά δεν μπορώ να σκέφτομαι να το κάνεις με κάποιον ενώ εγώ είμαι εδώ για σένα».

«Με εξέπληξε η αλλαγή στάσης σου όπως και αυτό που μου ζητάς αλλά αν αυτό θες, θα το κάνω και πίστεψέ με, θα είναι ό,τι καλύτερο έχω γευτεί στη ζωή μου».

«Γιατί το λες αυτό;» είπα παίρνοντας το γνωστό κοκκίνισμα.

«Γιατί πολύ απλά το αίμα σου είναι το πιο ωραίο που έχω μυρίσει και φαντάζομαι θα είναι ό,τι πιο ωραίο θα έχω γευτεί επίσης, επειδή είναι δικό σου».

Δε μίλησε μετά από τα λόγια που της είπα, αλλά μόνο από την έκφρασή της κατάλαβα ότι της άρεσαν πολύ. Άκουσα τον ήχο μίας μοτοσυκλέτας, το πιο πιθανόν να είναι ο πιτσαδόρος.

«Αγγελέ μου, ήρθε η πίτσα, πάω να ανοίξω, μην κουνήσεις ρούπι από εδώ, εντάξει;»

«Εντάξει».

Είναι ο πιο όμορφος, καταπιεστικός, αλλά απίστευτα σέξι άντρας που γνώρισα και είναι όλος δικός μου και θα έφευγα; Με καμία δύναμη δεν το κουνάω από κοντά του. Μέχρι να το καταλάβω ήταν ήδη πίσω κρατώντας μια τεράστια πίτσα στα χέρια του, πρώτη φορά έβλεπα τόσο μεγάλη πίτσα και να προορίζεται όλη για μένα.

«Μας έφεραν δώρο Coca-cola, την πίνεις ή να σου φέρω κάτι άλλο; Δυστυχώς το σπίτι δεν έχει καθόλου τρόφιμα αλλά μην ανησυχείς, από αύριο θα είναι γεμάτο».

Είχα ειδοποιήσει τον Πωλ να τα κανονίσει όλα αύριο για να μη φύγω καθόλου από το πλευρό της.

«Ναι, την πίνω, αλλά όλα αυτά θα κάνω ώρες να τα χωνέψω και είναι ήδη πολύ αργά».

Όχι δηλαδή πως νύσταξα, είχα κοιμηθεί αρκετά και στο αυτοκίνητο και μετά την επίθεση εκείνου του παρανοϊκού και πιστεύω θα έμενα ξύπνια μέχρι το πρωί.

Άρχισα να τρώω σαν τρελή το πρώτο κομμάτι σχεδόν χωρίς να το μασάω και συνέχισα στο δεύτερο και στο τρίτο κομμάτι με τον ίδιο ρυθμό, πρέπει να πεινούσα πολύ για να τρώω με τέτοιον τρόπο.

«Έχεις πλάκα όταν τρως».

«Μμμ... δεν ξέρεις τι χάνεις».

Ωραία τώρα έγινα τελείως ρεζίλι μπροστά του, τι θα νομίζει για μένα; Το μόνο σίγουρο είναι ότι μεγάλωσα σε στάβλο με γουρούνια, αφού η ίδια έγινα γουρουνίτσα με τις σάλτσες γύρω από το στόμα μου. Τον έβλεπα να χαμογελάει μαζί μου σαν να το διασκέδαζε που έτρωγα σαν τρελή.

«Ξέρεις, μου αρέσει να σε βλέπω να τρως, φαίνεσαι πάντα τόσο ευχαριστημένη και το απολαμβάνεις με την ψυχή σου. Κάνεις και αυτούς τους παράξενους ήχους αγαλλίασης με το στόμα που είναι τόσο εμφανές ότι το απολαμβάνεις» και ήταν τόσο σέξι, έπιανα τον εαυτό μου παρακολουθώντας την όση ώρα τρώει να φτιάχνεται, που μερικές φορές θα ήθελα να ήμουν εγώ το φαγητό της, όσο γελοίο κι αν ακούγεται.

«Με κάνεις να ντρέπομαι τώρα, αλήθεια κάνω θόρυβο όταν τρώω; Και τα κορίτσια μου το είχαν πει, αλλά δεν τις πίστευα» είπα και άφησα όση πίτσα είχε απομείνει πάνω στο κομοδίνο, ένιωθα φουσκωμένη, είχα σκάσει με τόσο που έφαγα.

Το μόνο που ήθελα να κάνω τώρα ήταν ένα ζεστό μπάνιο και να διαβάσω ένα βιβλίο ή να ακούσω λίγη μουσική από το i-pad. Είχα αίματα πάνω στον λαιμό μου και τα ρούχα μου είχαν γίνει χάλια αλλά περισσότερο ήθελα να βγάλω από πάνω μου τη βρομιά που ένιωθα από το άγγιγμα εκείνου του άντρα, που όπως κατάλαβα ήταν πλέον παρελθόν.

«Εγώ τους βρίσκω αξιαγάπητους όλους τους θορύβους σου. Γιατί δεν τρως άλλο;»

«Χόρτασα, θέλω να κάνω ένα μπάνιο και χρειάζομαι τα πράγματα μου».

«Πού είναι να πάω να τα πάρω;» ρώτησα γνωρίζοντας ότι δε θα με άφηνε να κινηθώ τόσο πολύ, αλλά η προσπάθεια μετράει.

«Πάω να στα φέρω, στο μπάνιο έχει ότι χρειάζεσαι».

«Εσύ δεν κάνεις... εννοώ εσείς χρειάζεστε... βασικά αυτό που θέλω να πω είναι εσύ κάνεις μπάνιο;» είπα και απόρησα πώς πέταξα αυτήν τη βλακεία, αυτή η περιέργειά μου να μαθαίνω πράγματα είναι που θα με φάει στο τέλος.

«Εμείς σαν ομάδα δεν ξέρω, αλλά εγώ κάνω καθημερινά μάλιστα και το απολαμβάνω αφάνταστα» και αναρωτήθηκα πού το πήγαινε όμως με αυτήν την ερώτηση τώρα.

«Σήμερα δηλαδή έκανες μπάνιο;»

«Όχι, δεν πρόλαβα με όλα αυτά και είχες κάνει κατάληψη και στο δωμάτιο μου» είπα αστειεύοντας.
«Θες δηλαδή να κάνεις;» τον ρώτησα ξεδιάντροπα.
«Ναι, το πιο πιθανόν όταν βγεις να μπω». Πού το πήγαινε, θα σκάσω. «Πάω να φέρω τα πράγματά μας, ε;» «Εντάξει».
Να του έλεγα όχι. Μήπως είναι πολύ νωρίς; Μέχρι να πάει είχε γυρίσει πίσω και εγώ καθόμουν ακόμα σκεπτόμενη τι να κάνω.
«Ακόμα εδώ είσαι άγγελέ μου;»
«Εμείς τώρα δηλαδή είμαστε ζευγάρι;» είπα κοκκινίζοντας.
«Αν το θες και συ».
«Το θέλω πολύ πολύ πολύ».
«Εγώ να δεις».
Επιτέλους δείχνει ότι ενδιαφέρεται για μας. Η χαρά που νιώθω δεν περιγράφεται. Την πήρα αγκαλιά και στριφογυρίζαμε σαν χαζοί και τότε άκουσα ένα υπέροχο αβίαστο γέλιο, τόσο μα τόσο αληθινό. Μόλις σταμάτησα με πήρε από το χέρι και με οδηγούσε με αργά βήματα μέσα στο μπάνιο. Ξαφνιάστηκα τόσο πολύ που σίγουρα φαινόταν στο πρόσωπό μου.
«Συμβαίνει κάτι άγγελέ μου;» είπα για να μου λυθεί η απορία γι' αυτή την απρόσμενη κίνηση, μήπως και την παρεξήγησα.
«Αφού είμαστε ζευγάρι δε βλέπω τον λόγο να κάνουμε μπάνιο ξεχωριστά».
Δεν πίστευα στα αυτιά μου ότι εγώ είπα τέτοια κουβέντα, δεν ήμουν ποτέ ξεδιάντροπη, ούτε σκόπευα να γίνω αλλά τον ποθούσα τόσο πολύ και όλα έμοιαζαν σωστά μαζί του.
Με κοίταξε με μάτια γεμάτα πόθο, που περίμεναν αυτή την πρόσκληση για να αφήσουν τα συναισθήματα να

φανούν. Αχ αυτά τα μάτια σκέφτηκα, φεύγοντας από τα χείλη μου ένας μικρός αναστεναγμός. Με πλησίασε χωρίς να πει λέξη και έβαλε τα δάχτυλά του πάνω στα χείλη μου χαϊδεύοντάς τα και ακουμπώντας τα κατά μήκος του περιγράμματός τους με μια ερωτική κίνηση που με έκανε να ερεθιστώ παράφορα. Κατάλαβε αμέσως τι προκαλούσε στο σώμα μου η επαφή μας και στα χείλη του σχηματίστηκε ένα μικρό παιχνιδιάρικο χαμόγελο νίκης.

«Άγγελέ μου, τρελαίνομαι για σένα, σε θέλω τόσο πολύ που δε φαντάζεσαι».

«Κάνε με δική σου» του είπα και έγλυψα τα χείλη μου εκεί που πριν χάιδευε με τα δάκτυλά του.

Ο πόθος μεταξύ μας φούντωσε και έσβησε όλα τα κακά που στοίχειωναν το μυαλό μου πριν από λίγο, το μόνο που υπήρχε ήταν αυτός και εγώ. Τα χείλη του συνάντησαν τα δικά μου και χωρίς να χάσουμε χρόνο το φιλί μας δυνάμωσε. Βρέθηκα ακουμπισμένη στον τοίχο, περικυκλωμένη από το τόσο γυμνασμένο σώμα του πάνω μου, χωρίς κανέναν τρόπο διαφυγής, όχι πως ήθελα να φύγω, αλλά λέμε τώρα.

«Δεν ξέρεις πόσο το περίμενα αυτό άγγελέ μου».

Ο ανδρισμός μου φούσκωσε μέσα στο παντελόνι μόνο από την επαφή μας. Πήρα στα χέρια μου το κάτω μέρος της μπλούζας της και της την έβγαλα αργά. Το στήθος της ξεπρόβαλε μπροστά μου, τόσο ζουμερά φουσκωμένο που ξεχείλιζε από το σουτιέν που φορούσε. Έμεινα να το κοιτάζω σαν υπνωτισμένος με τόση ομορφιά που έβλεπαν τα μάτια μου και κοκκίνισε για άλλη μια φορά υπενθυμίζοντάς μου ότι είναι άνθρωπος και πρέπει να είμαι πολύ προσεκτικός μαζί της. Χωρίς να το περιμένω έκανε ακριβώς την ίδια κίνηση με μένα βγάζοντάς μου τη φανέλα, πολύ επιδέξια μπορώ να πω.

«Ουάου, είσαι πολύ γυμνασμένος» μου ξέφυγε και το είπα δυνατά από τον ενθουσιασμό μου, αλλά στα αλήθεια το σώμα του ήταν τόσο εντυπωσιακά σμιλεμένο. Οι μύες του φαίνονταν εξωπραγματικοί, όχι πως ο ίδιος δεν ήταν εξωπραγματικός αλλά άξιζε να τον χαζέψω για λίγο, δε βλέπω τέτοιο κορμί κάθε μέρα αν μη τι άλλο. Τον είδα που χάρηκε με τη δήλωση μου αλλά δεν είπε τίποτα, έμεινε να θαυμάζει το μπούστο μου και 'γώ το γυμνασμένο του σώμα. Τα χέρια του συνέχισαν να γλιστρούν στο φερμουάρ του παντελονιού μου, ζητούσε κάτι παραπάνω, ζητούσε τα πάντα από μένα και ήμουν διατεθειμένη να του τα δώσω. Δεν άργησε να μου βγάλει το παντελόνι και να απομείνω μόνο με τα μικροσκοπικά εσώρουχα της Τζέιν, η ντροπή που ένιωθα δεν περιγράφεται αλλά και αυτός πήρε μια στάση απέναντί μου που ούτε αξιοθέατο να ήμουν. Τα μάτια του ταξίδευαν τώρα αδιάκοπα πάνω στο γυμνό κορμί μου προκαλώντας συνεχείς σπίθες φωτιάς.

Έβγαλε όλα τα ρούχα του σε δευτερόλεπτα προτού προλάβω να ανοιγοκλείσω τα μάτια μου και πλέον βρισκόταν ολόγυμνος μπροστά μου. Πήρα το βλέμμα από το σημείο του ανδρισμού του χωρίς όμως να το θέλω και πήγα προς το μπάνιο, το οποίο ήταν περίπου το ίδιο αν όχι παρόμοιο με του σπιτιού του, και τα δύο εντυπωσιακά. Έχοντας την πλάτη μου γυρισμένη στον Κέννεν έβγαλα τα εσώρουχά μου και μπήκα στο μπάνιο ανοίγοντας τη βρύση και αφήνοντας το νερό να τρέχει. Δεν άργησε να λάβει τη σιωπηλή μου πρόσκληση και τον ένιωσα να στέκεται πίσω μου χωρίς να με έχει ακουμπήσει ακόμη και έλιωνα από την επιθυμία.

«Είσαι πανέμορφη άγγελέ μου, σε θέλω, σε θέλω σαν τρελός» της είπα ακουμπώντας τα χέρια μου πάνω στους ώμους της για αρχή και ανταποκρίθηκε γυρνώντας

να με κοιτάξει. Το κορμί της είναι τόσο ζεστό και δεν μπορώ να πάρω τα μάτια μου από πάνω της.
«Σε θέλω και 'γώ τόσο πολύ που πονάει» τινάχτηκα σαν λυσσασμένη πάνω του, τυλίγοντας τα χέρια μου γύρω από τον λαιμό του και φιλώντας τον παθιασμένα. Ανταποκρίθηκε και άρχισε να κατεβαίνει το φιλί του όλο και πιο χαμηλά σε όλο μου το σώμα. Συνέχισα να κάνω το ίδιο και σε κείνον μέχρι που ήταν τελικά μέσα μου, τον ένιωθα τόσο μεγάλο, να με γεμίζει.
«Είσαι τόσο ζεστή άγγελέ μου, δεν έχω ξανανιώσει έτσι ποτέ, μαζί σου όλα είναι διαφορετικά. Πες μου αν σε πονέσω σε παρακαλώ».
Κάναμε έρωτα για πρώτη φορά και δεν ήθελα να τελειώσει. Της είχα χαρίσει τρεις οργασμούς και ακόμη δεν ένιωθα πως είναι αρκετά, απλά δεν ήθελα να αποχωριστώ αυτό το συναίσθημα, όπως ούτε την επαφή μας.
«Κέννεν, δεν αντέχω άλλο, να τελειώσω για ακόμα μια φορά». Ένιωθα το αίμα μου να καίει από τους οργασμούς και το κορμί μου να μυρμηγκιάζει. Είχα δει τον Κέννεν να συσπάται το πρόσωπό του όποτε τέλειωνε και μου προκαλούσε ακόμη περισσότερο πόθο. Ήμουν όμως εξουθενωμένη και αυτός από την άλλη σαν να μην έγινε κάτι. Έμοιαζε ξεκούραστος, όμορφος όπως πάντα και εγώ ήμουν έτοιμη να καταρρεύσω.
«Τέλειωσε άγγελέ μου, θέλω να σε ακούσω».
«Ωωω, Κέννεν αγάπη μου» είπα τελειώνοντας και με το σώμα μου όλο να συσπάται, τέλειωσε αμέσως μετά από μένα φωνάζοντας δυνατά.
Μείναμε αγκαλιασμένοι μέσα στην μπανιέρα χωρίς να πούμε κάτι περισσότερο. Όλο αυτό ξεπερνούσε τα όρια της φαντασίας μου και ήταν αληθινό. Είμαι τόσο ερωτευμένη μαζί του που το μόνο που εύχομαι είναι να μη τελειώσει ποτέ.

«Σ'αγαπάω άγγελέ μου» οι λέξεις βγήκαν άφοβα από το στόμα μου.
Γύρισε να με κοιτάξει αφήνοντάς μου ένα πεταχτό φιλί στα χείλη που έμοιαζε σαν να μου έλεγε και εκείνη το ίδιο με την πράξη της.
«Ώρα για μπανάκι, δε νομίζεις αχόρταγο αγόρι;» είπα χαμογελαστά, μου άρεσε να τον πειράζω.
«Αχόρταγο ακούω, ακόμα δεν έχεις δει τίποτα. Θα σε κάνω εγώ μπάνιο.»
«Τι εννοείς;» είπα ρίχνοντας λίγο νερό στο πρόσωπό του.
«Έχεις όρεξη για παιχνιδάκια βλέπω, αλλά στο λέω από τώρα πως μπορώ να το παίξω και εγώ αυτό το παιχνίδι με επιτυχία» είπα ρίχνοντας περισσότερο νερό στο πρόσωπό της χωρίς να σταματάω. Δεν προλάβαινε καν να κουνήσει τα χέρια και την είχα κάνει στόχο.
«Έλεος Κέννεν, σταμάτα δεν μπορώ άλλο, κέρδισες».
«Κέρδισα λες άγγελέ μου;»
«Ναι αλλά δεν είναι δίκαιο και το ξέρεις» του πέταξα, ενώ ήμουν σαν βρεγμένη γάτα. «Θέλω και 'γώ υπερδυνάμεις» άκουσα τον εαυτό μου να του λέει, χωρίς να προλάβω ν' αντιληφθώ τη βαρύτητα των λέξεων.
«Δε στο εύχομαι» είπε.
Είδα το πρόσωπό του να σκοτεινιάζει, σαν να του έφερα στο μυαλό άσχημες αναμνήσεις που δεν ήθελε να θυμάται. Όλη η χαρούμενη διάθεση που υπήρχε πριν από λίγα λεπτά είχε χαθεί και πήρε τη θέση της κάτι άλλο, κάτι που δε φαινόταν καθόλου καλό. Πήρε μηχανικά το σαμπουάν στο χέρι του και άρχισε να τρίβει με γρήγορο μασάζ το σώμα και τα μαλλιά του. Σίγουρα δεν ήθελα να εξελιχθεί έτσι η όλη κατάσταση, αλλά τώρα είναι αργά και ούτε γνωρίζω πώς να τον κάνω να ευθυμήσει.

«Τι έχεις; Είπα κάτι λάθος;» του είπα ενώ ταυτόχρονα μου βγήκε ένας μικρός λυγμός.
«Όχι, δεν έχει να κάνει με σένα».
Της είπε ψέματα, φυσικά όλο αυτό έχει να κάνει με αυτήν. Κάτι κρύβεται πίσω από τα λόγια της μητέρας και δε θέλω να κινδυνέψει, ούτε να την αναγκάσει κάποιος να γίνει σαν εμένα. Υπερδυνάμεις και βλακείες. Τι να την κάνουμε την αιώνια ζωή αν ότι αγαπάμε στο τέλος πεθαίνει και εμείς απλά συνεχίζουμε να ζούμε ανενόχλητοι ή καλύτερα, σαν καταραμένοι.
«Έλα, δε θέλω να κρυώσεις» είπα και της έδωσα το σαμπουάν.

«Ναι, έχεις δίκαιο», πήρα το σαμπουάν από τα χέρια του και άρχισα να σαπουνίζομαι και 'γώ στα γρήγορα μπορώ να πω, χωρίς να έχω όμως τα καλύτερα συναισθήματα. Ο φόβος ότι μετάνιωσε και ήθελε να με αφήσει με κτύπησε στο στήθος σαν σουβλιά. Τον είδα να φεύγει και να με αφήνει να συνεχίσω μόνη μου το μπάνιο μου. Το νερό που ήταν πάντα ένα μέσο για να μη σκέφτομαι και απλά να ξεχνώ τα πάντα, τώρα πια δεν ασκεί καμιά δύναμη πάνω μου. Δεν ήθελα να κλάψω, με τίποτα, έπρεπε να συγκρατηθώ. Αυτές τις μέρες έκλαψα όσο δεν έχω κλάψει ποτέ στη ζωή μου και όσο δεν μπορούσα ποτέ να φανταστώ, αλλά όλο αυτό με κάνει ακόμα πιο ευάλωτη από όσο είμαι.

Βγήκα και εγώ με τη σειρά μου από το μπάνιο, τύλιξα την πετσέτα γύρω από το σώμα μου και μια μικρή πετσέτα στα μαλλιά μου. Μπήκα στο υπνοδωμάτιο και προς μεγάλη μου έκπληξη ο Κέννεν βρισκόταν εκεί πάνω, ξαπλωμένος με ένα μαύρο μπλουζάκι και το μποξεράκι του σε μία χαλαρή στάση, περιεργαζόταν όμως με προσοχή κάτι στο ipad του. Γύρισε να με κοιτάξει και μου χαμογέλασε σαν να μην είχε συμβεί τίποτα μεταξύ μας.

Ανακουφίστηκα που φαινόταν μια χαρά και ακόμη περισσότερο που του αποσπούσα την προσοχή. Δεν είχα βάλει ακόμα τα ρούχα μου αφού έπρεπε να φτιάξω τα μαλλιά μου για αρχή γιατί αύριο θα ήταν χάλια αν δεν τα στέγνωνα. Με παρακολουθούσε για λίγο και μετά συνέχισε να βλέπει το αναθεματισμένο ipad. Ωραίος ανταγωνισμός, τι να πω, από τη μια εγώ και από την άλλη το ipad, αλλά τι να έκανα για να του τραβήξω την προσοχή για τα καλά; Το βρήκα, πως δεν το είχα σκεφτεί; Είχα πάρει από το σπίτι εκτός από αρκετά ρούχα και τα απαραίτητα, κάτι σέξι νυχτικάκια σαν babydoll, που είχαμε πάρει με τη Σόφη για πλάκα πριν από λίγες εβδομάδες και είναι η στιγμή να τα χρησιμοποιήσω. Πήρα στα μουλωχτά χωρίς να φανούν από την τσάντα, ένα μαύρο από εκείνα και πήγα απευθείας στο μπάνιο. Μετά, αφού το είχα ήδη φορέσει και το καμάρωνα μπροστά στον καθρέφτη, το είχα πλέον μετανιώσει. Αφού το ξέρω ότι εγώ δεν είμαι για τέτοια, πώς θα εμφανιστώ μπροστά του και να το παίξω άνετη, ένας θεός ξέρει.

Πήρα μια βαθιά ανάσα, κατάπια την ντροπή μου και πήγα με το λιγοστό ύφασμα μέσα στο υπνοδωμάτιο. Έβηξα συνθηματικά για να με κοιτάξει, αλλά συνειδητοποίησα ότι δεν ήταν πλέον στο δωμάτιο. Άκουσα τη φωνή του όμως, τον άκουσα να συνομιλεί κάπως έντονα με κάποιον στο τηλέφωνο, μου φάνηκε πως ήταν από το μπαλκόνι του δωματίου. Έσβησα τα φώτα, πήγα να ξαπλώσω και να τον περιμένω. Ένιωθα τα βλέφαρά μου να βαραίνουν, αλλά δεν ήθελα να κοιμηθώ ηττημένη. Προσπάθησα να συγκρατηθώ αλλά από τα χασμουρητά είχε αρχίσει να με πονάει το στόμα μου. Έκλεισα για λίγο τα μάτια μήπως και μου περάσει, αλλά τελικά με πήρε ο ύπνος για τα καλά.

~

Ο τρόπος που βγήκα από το μπάνιο και την άφησα ξεκρέμαστη δεν μπορώ να πω ότι ήταν και ο καλύτερος αλλά δεν το έκανα για να την αποφύγω, το αντίθετο. Εγώ δεν άντεξα στη σκέψη ότι θα γίνει σαν εμένα, είχα χάσει τόσα πολλά ανθρώπινα πράγματα στη ζωή μου και δεν ήθελα να γινόμουν η αιτία να τα στερηθεί κάποιος άλλος και πόσο μάλλον κάποιος που αγαπώ όσο τίποτα άλλο. Είμαι για πρώτη φορά ευτυχισμένος, τόσο πολύ που φοβάμαι να το ζήσω στον βαθμό που το θέλω και ακόμη περισσότερο να το χάσω. Όλα αυτά τριγύριζαν στο μυαλό μου σαν ζωύφια τόσο ενοχλητικά, που με έτρωγαν. Ντύθηκα όμως στα γρήγορα και άραξα πάνω στο κρεβάτι χαζεύοντας διάφορα νέα που διάβαζα από το διαδίκτυο.

Μετά από λίγο είχε εμφανιστεί η Έβελυν απλά με την πετσέτα τραβώντας όλη την προσοχή μου πάνω της, όπως πάντα την κοίταζα αχόρταγα. Τράβηξα όμως σχεδόν αμέσως το βλέμμα μου από πάνω της πείθοντας τον εαυτό μου να συγκρατηθεί. Ένιωθα έντονα ότι ζητούσε την προσοχή μου, οι χτύποι της καρδιάς της δυνάμωναν και ακούγονταν σαν ταμπούρλα μέσα στα αυτιά μου. Στη συνέχεια πήρε κάτι από τη βαλίτσα της και κατευθύνθηκε νευρικά προς το μπάνιο, σίγουρα ήταν τσαντισμένη μαζί μου για την όλη στάση μου.

Δε σκόπευα να το συνεχίσω, αλλά μπορώ να πω ότι όλο αυτό το παιχνίδι που δημιουργήθηκε φαινόταν διασκεδαστικό. Δεν είχα την ευκαιρία να δω την Έβελυν να ζητά απελπισμένα την προσοχή μου και ίσως να μην την είχα ξανά, έπρεπε να το χαρώ και να το εκμεταλλευτώ από την πλευρά μου, έστω και για λίγο. Θυμήθηκα όμως ότι πρώτα έπρεπε να τακτοποιήσω το θέμα με τον Τζακ και μάλιστα τώρα. Βγήκα έξω στο μπαλκόνι του υπνοδωματίου και πήρα το νούμερό του. Απάντησε αμέσως χωρίς να περιμένω καν και ακουγόταν πολύ νευρικός, είχε δίκιο η Τζέιν μάλλον.

«Δεν έχω όρεξη για τα κηρύγματά σου, πες μου γρήγορα τι θες και κλείσε» είπε ειρωνικά και χωρίς περιστροφές.

«Έμαθα ότι έχεις τρελαθεί και είπα να πάρω να δω ότι όλα είναι καλά» είπα για αρχή.

«Η Τζέιν στα πρόλαβε όλα σωστά;»

«Δεν έχει σημασία ποιος με ενημέρωσε, αλλά να σταματήσεις τις παρανοϊκές πράξεις σου και να συμμορφωθείς με τους κανόνες».

«Και πήρες να μου τσαμπουνάς τα ίδια και τα ίδια;»

«Όχι ακριβώς. Πήρα για να σου ανακοινώσω ότι ο φίλος σου ο Λίαμ δε θα έρθει απόψε ούτε καμιά άλλη μέρα.»

«Τι εννοείς;» είπε απότομα.

«Εννοώ ότι είναι νεκρός».

«Τι; Ποιος τόλμησε να σκοτώσει έναν δικό μου;»

«Εγώ» είπα κοφτά και μετά ακολούθησε σιωπή για λίγο.

Περίμενα το ξέσπασμά του από στιγμή σε στιγμή.

«Εσύ; Πως τόλμησες να σκοτώσεις έναν δικό μου, έναν του είδους σου;»

Ένιωθα την οργή να φουσκώνει μέσα του σαν ηφαίστειο έτοιμο να εκραγεί.

«Ήρθε να πάρει την Έβελυν και συγχρόνως τράφηκε από εκείνη».

Μόνο που έφερα το όλο σκηνικό στο μυαλό μου άρχισα να φορτώνω από τη ζήλεια μου.

«Για αυτό τον λόγο σκότωσες έναν από τους καλύτερους άντρες μου; Για το καπρίτσιο που έχεις με αυτήν τη θνητή;» αποκρίθηκε νευριασμένα ακόμα περισσότερο αυτήν τη φορά.

«Του άξιζε, όσο για την Έβελυν, θα έκανα τα πάντα, δεν είναι καπρίτσιο αλλά ούτε και πρόκειται να σου δίνω λογαριασμό» είπα αποφασιστικά και συνέχισα: «Καλά κάνεις να το χωνέψεις Τζακ και να ηρεμήσεις. Σε πήρα απλά για να σε ενημερώσω, όχι για να απολογηθώ, ούτε να πάρω την άδεια σου» είπα κλείνοντάς του το τηλέφωνο στα μούτρα.

Πολύ θάρρος είχε πάρει τελευταία και πρέπει κάποιος να του επιστήσει την προσοχή για το ποιος είναι και ποια η θέση του. Μόλις φθάσουμε πίσω στο Μανχάταν θα τον αναγκάσω να με ακούσει χωρίς δεύτερη σκέψη, αλλιώς θα γυρίσει πίσω στη Σκωτία. Οφείλω να παραδεχτώ όμως ότι η αντίδρασή του ήταν λίγο υπερβολική. Είχε χάσει κι άλλους στο παρελθόν, αλλά ποτέ δε φαινόταν κάτι τόσο σπουδαίο για αυτόν και από όσο γνώριζα δεν ήταν του χαρακτήρα του. Με αυτόν όμως φαίνεται ότι είχαν και μια φιλική σχέση πέραν από τις γνωστές τους ασχολίες. Είχα κουραστεί να ασχολούμαι όμως με τα προβλήματα των άλλων, ήταν ώρα να αρχίσω να απολαμβάνω αυτά που έχουν εμφανιστεί τόσο απρόσμενα ωραία στον δρόμο μου. Αυτή η πόλη με κάνει να νιώθω πιο ξέγνοιαστος κατά κάποιον τρόπο.

Η νύχτα απόψε είναι μαγευτικά όμορφη, με ένα συνδυασμό ποικίλων αστεριών που στόλιζαν τον καθαρό νυχτερινό ουρανό. Η Έβελυν μέσα είχε πλέον αποκοιμηθεί, την άκουγα να παίρνει αργές και χαλαρές αναπνοές, αλλά δεν ήμουν έτοιμος να βρεθώ κοντά της ακόμη. Τι θα μπορούσα να της προσφέρω άραγε πέρα από την αγάπη που νιώθω και τον έρωτά μου για αυτή, με φοβίζει το γεγονός να την μπλέξω σε μια κατάσταση που θα βάλει σε κίνδυνο τη ζωή της. Το άλλο επίσης που δεν καταλαβαίνω είναι ο τρόπος που το αντιμετωπίζει η μητέρα μου και αυτό ίσως να με φοβίζει περισσότερο από όλα. Τι το τόσο κακό υπάρχει στη σχέση ανάμεσα σε μένα και σε κείνη; Γιατί το αίμα της με καλεί τόσο πολύ να το γευτώ, τόσο εγώ όσο και οι άλλοι; Πώς μπορώ να την προφυλάξω από τόσους βρικόλακες. Όλα αυτά τα αναπάντητα ερωτήματα δε λένε να κοπάσουν μέσα στο μυαλό μου, κάνοντάς με να αντιδρώ απέναντι στην Έβελυν με έναν τρόπο που σίγουρα δεν είναι αυτό που νιώθω. Προσπάθησα να απομακρυνθώ από κοντά της και το μόνο που κατάφερα είναι να την κάνω να νιώσει άσχημα, και ακόμη περισσότερο να νιώσω εγώ άσχημα που το προκαλώ εσκεμμένα, χωρίς να το θέλω καν.

Η λογική μου λέει να την αφήσω να ζήσει μια φυσιολογική ζωή, χωρίς όλες αυτές τις βλακείες που κουβαλώ εγώ και επηρεάζουν όσους αγαπώ, αλλά από την άλλη το συναίσθημα είναι πιο δυνατό από όλα και με κάνει να μη μπορώ να είμαι μακριά της, λες και όλη μου η ύπαρξη ελέγχεται από αυτήν. Όταν την έκανα δική μου για πρώτη φορά, πριν από λίγο, το ένιωσα ότι επιτέλους το άλλο μου μισό βρέθηκε και με ολοκλήρωσε, σαν επιτέλους η ύπαρξη μου να πήρε νόημα.

Καθώς οι σκέψεις μου γυρνούσαν ξανά και ξανά στο μυαλό μου, άφησα το βλέμμα μου να πέσει στην εικόνα του δωματίου. Εκεί, ανάμεσα στα σκιασμένα περιγράμματα της νύχτας, η πριγκίπισσά μου ξεπρόβαλλε, να κοιμάται στο κρεβάτι, παραδομένη σε μια εμβρυϊκή στάση απόλυτα ευάλωτη. Φορούσε ένα μαύρο babydoll νυχτικό, το οποίο αναζωπύρωνε μια φωτιά ανείπωτης έντασης στα σπλάχνα μου, αφήνοντας τα περισσότερα σημεία της σιλουέτας της ακάλυπτα. Στεκόμουν εκεί, να την παρατηρώ με δέος, σαν να είχα χάσει κάθε έλεγχο των αισθήσεών μου. Μόνο αυτή μπορούσε να με φέρει σε αυτήν την κατάσταση, κανείς άλλος. Και όλα αυτά, τα έκανε για μένα. Πόσο ανόητος φαινόμουν τώρα. Η γυναίκα που επιθυμώ, που λαχταρώ, που αγαπώ, προσπαθούσε με κάθε τρόπο να με προσεγγίσει, κι εγώ ανταποκρινόμουν σαν ένας απρόσιτος, αδιάφορος άντρας, αποφεύγοντάς την από τη στιγμή που είχα αποχωρήσει από το μπάνιο, μετά την έντονη ερωτική μας συνεύρεση. Αυτή η συνάντηση ήταν το πιο όμορφο πράγμα που είχα βιώσει. Και τώρα, σκεφτόμουν πως θα νιώθει, ενώ είχα καταφέρει να τα καταστρέψω όλα μέσα σε λίγα λεπτά, να την απογοητεύσω βαθύτατα. Καθώς περνούσα την πόρτα του δωματίου, ήταν ζεστά, το τζάκι ήταν αναμμένο. Ο άγγελός μου φαινόταν γαλήνιος, την πήρα απαλά στα χέρια μου για να τη βάλω κάτω από τα σκεπάσματα μήπως κρυώσει και κούρνιασε ακόμη περισσότερο πάνω μου μη θέλοντας να με αποχωριστεί. Ένιωσα μια σουβλιά στο στήθος μου με την κίνησή της για όσα της προκάλεσα και ακόμη με θέλει.

«Δε θα τα παρατήσω, θα παλέψω για αυτήν ό,τι και να γίνει» είπα στον εαυτό μου και αυτήν τη φορά το εννοούσα.

Την ακούμπησα απαλά στο κρεβάτι, έβγαλα τα ρούχα μου και ξάπλωσα δίπλα της. Την πήρα αγκαλιά προσεκτικά, χωρίς να την ξυπνήσω και έκλεισα με τη σειρά μου τα μάτια μου. Όχι πως θα κοιμόμουν, αλλά μου αρκούσε η αίσθηση που ένιωθα δίπλα της. Όλα έμοιαζαν τέλεια, αύριο θα ξεκινούσε μια καινούρια μέρα και όλα θα άλλαζαν για μας προς το καλύτερο. Τέρμα οι σκέψεις και οι περιορισμοί. Θα ζήσουμε τον έρωτά μας και θα τα διορθώσω όλα.

~

Επιτέλους, η αυγή έσπασε τη σιωπή της νύχτας, φέρνοντας λύτρωση στον ανήσυχο νου μου. Δεν ήμουν σίγουρος αν θα άντεχα άλλο να υπομένω αυτήν την ανυπόφορη έλξη. Όλη τη νύχτα, το γυμνό της δέρμα ακουμπούσε το δικό μου, και οι μικροί της αναστεναγμοί σκόρπιζαν ταραχή στον κόσμο μου. Η επιθυμία μου να την αγγίξω, να την κατακτήσω ήταν ολοκληρωτική, αλλά η αγάπη μου για την ηρεμία της υπερίσχυε. Μετά από όλα όσα είχε περάσει, άξιζε αυτήν την ανάπαυλα, και μόνο οι θεοί ξέρουν πόσο αγωνιζόμουν να διατηρήσω την ψυχραιμία μου. Με το πρώτο φως του ηλίου που διαπέρασε το παράθυρο και έπεσε στο πρόσωπό της, άρχισε να κουνιέται ελαφρώς, γουργουρίζοντας με τον πιο γλυκό τρόπο που είχα δει ποτέ. Η εικόνα της, χαριτωμένη και άθελά της εκφραστική, μου έδωσε μια αίσθηση ευτυχίας που δεν είχα νιώσει εδώ και καιρό.

«Μμμμ, κάποιος να κλείσει το φως» είπε και έβαλε τα σκεπάσματα πάνω από το κεφάλι της.

Επιτέλους είχε ξυπνήσει, το πρόσωπό της εμφανίστηκε ενοχλημένο ξαφνικά, πετώντας τα σκεπάσματα προς τα μπρος αφήνοντας σε κοινή θέα όλα τα ακάλυπτα σημεία του κορμιού της κάτω από το σέξι νυχτικό που φορούσε. Στη θέα της εμφάνισής της έμεινα να κοιτάζω αποσβολωμένος μη χορταίνοντας την ομορφιά της. Χωρίς να σκεφτεί τίποτα σηκώθηκε να κλείσει τις κουρτίνες και επέστρεψε πίσω στο κρεβάτι γρήγορα. Σίγουρα δε θα με είχε προσέξει ακόμη, από τον ύπνο.

«Άγγελέ μου, δεν ήξερα ότι σε εκνευρίζει τόσο πολύ το πρωινό φως του ήλιου» είπα κάπως κοροϊδευτικά για το όλο φέρσιμό της.

«Κέννεν» είπε ξαφνιασμένη, ενώ δεν τον είχε προσέξει καθόλου.

Όταν είμαι του ύπνου το έχω αυτό αλλά ήταν ανάγκη τώρα που είμαι μαζί του; Κοκκίνισα και μόνο στη σκέψη πως με είχε δει με αυτό το δείγμα υφάσματος να τρέχω σαν τρελή αναμαλλιασμένη από τον ύπνο να κλείνω τις κουρτίνες. Αυτό μου έλειπε τώρα, το πρωινό ξύπνημα μαζί του και εγώ να κάνω σαν υστερική με πρόβλημα πρωινού ξυπνήματος.

«Εγώ, δε σε πρόσεξα, κοιμήθηκες εδώ μαζί μου όλο το βράδυ;», τελικά κατάφερα να πω μετά από τον μονόλογο που έκανα στο μυαλό μου.

«Βασικά ξάπλωσα δίπλα σου, αλλά δεν μπορώ να πω ότι κοιμήθηκα, βασικά δεν κοιμάμαι» της απάντησε χαμογελώντας.

«Φυσικά δεν κοιμάσαι, τι ανόητο εκ μέρους μου, σε έφερα σε δύσκολη θέση».

Σκέφθηκε ότι πρέπει να πιει καφέ στα γρήγορα οπωσδήποτε, πριν αρχίσει να λέει άλλες αυθόρμητες βλακείες.

«Ξέρεις, μπορεί να είναι και η πρώτη φορά που δε μετανιώνω επειδή δεν κοιμάμαι και για αυτό ευθύνεσαι αποκλειστικά εσύ».

Τα μάτια της γούρλωσαν στο άκουσμα αυτής της δήλωσης, λες και είχε χάσει κάτι στο μυαλό της που έπρεπε να θυμηθεί.

«Μην αγχώνεσαι, δεν έγινε κάτι που δε θυμάσαι, απλά απολάμβανα το όμορφο προσωπάκι σου καθώς κοιμόσουν και ήταν μια εμπειρία που αξίζει να ζω κάθε νύχτα».

«Χθες όμως άλλα μου έδειξες με τη συμπεριφορά σου».

Θυμήθηκε ότι τον περίμενε μέχρι που αποκοιμήθηκε μόνη και πολύ απογοητευμένη, περισσότερο με τον εαυτό της, πιστεύοντας πως είχε κάνει κάποιο λάθος.

«'Ηταν λάθος άγγελέ μου, δεν πρόκειται να ξανασυμβεί, έπρεπε να σκεφτώ κάποια πράγματα και να θέσω τις προτεραιότητές μου και τώρα όλα είναι μια χαρά» είπα και χωρίς να αντέχω άλλο μηδένισα την απόσταση ανάμεσά μας και την πήρα στην αγκαλιά μου.

«Δηλαδή σου αρέσω ακόμα;»

Η αγκαλιά του φάνηκε σαν βάλσαμο, αλλά ήθελα να μου το πει, δε με είχε αγγίξει αφότου κάναμε έρωτα και ζητούσα την επιβεβαίωση, τώρα, αυτή τη στιγμή που βρισκόμασταν κολλημένοι ο ένας στην αγκαλιά του άλλου. Όταν βρισκόμουν τόσο κοντά του η καρδιά μου χτυπούσε σαν τρελή για αυτόν, τον όμορφο, καταπληκτικό δικό μου βρικόλακα.

«Αν μου αρέσεις ακόμα, όχι φυσικά».

Με το που είπε αυτό το μικρό ψεματάκι, η καρδιά της άλλαξε ρυθμό και ένιωσε την ανάσα της να κόβεται.

«Τρελαίνομαι για σένα άγγελέ μου, δεν μπορώ να ξεκολλήσω από πάνω σου, δε φαίνεται;»

Απαλά, πήρε το πρόσωπό της ανάμεσα στα χέρια του, όπως έκανε συχνά, για να μπορεί να βυθιστεί στην υπέροχη λάμψη των σμαραγδένιων ματιών της. Στη συνέχεια, ένιωσε την ανάγκη να αφήσει τα χέρια του να γλιστρήσουν από το όμορφο πρόσωπό της, να ταξιδέψουν ανάλαφρα προς τον λαιμό της, σχεδιάζοντας αργά και αβίαστα μικρούς κύκλους στον ζουμερό της μπούστο. Κάθε επαφή του άφηνε πίσω του κόκκινα σημάδια, σαν να κατέγραφε τον αναζωπυρούμενο πόθο που φλεγόταν κρυφά, στα βάθη τους, όπου κρυβόταν η επιθυμία τους να ενωθούν πλήρως. Αυτό το μοναδικό δέσιμο που τους ενώνει, αναδεικνύει μια παράξενη και μοναδική σχέση μεταξύ τους, που τους ανυψώνει πέρα από τον κοινό και συνηθισμένο έρωτα, σε ένα παράλληλο σύμπαν γεμάτο απόλαυση και αισθήσεις

«Σε θέλω τόσο πολύ που συνέχεια σκέφτομαι μόνο εσένα και τίποτα άλλο, τι μου έχεις κάνει».

Έβγαλα έξω τις ντροπές μου και έμεινα να ανοίγομαι με όλο μου το είναι σε αυτόν τον άντρα.

«Εσύ τι μου έχεις κάνει μάγισσά μου; Ό,τι και να είναι δε θέλω να λυθούν τα μάγια» συνέχιζα να κατεβάζω τις τιράντες στους ώμους της και να αφήνω περιμετρικά φιλιά στο στήθος της μέχρι που έβγαλα τελείως το σουτιέν της και ξεχύθηκε όλο το μπούστο της μπροστά μου. Τόσο όμορφη ροδαλή επιδερμίδα και στο κέντρο δύο μικρές ελαφρώς κόκκινες θηλές. Πήρα απαλά τη θηλή της στο στόμα μου και αμέσως σηκώθηκε. Βρισκόμουν από πάνω της στο κρεβάτι και συνέχισα να γλείφω με αργό ρυθμό το υπόλοιπο σώμα της προχωρώντας προς την κοιλιά της μέχρι που έφτασα σε ένα μικροσκοπικό δαντελωτό ύφασμα στο κατάλληλο σημείο.

«Κέννεν μη», βρισκόταν στο πιο ευαίσθητο σημείο του σώματός μου και ένιωσα ντροπή. «Δε νιώθω καλά».

«Μη νιώθεις έτσι άγγελέ μου, είσαι πανέμορφη», πήρα απαλά το χέρι της που μου έκρυβε με ντροπή το πιο ευαίσθητο σημείο στο σώμα της και λειτούργησε λίγο απρόθυμα στην αρχή, αλλά μετά άφησε τον εαυτό της να αφεθεί. Έβγαλα το εσώρουχό της προσεκτικά και το άφησα να κυλήσει αργά σε όλο το μήκος των ποδιών της με τα δόντια μου και έμεινα να κοιτάζω άναυδος όλη την ομορφιά που προσπαθούσε να μου κρύψει. Το αιδοίο της ήταν ένα αριστούργημα, το ίδιο ροδαλό με το υπόλοιπο σώμα. Άρχισα να αφήνω μικρά παθιασμένα φιλιά.

«Ωωω Κέννεν» φώναξα ξεδιάντροπα από ηδονή και άνοιξα περισσότερο τα πόδια μου. Η γλώσσα του ήταν σκέτη κόλαση, κόντευα να εκραγώ από το συναίσθημα του πόθου που περίμενε να κορυφωθεί. Τέλειωσα με βογκητά και το όνομά του να φεύγει γλυκά από τα χείλη μου ενώ τα χέρια μου κρατούσαν σφιχτά τα σεντόνια. Πήγα να τραβηχτώ και με έπιασε ακόμα πιο σφιχτά από πριν με μάτια κατάμαυρα.

«Πού πας; Δεν έχουμε τελειώσει ακόμα μικρή μου μάγισσα».
«Κέννεν» πρόλαβα να πω, ενώ μου έκλεισε το στόμα με ένα παθιασμένο βίαιο φιλί. Έβγαλε το μποξεράκι του τόσο γρήγορα και μαζί έβαλε το δάκτυλο του υγραίνοντας την περιοχή που ήταν ήδη πρησμένη και φούντωσε για ακόμα μια φορά τον πόθο μου. Βόγκηξα με το που έβαλε το σκληρό σαν πέτρα πέος του μέσα μου.
«Είσαι τόσο ζεστή. Κρατήσου γερά άγγελέ μου».
«Κέννεν, πονάω» αποκρίθηκα αλλά άκουσα την προσταγή του και πιάστηκα από το κρεβάτι ,ενώ έβλεπα τα μάτια του να έχουν γίνει κατάμαυρα και δυο κυνόδοντες να ξεπροβάλουν. Δεν ήξερα πώς να αντιδράσω. Από τη μια φοβήθηκα και από την άλλη ευχαριστιόμουν τους συνεχείς οργασμούς μου, μέχρι που καταρρεύσαμε και οι δυο φωνάζοντας ο ένας το όνομα του άλλου.
«Πρέπει να φύγω».
«Τι, πού θα πας, Κέννεν, κοίταξέ με, τι συμβαίνει; Είπες ότι δε θα μου το ξανακάνεις αυτό, αλλά πάλι θες να φύγεις από κοντά μου.»
«Δεν μπορώ να είμαι κοντά σου τώρα. Δε θέλω να σου κάνω κακό Έβελυν, γιατί δεν καταλαβαίνεις;» είπα ενώ κρατιόμουν μην τη δαγκώσω αλλά πεινούσα πολύ και ήταν μέρα ακόμη, κάτι έπρεπε να κάνω αλλά το σίγουρο ήταν ότι έπρεπε να απομακρυνθώ από αυτήν.
«Κέννεν, κοίταξε με» φώναξα τραβώντας τον κοντά μου χωρίς κανένα αποτέλεσμα μέχρι που με έπιασε το κλάμα από τον φόβο μήπως με αφήσει πάλι. Τελικά κατάφερα και γύρισε προς το μέρος μου. Το πρόσωπό του όμως είχε αλλάξει, ήταν σκοτεινό, πήγα αυθόρμητα προς τα πίσω. Με κυρίευσε ο φόβος, πρώτη φορά τον έβλεπα έτσι.
«Κέννεν αγάπη μου, τι σου συμβαίνει;»

«Η κατάρα μου, αυτό συμβαίνει. Πεινάω και το μόνο άτομο που μπορώ να φάω τώρα είσαι εσύ, αλλά ποτέ δε θα σου έκανα κακό, προτιμώ να πεθάνω από πείνα παρά αυτό, καταλαβαίνεις;» γύρισα ντροπιασμένα από την άλλη μη με δει, μη δει πως μεταμορφωνόμουν σε ένα τέρας.

Πήρα όσο θάρρος είχα και του έδωσα το χέρι μου να τραφεί από μένα. Δεν ήθελα να τον βλέπω να υποφέρει και αν μπορώ θα κάνω τα πάντα για αυτόν.

«Πιες από μένα» είπα με σιγουριά και δε θα έκανα πίσω.

«Δε θέλω να πιω από σένα Έβελυν, γιατί το κάνεις αυτό; Είσαι ανόητη; Αν δεν μπορέσω να σταματήσω θα σε σκοτώσω και μετά θα κατηγορώ τον εαυτό μου που σκότωσα τη γυναίκα που αγάπησα..»

«Πιες σου λέω, αλλιώς δεν υπάρχει λόγος να προχωρήσουμε μαζί. Πρέπει να εμπιστευτούμε ο ένας τον άλλο για να τα καταφέρουμε».

Πήρα το χέρι του και το ακούμπησα πάνω στις φλέβες που εξείχαν στο χέρι μου. Αμέσως κυριεύτηκε από το δικό μου αίμα δείχνοντάς μου την πείνα που τον είχε κυριεύσει.

«Θα προσπαθήσω να μη σε πονέσω» είπα και έμπηξα τα δόντια μου πάνω στο λεπτό, βελούδινο δερματάκι της με την έγνοια ότι θα πρέπει να σταματήσει όλο αυτό πριν είναι πολύ αργά.

Με τη Λόρεν δεν ήταν ποτέ έτσι. Ούτε στιγμή δε φοβήθηκα ότι θα ξεπερνούσα τα όρια, αλλά με την Έβελυν απλά όλα έμοιαζαν καινούρια και 'γώ αδύναμος να το διαχειριστώ. Μόλις γεύτηκα έστω και την πρώτη σταγόνα αίματος από το σώμα της ένωσα σαν να μου είχαν χαρίσει νέκταρ, όπως ονόμαζαν το ποτό των θεών στην αρχαία ελληνική μυθολογία. Το άρωμα και η γεύση δε συγκρινόταν με κανένα άλλο, με τραβούσε σαν μαγνήτης ώστε να μην μπορώ να σταματήσω να το γεύομαι σαν εξαρτημένος. Είχα βρει πολύ γρήγορα δύναμη να σταματήσω χωρίς να χρειαστώ μεγάλη ποσότητα, πράγμα που με χαροποίησε και με παραξένεψε όμως για διάφορους λόγους. Σταμάτησα να πίνω, καθάρισα την πληγή και την έκλεισα αλλά το βλέμμα μου πλέον είχε στραφεί στο πρόσωπό της. Στην έκφρασή της διαγραφόταν η ευχαρίστηση ότι μπόρεσε να με ικανοποιήσει, μαζί με άλλα ανάμεικτα συναισθήματα.

«Είσαι εντάξει;» κατάφερα να της πω.

«Εμ, ναι, εσύ είσαι καλά;»

«Περισσότερο από καλά, νιώθω υπέροχα. Το αίμα σου είναι ό,τι καλύτερο έχω γευτεί» της παραδέχτηκε κλείνοντάς της το μάτι.

«Κέννεν, θα ήθελα να μου κάνεις μια χάρη».

«Ό,τι θες, απλά πες μου».

«Θέλω από εδώ και πέρα να τρέφεσαι μόνο από μένα» και σκέφθηκα ταυτόχρονα ότι μετά από αυτή την εμπειρία, την τόσο προσωπική κατά τη γνώμη μου, θα ήθελα να είμαι μόνο εγώ αυτή που θα του την προσφέρω.

«Ξέρεις τι είναι αυτό που μου ζητάς;» Αυτή η κοπέλα είτε θα με τρελάνει, είτε θα με τρελάνει, δεν υπάρχει άλλη εξήγηση. Εκεί που λες τώρα θα αηδιάσει και θα φύγει, σου πετάει μια τέτοια ατάκα από το πουθενά και τρελαίνεσαι.

«Ζηλεύω» μια λέξη που ποτέ δεν έχω ξανανιώσει για κανένα μέχρι τώρα, ξέφυγε από το στόμα μου και πως τη μαζεύεις τώρα είναι το θέμα. «Δε θα πεις τίποτα;»

Τον έβλεπα να περιεργάζεται την απάντησή μου και ξαφνικά να ξεσπά σε γέλια. Ωραία, εγώ του λέω πως νιώθω και αυτός γελάει ξεδιάντροπα. Σηκώνομαι από το κρεβάτι να φύγω γεμάτη νεύρα για τη συμπεριφορά του και προτού προλάβω να φτάσω στην πόρτα βρίσκεται μπροστά μου σταματώντας με απότομα.

«Πού νομίζεις ότι πας;»
«Όπου θέλω πάω, δεν το κατάλαβα ότι είμαι και φυλακισμένη σου και από πάνω!»
«Πρώτον, δε θα πας όπου θες, και δεύτερον δεν είσαι φυλακισμένη μου, απλά σε προστατεύω, αυτό είναι όλο».
«Γιατί γέλασες όταν σου είπα ότι ζηλεύω; Το βρήκες τόσο αστείο;»
Είχα βάλει τα χέρια στη μέση για να σοβαρέψει η συζήτηση και φαινόμουν έτοιμη για μάχη. Τον είδα που έβαλε το χέρι μπροστά στο στόμα του για να κρύψει ένα ακόμα γελάκι και πήρα ανάποδες πάλι.
«Αλήθεια άγγελέ μου, δεν είναι πως αυτό που είπες είναι αστείο απλά δε μου έχουν ξανακάνει τόσο μεγάλο πρόβλημα και ειδικά για το φαγητό».
«Τι εννοείς δε σου έχουν ξανακάνει; Δηλαδή, για να έχουμε καλό ερώτημα με πόσες είχες κάτι πριν από μένα;»
Α ωραία τώρα φούντωνε το παιχνίδι, να μου πετάξει κανένα πενταψήφιο αριθμό και να πάθω τριπλό εγκεφαλικό.
«Δεν τις μετράω κιόλας άγγελέ μου. Έλα εδώ, τι έχεις πάθει;» την πλησίαζα, πηγαίνοντας κοντά της να την πάρω αγκαλιά και όλο πήγαινε προς τα πίσω με νευρικότητα. Αλήθεια ζηλεύει τώρα; Και μου κάνει όλο αυτό το σκηνικό; Από τη συμπεριφορά της αυτό μου βγάζει, αλλά μου φαίνεται κάπως απίστευτο.
«Α ωραία, έχεις κάνει έρωτα με αμέτρητες κοπέλες και θες να είμαι χαλαρή. Να με ξεγράψεις κύριε από τη λίστα σου από εδώ και πέρα» άκουσε εκεί δεν τις μετράει. Πώς να τις μετρήσει όταν έχει χάσει τον λογαριασμό!
«Ποιος μίλησε για έρωτα; Εμείς δε συζητούσαμε για το από πόσες ήπια αίμα; Πώς γύρισε η συζήτηση στο σεξουαλικό;»

«Ωραία, μπορεί να το έθεσα αλλιώς το θέμα αλλά η ουσία είναι μία, ότι γενικά δε μου αρέσει το αγόρι μου να έχει οποιαδήποτε επαφή με άλλη γυναίκα έστω και αν είναι βρικόλακας».

«Είναι στη φύση μου, πώς αλλιώς να τραφώ;»

«Μόνο από εμένα».

Θα μπορούσα να του προσφέρω το αίμα μου για πάντα, για όσο μπορώ, δε μου αρέσει η σκέψη να τον αγγίζει κάποια άλλη.

«Δε θέλω να βάλω σε κίνδυνο τη ζωή σου, τι δεν μπορείς να καταλάβεις από όλο αυτό επιτέλους; Νομίζεις ότι είναι παιχνίδι; Αν ξεφύγω έστω και λίγο χάθηκες, το ίδιο και 'γώ μαζί σου. Πίστεψέ με αν ήταν πιο εύκολο δε θα προτιμούσα κανένα άλλο αίμα από το δικό σου» είπα και σκέφθηκα ότι αυτό και αν ήταν αλήθεια, από την ώρα που το γεύτηκα νιώθω διαφορετικός. Είμαι πιο δυνατός και η γεύση του δε λέει να φύγει από το μυαλό μου.

«Τουλάχιστον για όσο θα είμαστε εδώ» συνέχισα να λέω χωρίς να πτοούμαι καθόλου από τα λόγια του. Όταν αποφάσιζα για κάτι δεν μπορούσε κανένας να μου αλλάξει γνώμη. Ίσως ένα από τα μεγαλύτερα ελαττώματά μου, που μερικές φορές γινόταν προτέρημα.

«Δε σου υπόσχομαι, αλλά θα προσπαθήσω. Τώρα μπορείς να χαλαρώσεις για λίγο; Είναι λες και θέλεις να φύγεις από εδώ τρέχοντας.»

«Πόσο θα μείνουμε εδώ;» ρώτησα αλλάζοντας θέμα και επιστρέφοντας στο κρεβάτι.

«Για λίγες μέρες υπολογίζω και μετά θα δούμε».

«Τι θα δούμε Κέννεν; Μετά θα επιστρέψουμε στη φυσιολογική μας ζωή σωστά;»

«Αυτό ξέχασέ το, δεν το διαπραγματεύομαι αυτό».

Ήταν σίγουρο ότι σε αυτό δε θα έκανα πίσω, όσο και αν επέμενε αρκετά με τα θελήματα, γιατί αν καταλάβει ότι μπορεί να με κάνει ό,τι θέλει σίγουρα θα το εκμεταλλευτεί.

«Και τι θα γίνει από εδώ και πέρα, θα με κουβαλάς παντού μαζί σου και θα με κλειδώνεις που και που για να μην το σκάσω;» του πέταξα κατάμουτρα.

«Έβελυν, η συζήτηση τελείωσε, απλά ντύσου και έλα κάτω να σου φτιάξω κάτι να φας» της είπα και έφυγα από το δωμάτιο αποφασισμένος να μη λυγίσω.

Είχε τον τρόπο της αυτή η κοπέλα να με κάνει να θυμώνω τόσο πολύ μαζί της, αλλά πάλι να μην μπορώ να ζήσω στιγμή μακριά της. Ευτυχώς τα τρόφιμα δε θα αργούσαν να έρθουν τώρα που το σκέφτομαι γιατί στο τέλος δε θα έβρισκα τι να της φτιάξω για να φάει. Την άκουγα να ξεφυσά και να με βρίζει από το δωμάτιο και μετά να κάνει ένα γρήγορο ντους. Φόρεσε τα ρούχα της και σύντομα υποθέτω θα κατέβαινε κάτω. Όμως άκουσα ένα αυτοκίνητο να σταματά μπροστά στο σπίτι. Σίγουρα θα ήταν οι προμήθειες φαγητού και πήγα να ανοίξω την εξώπορτα. Δυο άντρες άρχισαν να κατεβάζουν τις τσάντες και να τις τοποθετούν στο τραπέζι της κουζίνας χαιρετώντας με ευγενικά και έφυγαν με την εντολή μου. Ήθελα να τα τακτοποιήσω μόνος μου, όπως και έκανα αλλά ακόμα δεν είχε εμφανιστεί.

Αποφάσισα να της ετοιμάσω μία ομελέτα και ένα φρέσκο χυμό μήπως και της μυρίσουν όμορφα για να κατέβει κάτω. Η ετοιμασία του φαγητού πάντα μου άρεσε, την έβλεπα σαν παιχνίδι και όποτε έβρισκα την ευκαιρία, όπως την περίοδο που ήμουν με τη Λόρεν, το εκμεταλλευόμουν. Μετά από λίγο την άκουσα να κατεβαίνει τα σκαλιά και να κατευθύνεται στο σαλόνι κατευθείαν, κοιτάζοντας αμήχανα τριγύρω. Κάτι πρέπει να ψάχνει και είμαι σίγουρος πως αυτό το κάτι είναι το κινητό της. Χωρίς φυσικά να της έχω πει κάτι, το πήρα για να βεβαιωθώ ότι δε συνεχίζει να την παίρνει τηλέφωνο αυτός ο ηλίθιος που της κολλάει, και το κράτησα για κάθε ενδεχόμενο.

«Ψάχνεις κάτι;» της είπα ξέροντας ήδη την απάντηση.

«Το κινητό μου τηλέφωνο, μήπως το είδες;» απάντησα ξερά χωρίς να τον κοιτάζω. Είμαι ακόμη πολύ τσαντισμένη με τη συμπεριφορά του και αυτό δεν αλλάζει.

«Τι το θες αν επιτρέπεται;»

«Το θέλω, δεν υπάρχει λόγος, απλά μου ανήκει και έχω κάποια προσωπική ζωή όπως γνωρίζεις». Άκου τι το θέλω, δε φτάνει που μου τα έχει απαγορεύσει όλα, τώρα θα σταματήσω την επικοινωνία με τους δικούς μου.

«Ίσως αν μου πεις τι το θες, να το πάρεις» είπε μορφάζοντας παιχνιδιάρικα.

«Εσύ το έχεις δηλαδή τόση ώρα και με αφήνεις να ψάχνω σαν τρελή όλο το σπίτι;» Δεν το πιστεύω, ότι με κοροϊδεύει μπροστά στα μούτρα μου και θέλει και να τα βρούμε από την άλλη, με τίποτα, τώρα τα έχω πάρει τρελά.

«Δώσε μου το τώρα» είπα επιτακτικά.

«Σου πάει όταν είσαι θυμωμένη αλλά δε θα γίνει τίποτα αν δε μου πεις τι το θες».

Το κορμί της ήταν τσιτωμένο, το βλέμμα της δολοφονικό, οι παλμοί της αυξάνονταν συνεχώς. Όλο το κλίμα μεταξύ μας μύριζε μπαρούτι και η ανάγκη μου να της κάνω έρωτα φούντωσε μέσα στο κορμί μου τόσο ξαφνικά που με έκανε να εκπλαγώ. Καμία γυναίκα δε μου έβγαζε μια τέτοια συμπεριφορά και στο άσχετο, αλλά αυτή δεν είναι οποιαδήποτε γυναίκα, είναι ο άγγελός μου, που από τη μέρα που τον αντίκρισα δεν είμαι ο εαυτός μου ή αυτό που πίστευα ότι είμαι. Είμαι κάποιος άλλος, τελείως διαφορετικός, με αισθήματα πρωτόγνωρα που κατακλύζουν ολόκληρη την ύπαρξή μου, και μου αρέσει, μου αρέσει πολύ αυτό που νιώθω.

«Κέννεν, αρκετά, δεν μπορώ να συνεχίσω άλλο να ζω αυτόν τον παραλογισμό!» φώναξα τόσο δυνατά που και εγώ δε θα με αναγνώριζα, σπάνιες φορές έχανα τον έλεγχο. Τίναξα το χέρι μου σε χειρονομία θυμού και απογοήτευσης και κίνησα γρήγορα προς την πόρτα να φύγω.

Ήθελα να ξεφύγω από όλα, να μείνω μόνη μου να σκεφτώ όσα έγιναν τις τελευταίες μέρες και να ηρεμήσει το μυαλό μου, έστω και για λίγο. Άνοιξα γρήγορα την εξώπορτα και έτρεξα έξω, γνώριζα πολύ καλά ότι ο Κέννεν θα με προλάβαινε αλλά για καλή μου τύχη ήταν μέρα και υπήρχε κόσμος στους δρόμους παρόλο το κρύο που έκανε και δεν είχα προλάβει να πάρω το παλτό μου.

«Έβελυν, έλα σπίτι να μιλήσουμε».

Δεν το πιστεύω ότι έκανε τέτοια κίνηση, ενώ γνωρίζει την κατάστασή μου. Αυτή η γυναίκα στα σίγουρα έχει σκοπό να με τρελάνει. Την άρπαξα από το μπράτσο μήπως και τη συνετίσω αλλά τίποτα, τίναξε το χέρι μου από πάνω της και συνέχισε να απομακρύνεται. Σαν σκυλάκι συνέχισα να την ακολουθώ λες και μου είχε δέσει λουράκι και δεν είχα τρόπο να ξεφύγω, όσο παράλογο κι αν ακούγεται.

«Κέννεν, σταμάτα να με ακολουθείς και άφησε με λίγο μόνη».

«Σταμάτα να κάνεις σαν μωρό παιδί και ίσως να σε αφήσω, ήδη με έχεις βγάλει από τα όρια μου», αυτό μου έλειπε τώρα ευτυχώς δεν έχει ήλιο σήμερα αλλιώς θα 'χα πρόβλημα να την ακολουθήσω, το είδος μου δηλαδή δεν ανέχεται τον ήλιο όχι ότι θα πάθω κάτι απλά είναι ενοχλητικό. Ωχ με έχει δει η ενοχλητική γειτόνισσα και έρχεται προς το μέρος μας.

«Κύριε Μπλέικ, τι κάνετε; Καιρό έχουμε να σας δούμε στα μέρη μας. Η χαρά μου που σας βλέπω δεν περιγράφεται» μου λέει όλο νάζι και χειρονομίες.

«Κυρία Στάντον, τι κάνετε; Κι εγώ χαίρομαι που σας βλέπω» απάντησα τυπικά και όπως συνήθως δεν έλεγε να ξεκολλήσει.

Το πιο περίεργο όμως ήταν που η Έβελυν σταμάτησε να περπατάει και γύρισε να μας κοιτάξει και ιδιαίτερα αυτήν. Έβλεπα το ύφος της να είναι γεμάτο περιέργεια και με μια δόση ζήλιας. Μου ξέφυγε ένα πνιχτό χαμόγελο με την αντίδρασή της και το αντιλήφθηκε. Έβαλε τα χέρια στη μέση, πρόβαλε μπροστά το ένα πόδι και στάθηκε δίπλα μου.

«Κέννεν, δε θα μου συστήσεις στη γυναίκα;»

Θα της βγάλω εγώ τα ματάκια αν συνεχίζει να τον κοιτάζει σαν να θέλει να τον φάει. Δεν ήταν πολύ μεγαλύτερή μου, γύρω στα τριάντα την υπολογίζω αλλά ντυμένη και βαμμένη στην τρίχα. Φαινόταν από πλούσια οικογένεια και έμοιαζε εκλεπτυσμένη Barbie, ούτε καν με κοίταξε, σαν να μην υπάρχω, σαν να είμαι αόρατη.

«Φυσικά άγγελέ μου, από εδώ η κυρία Στάντον, γειτόνισσα και οικογενειακή φίλη» είπα. «Κυρία Στάντον, από εδώ η αρραβωνιαστικιά μου Έβελυν» συνέχισα να συστήνω και χαιρετήθηκαν όλο ένταση.

«Κέννεν, Νικόλ για σένα, δε χρειάζονται τυπικότητες μεταξύ μας. Δε γνώριζα ότι αρραβωνιάστηκες» είπε κοιτάζοντας ξινά την Έβελυν, η οποία έβγαζε καπνό από τα αυτιά.

«Είναι πολύ φρέσκο ακόμα Νικόλ, αλλά είμαστε τόσο ερωτευμένοι. Ο Λάιονελ είναι καλά;» είπα να αναφέρω τον άντρα της μήπως και θυμηθεί ότι είναι παντρεμένη, αλλά με το που τον ανάφερα φάνηκε να χαλάει η διάθεση της αυτόματα.

«Καλά είναι κι αυτός. Κοπιάστε απόψε σπίτι μας για φαγητό, θα χαρώ πολύ να σε δω Κέννεν».

Το τελευταίο τι το ήθελε; Με πήρε αγκαλιά και με φίλησε σταυρωτά χαιρετώντας, καθώς έφευγε, τυπικά την Έβελυν.

«Τι ήταν όλο αυτό; Την είχες και αυτήν; Όλα αυτά μπροστά στα μάτια μου και εσύ ήσουν όλο ευγένεια μαζί της».

Τη σκύλα, και παντρεμένη και να κολλάει στον Κέννεν. Ουφ, θα έσκαγα από τα νεύρα μου.

«Μου αρέσει που ζηλεύεις άγγελέ μου, πιο πολύ από όσο φανταζόμουν» είπα και πήγα να την αγκαλιάσω, αλλά με απέτρεψε για ακόμα μια φορά.

«Τι σου συμβαίνει; Εδώ τσακωνόμαστε και εσύ το διασκεδάζεις; Τι σκοπεύεις να κάνεις; Θα πας για φαγητό στο σπίτι της απόψε;»

«Μόνο αν το θες και εσύ άγγελέ μου να πάμε μαζί. Η πρόσκληση ήταν και για τους δυο μας.»

«Δε μου φάνηκε έτσι εμένα Κέννεν. Δε μου αρέσει να φλερτάρεις μπροστά στα μούτρα μου χωρίς να συμβαίνει τίποτα».

Έπιασα τον εαυτό μου να φωνάζει και να μας κοιτούν οι περαστικοί περίεργα. Άρχισα να ντρέπομαι για τη συμπεριφορά μου, αλλά δεν μπορούσα να το ελέγξω αυτό που ένιωθα. Η ζήλεια με είχε καταβάλει. Απαίσιο αίσθημα αλλά συνάμα αναζωογονητικό, σαν να ξαναγεννιέσαι.

«Δεν τη φλέρταρα, ήσουν εδώ και άκουσες όταν ανέφερα πόσο ερωτευμένος είμαι μαζί σου, ότι είμαστε αρραβωνιασμένοι. Άσε τις βλακείες και πάμε σπίτι να μιλήσουμε.»

«Να πάμε σπίτι και μετά να αρχίσεις τις απαγορεύσεις σου; Δεν ξαναπάω πίσω στη φυλακή που μου επέλεξες, να πας μόνος σου» του πέταξα στα μούτρα αυτά τα απαίσια λόγια και η ενοχή με κατέκλυσε, αλλά έβαλα τον εγωισμό μου πάνω από όλα και γύρισα να φύγω. Είδα τα χέρια του να κλείνουν σε γροθιές σαν να πάλευε μέσα του για κάτι. Το πιο παράξενο από όλα ήταν που δε με ακολούθησε όπως συνήθιζε να κάνει.

Συνέχισα να περπατώ χωρίς να έχω που να πάω, χαμένη σε έναν λαβύρινθο αναπάντητων σκέψεων, το κρύο της βροχής με διαπέρασε σαν βελόνα. Ξαφνικά νιώθω να με διαπερνά το κρύο, δεν ήμουν ντυμένη ζεστά για τον καιρό και όπου να ναι θα ξεσπούσε μπόρα. Πού να πήγαινα τώρα; Έφυγα τόσο γρήγορα από το σπίτι που ξέχασα να πάρω το παλτό μου. Οι επιλογές μου ήταν λίγες: να επιστρέψω και να αντιμετωπίσω τον οργισμένο Κέννεν, ή να συνεχίσω να περιπλανιέμαι στους δρόμους, χαμένη μέσα στο παγωμένο σκοτάδι. Η απόφαση έπρεπε να ληφθεί γρήγορα, καθώς οι σταγόνες της βροχής μετατράπηκαν σε μπόρα και έτρεχα να βρω κάτι να καλυφθώ. Τρέχοντας, αναζήτησα καταφύγιο και βρήκα σωτηρία κάτω από μια στοά, κρυμμένη από τον υπόλοιπο κόσμο. Το μόνο σίγουρο μετά από τόσο πολύ που είχα βραχεί είναι ότι θα ήμουν άρρωστη για τις επόμενες μέρες. Και μέσα σε αυτό το σκοτεινό καταφύγιο, όλη η ένταση που είχε συσσωρευτεί μέσα μου βρήκε διέξοδο μέσα από ένα χείμαρρο δακρύων, αφήνοντας μια πικρή γεύση στην καρδιά μου.

~

Την άφησα να φύγει μήπως και συνειδητοποιήσει το λάθος της και γυρίσει από μόνη της. Στο κάτω κάτω έχω και εγώ εγωισμό, όσο δε φαντάζεται, που δεν τον είχα δείξει μέχρι τώρα σε αυτήν, γιατί σαν ηλίθιος πήγα και έπεσα με τα μούτρα στον έρωτά της. Φτάνοντας στο σπίτι κάθισα χαλαρά στον καναπέ και άνοιξα την τηλεόραση περιμένο-

ντάς τη να γυρίσει. Στην αρχή το πήρα χαλαρά, αλλά όσο περνούσε η ώρα και δεν εμφανιζόταν κόντευα να τρελαθώ από την αγωνία μου. Όλα τα κακά πράγματα που μπορεί να συμβούν σε έναν άνθρωπο τα είχα υποθέσει. Το αποκορύφωμα ήρθε με τις πρώτες σταγόνες βροχής.. Πού στο καλό ήταν και πώς μπορούσε να προστατευτεί με τέτοιο καιρό, αλλά πώς θα γινόταν πάλι να έβαζα στην άκρη τον εγωισμό μου πρώτος και να έτρεχα να τη βρω;
Έμεινα να κάθομαι και να σκέφτομαι πού μπορεί να βρίσκεται. Η ψυχική μου διάθεση ανεβοκατέβαινε με το δευτερόλεπτο μέχρι που έσπασε ο εγωισμός στα δυο και νίκησε η αγάπη και το ενδιαφέρον. «Στον διάολο όλα!» φώναξα και βγήκα να τη βρω, έξω είχε σκοτεινιάσει ήδη και έτσι δε θα έβλεπαν τη μορφή μου πόσο γρήγορα κινείται στο σκοτάδι. Η μυρωδιά της που δε θα μπορούσε να βγει από μέσα μου θα μου καθιστούσε εύκολο να την εντοπίσω, όπου και να ήταν, το μόνο που εύχομαι τώρα είναι να μην έχει πάθει κάτι όταν τη βρω. Έστριψα σε μια σκοτεινή γωνιά όπου βρισκόταν μια σκεπασμένη στοά και άκουσα την ανάσα της να βγαίνει αργά από τα πνευμόνια της, την καρδιά της αδύναμη κάτω από το στέρνο της.

Σε δευτερόλεπτα ήμουν εκεί και αντίκρισα τον άγγελό μου κατάχαμα σε μια στάση που έμοιαζε περισσότερο με ένα κουβάρι. Είχε αγκαλιάσει τα πόδια της κοντά της και το κεφάλι της ακουμπισμένο από πάνω. Υπέθεσα ότι αυτή η στάση τη βοηθούσε να ζεσταθεί. Το χρώμα της είχε πάρει μοβ απόχρωση και μια σουβλιά ενοχής χτύπησε το στομάχι μου. Εγώ και ο εγωισμός μου το είχαμε προκαλέσει αυτή την κατάσταση και αυτό δε θα μου το συγχωρούσα ποτέ.

«Άγγελέ μου;» αναφώνησα και έμεινα να την κοιτάζω σαν ηλίθιος.

«Κέννεν, ήρθες;» Γύρισα πάνω το κεφάλι μου για να σιγουρευτώ ότι ήταν αυτός, δεν ένιωθα τα άκρα μου από το κρύο. Νόμιζα ότι δε θα ερχόταν ποτέ να με βρει μετά τη συμπεριφορά μου και ότι δεν τον ένοιαζε πλέον για μένα, αλλά έκανα λάθος, βρισκόταν εδώ για εμένα. Πήγα να σηκωθώ και δεν τα κατάφερα μέχρι που ένιωσα τα χέρια του πάνω μου και χωρίς να το καταλάβω βρισκόμουν στην αγκαλιά του νιώθοντας τόσο ασφαλής.

«Εγώ είμαι άγγελέ μου, ησύχασε, θα είσαι μια χαρά, θα σε πάω σπίτι» είπα και έγειρε το προσωπάκι της στον ώμο μου.

Έφθασα όσο πιο γρήγορα μπορούσα στο σπίτι. Την ακούμπησα στο κρεβάτι και άναψα το τζάκι στα γρήγορα για να ζεσταθεί το δωμάτιο. Της έβγαλα τα βρεγμένα ρούχα, το σώμα της καιγόταν στον πυρετό και οι παλμοί της ήταν πολύ αδύναμοι. Ελπίζω να μη μου πάθει κάτι, πρέπει να ειδοποιήσω έναν γιατρό. Πού να βρω τέτοια ώρα γιατρό όμως, 'σκέψου γρήγορα Κέννεν, σκέψου'. Μα φυσικά, πως δεν το είχα σκεφτεί τόση ώρα, ο Λάινελ, ο γείτονας, είναι γιατρός, τώρα το θυμήθηκα.

«Ηρέμησε άγγελέ μου, θα γίνεις καλά. Πάω να φέρω έναν γιατρό, δε θα αργήσω» της είπα τρυφερά στο αυτί, φιλώντας τη στο μέτωπο που έκαιγε.

Το φως στην οικία Στάντον ήταν αναμμένο ευτυχώς, δεν είχαν κοιμηθεί ακόμα. Χτύπησα το κουδούνι συνεχόμενα δυο με τρεις φορές, το άγχος με είχε καταλάβει για τα καλά και για όλα ευθυνόμουν εγώ, μόνο εγώ. Ανοίγει η πόρτα επιτέλους και για κακή μου τύχη ήταν η γυναίκα του, πώς να την απέφευγα τώρα αυτήν και να παραμείνω ευγενικός;

«Κέννεν, τι έκπληξη, νόμιζα ότι δε θα αποδεχόσουν την πρόσκληση μας».

«Καλησπέρα, βασικά θα ήθελα να μιλήσω στον άντρα σας, είναι επείγον, είναι σπίτι;» είπα και σκέφθηκα ότι το φλερτ της έλειπε τώρα.

«Τον Λάιονελ θες; Υπάρχει κάποιο πρόβλημα, αν μπορώ να σε βοηθήσω εγώ».

Αυτή δε λέει να καταλάβει με τίποτα.

«Είναι στο σπίτι ναι ή όχι;» ρώτησα επιθετικά να τελειώνουμε μια ώρα αρχύτερα. Ξαφνιάστηκε με τον τρόπο μου, αλλά τι να της κάνω, αυτόν έχω τώρα, πριν χειροτερέψει περισσότερο.

«Εεε ναι, ένα λεπτό να τον φωνάξω, με συγχωρείς» είπε και με άφησε στην πόρτα να περιμένω. Πόσο συγκρατιόμουν να μην τους αρπάξω και να τους αναγκάσω με το ζόρι. Το μόνο σίγουρο μετά την αποκάλυψη της ταυτότητάς μου θα ήμουν αναγκασμένος να τους σκοτώσω και η κατάσταση θα μπερδευόταν ακόμη περισσότερο. Επιτέλους τον άκουγα να βηματίζει προς την πόρτα μέχρι που στεκόταν απέναντι μου έκπληκτος αλλά πάντα ευγενικός με χαμόγελο, χωρίς όμως να γίνεται κουραστικός όπως η γυναίκα του.

«Κύριε Μπλέικ, χαίρομαι που σας βλέπω, περάστε μέσα παρακαλώ».

«Όχι είμαι βιαστικός κύριε Στάντον, συγνώμη για την ενόχληση τέτοια ώρα, αλλά θα ήθελα τη βοήθειά σας».

«Σε τι μπορώ να σας βοηθήσω;» απάντησε ήρεμα, με τόνο σοβαρού επαγγελματία.

«Η αρραβωνιαστικιά μου είναι άρρωστη, καίει από τον πυρετό και θα σας ήμουν ευγνώμων αν ερχόσασταν να την εξετάσετε» τα είπα όλα τόσο γρήγορα, ενώ άκουγα την Έβελυν να παραμιλάει και να λέει το όνομά μου και όπως ήταν φυσικό καθόμουν σε αναμμένα κάρβουνα.

«Μα φυσικά κύριε Μπλέικ και το ρωτάτε; Πάντα στο καθήκον. Δώστε μου μόνο δύο λεπτά να πάρω τα πράγματά μου και πάμε».

Κατένευσα και έμεινα να τον περιμένω. Ευτυχώς είχε έρθει πίσω σχεδόν αμέσως και ξεκινήσαμε για το σπίτι. Όταν φτάσαμε στο υπνοδωμάτιο η Έβελυν ήταν ακριβώς όπως την είχα αφήσει, με μόνη διαφορά να λέει συνεχώς το όνομά μου. Η καημενούλα μου, πρέπει να είχε παραισθήσεις από τον πυρετό, το πρόσωπό της ήταν κατακόκκινο.

«Κύριε Μπλέικ, η κοπέλα είναι πολύ σοβαρά. Πώς αρρώστησε τόσο βαριά αν επιτρέπεται;» είπε εξετάζοντάς την προσεκτικά.

«Κύριε Στάντον, ήταν έξω για βόλτα και ενδεχομένως κρύωσε και τα ρούχα της ήταν μούσκεμα. Πόσο σοβαρά είναι; Με έχετε αγχώσει αρκετά».

Τι να έλεγα, ότι νιώθει φυλακισμένη στο σπίτι και το σκάει με την πρώτη ευκαιρία που βρίσκει; Αλλά φταίω και εγώ για όλο αυτό που συμβαίνει τώρα και θα σκάσω μέχρι να γίνει καλά.

«Απλά ο πυρετός της είναι πολύ ψηλός, θα της δώσω αντιπυρετικά και αντιβίωση για καλό και για κακό και εσείς αν μπορείτε να την κάνετε ένα χλιαρό μπάνιο να ανακουφιστεί πιο γρήγορα».

«Ναι φυσικά. Θα χρειαστεί κάτι από το φαρμακείο να πάρω;»

«Όχι, θα σας δώσω τα δικά μου, δε χρειάζεται να ψάχνετε τώρα διανυκτερεύοντα, και αύριο το πρωί να με ενημερώσετε για την υγεία της. Καλό θα ήταν να φάει κάτι ζεστό σε λίγο» είπε και άρχισε να μαζεύει τα πράγματά του. «Να μη σας καθυστερώ άλλο και μην ξεχάσετε να με ενημερώσετε για την ασθενή μας».

«Κύριε Στάντον, τι σας χρωστάω;» είπα βγάζοντας το πορτοφόλι μου.
«Τίποτα κύριε Μπλέικ, γείτονες είμαστε, μην ανησυχείτε. Αν θέλετε να με ευχαριστήσετε ελάτε από το σπίτι να φάμε όλοι μαζί. Μου είπε η Νικόλ ότι σας κάλεσε και αυτή νωρίτερα, θα ήταν πολύ χαρούμενη αν αποδεχόσασταν την πρόσκληση.»
«Θα το κανονίσουμε, και πάλι σας ευχαριστώ. Να σας πάω μέχρι την πόρτα παρακαλώ.»
Καθώς προχωρούσαμε σκεφτόμουν πόσο τυφλός μπορεί να είναι αυτός ο άνθρωπος, ενώ η γυναίκα του λέει κατάμουτρα τέτοια πράγματα. Σίγουρα θα του είπε να αναφέρει το δείπνο, τι επίμονη γυναίκα και ξεδιάντροπη ταυτόχρονα, σκέφτηκα.
«Λοιπόν, καληνύχτα σας και πάλι ευχαριστώ» είπα και ανταπέδωσα με μια χειραψία. Έκλεισα την πόρτα και βρέθηκα αμέσως στο δωμάτιο. Πήγα να ετοιμάσω το μπάνιο ανοίγοντας τη βρύση και άφησα να τρέχει χλιαρό προς ζεστό νερό για να μην παγώσει τελείως μέχρι να μπει η Έβελυν. Πήγα κοντά της μέχρι να γεμίσει η μπανιέρα και σκούπισα τον ιδρώτα από το πρόσωπό της. Ο άγγελός μου φαινόταν καταβεβλημένος και τόσο ανήμπορος ακόμα και τώρα όμως είναι τόσο όμορφη, το πιο όμορφο πλάσμα που έχω δει. Άρχισα να χαϊδεύω τα μαλλιά της απαλά και άνοιξε τα όμορφα καταπράσινα ματάκια της που όμοιά τους δεν υπήρχαν, με κοίταξε στα μάτια, το ήξερα ότι έβλεπε την ψυχή μου και πάγωσα. Ήμουν ανήμπορος μπροστά της χωρίς να το θέλω, ασκούσε αυτή τη δύναμη πάνω μου.
«Κέννεν» κατάφερε να ξεστομίσει με δυσκολία.
«Εδώ είμαι άγγελέ μου, μαζί σου».
«Συγνώμη, εγώ είμαι, πολύ ξεροκέφαλη και...» είπε και σταμάτησε να βήξει.

«Άσ' τα τώρα αυτά, ηρέμησε και όλα θα φτιάξουν άγγελέ μου. Πρέπει να κάνεις ένα μπάνιο, θα νιώσεις καλύτερα.»

«Δεν ξέρω κρυώνω πολύ», δεν ένιωθα τα μέλη του σώματός μου λες και ήμουν από πάγο.

«Το ξέρω άγγελέ μου σύντομα θα νιώσεις καλύτερα απλά χρειάζεσαι ένα μπάνιο, να πιεις τα φάρμακα σου και όλα θα περάσουν θα το δεις» της είπα ελπίζοντας και 'γω με τη σειρά μου να έχω δίκαιο. Η αλήθεια ήταν πως φοβόμουν πολύ που δεν ήξερα να αντιμετωπίσω τις ασθένειες των θνητών.

«Κέννεν» λέω κλαψουρίζοντας «δεν μπορώ να κουνηθώ πονάω παντού και κλείνουν τα μάτια μου».

«Το ξέρω άγγελέ μου θα σε πάρω εγώ στο μπάνιο μην ανησυχείς, το μόνο που θέλω είναι να αντέξεις να μη μου κοιμηθείς τώρα εντάξει;»

Έπρεπε να την κρατήσω ξύπνια όπως είχε τονίσει ο γιατρός μέχρι τουλάχιστον να δράσουν τα φάρμακα και πέσει ο πυρετός, αυτό θα έκανα. Την πήρα προσεκτικά στα χέρια μου κινώντας για το μπάνιο, της έβγαλα το νυκτικό ενώ είχα ήδη γεμίσει την μπανιέρα με χλιαρό νερό και την τοποθέτησα μέσα αργά. Την καημενούλα μου το σώμα της είχε πάρει ένα κατακόκκινο χρώμα από τον πυρετό, ενώ η ίδια έτρεμε σαν σπουργίτι.

«Κέννεν δεν ήταν ανάγκη να με μεταφέρεις έκανες ήδη πάρα πολλά, σε παρακαλώ δε θέλω να με βλέπεις έτσι σε αυτήν την κατάσταση, νιώθω πολύ άσχημα»

«Άγγελέ μου τι μου ζητάς; Να φύγω; Γνωρίζεις ότι αυτό δε γίνεται, έμαθα το μάθημά μου δεν πρόκειται να σε αφήσω ποτέ ξανά μόνη και να φύγω ποτέ. Κάθε φορά που σε αφήνω μόνη σου πάντα κάτι κακό συμβαίνει γι' αυτό άρχισε να συνηθίζεις την παρουσία μου παντού γιατί δεν πρόκειται να πάω πουθενά από εδώ και πέρα.»

«Εντάξει έχεις δίκαιο αυτήν τη φορά δε θα φέρω αντίρρηση» απάντησα χωρίς να το σκεφτώ, εξαιτίας μου συνέβησαν όλα και είχε απόλυτο δίκαιο δεν έπρεπε να χωριζόμαστε.

«Επιτέλους άγγελέ μου άρχισες να λογικεύεσαι. Πώς είσαι; Άρχισες να νιώθεις λίγο καλύτερα;» της είπα και ακούμπησα το χέρι μου στο μέτωπό της.

Μόλις την ακούμπησα έκλεισε τα ματάκια της, έγειρε προς το χέρι μου και άφησε ένα μικρό αναστεναγμό. Το σίγουρο ήταν ότι άρχισαν τα φάρμακα να ενεργούν και η γλυκιά μου αποκοιμήθηκε. Την έβγαλα προσεχτικά από το μπάνιο, τη σκούπισα με την πετσέτα και της φόρεσα ένα από τα φορεματάκια για τον ύπνο που είχε στην τσάντα της. Την έβαλα να ξαπλώσει και κάθισα στη συνέχεια δίπλα της χαϊδεύοντας τα μαλλιά της. Επιτέλους το πρόσωπό της είχε γαληνέψει. Είχε περάσει πολλά η γλυκιά μου σήμερα, ξάπλωσα και 'γώ με τη σειρά μου δίπλα της την πήρα αγκαλιά, έκλεισα τα μάτια μου και έμεινα να αναπνέω όλη νύκτα τη μυρωδιά της. Μπορούσα να μείνω έτσι για πάντα, αλλά σύντομα θα ξημέρωνε μια καινούρια μέρα και σίγουρα με καινούριες περιπέτειες.

Είχα περάσει όλο το βράδυ στο πλάι της παρατηρώντας τη χωρίς να χορταίνω την παρουσία της. Κατά διαστήματα αναδευόταν στον ύπνο της σαν να έβλεπε ένα κακό όνειρο, να ήμουν μέσα σε αυτό άραγε. Οι σκέψεις με είχαν κατακλύσει όλο το βράδυ. Δε γνώριζα αν έπραττα το σωστό ή το λάθος, αν της έκανα καλό ή κακό. Το μόνο που γνώριζα ήταν πως χωρίς αυτή δεν μπορούσα να υπάρχω πλέον. Ξαφνικά κτύπησε το τηλέφωνο, κάτι που μπορώ να πω πως το περίμενα. Το μόνο που δεν είχα υπολογίσει ήταν από ποιον. Κοιτάζω την οθόνη του κινητού και μένω έκπληκτος με το όνομα που αντικρίζω. Τι να ήθελε; Σχε-

δόν πότε δεν έπαιρνε τηλέφωνο. Τι να ήταν και αυτό το ξαφνικό πάλι;
«Γεια σου πατέρα» απαντώ με σοβαρότητα, ενώ η αγωνία μου είχε κορυφωθεί.
«Γεια σου Κέννεν παιδί μου» μου απαντάει και αυτός με τη σειρά του. Η φωνή του σοβαρή και επιβλητική όπως πάντα.
«Πώς και αυτό το ξαφνικό πατέρα, έγινε κάτι;» ανταπαντάω με τη σειρά μου.
«Πληροφορήθηκα από τη μητέρα σου για τη σχέση σου με μια θνητή, όπως επίσης από τον Τζακ για τον θάνατο ενός δικού του» τον άκουσα να μιλά αυστηρά.
«Σωστά πληροφορήθηκες πατέρα» του απαντάω γνωρίζοντας ότι αυτό θα τον εκνεύριζε ακόμα περισσότερο.
«Θέλω αυτό το φιάσκο να τελειώσει σήμερα κιόλας, Κέννεν» με τόνο επιτακτικό ακούστηκε από την άλλη μεριά της γραμμής.
«Αυτό δεν μπορεί να γίνει πατέρα». Τι νόμιζε ότι θα μου επιβάλει συνέχεια τι να κάνω; Αυτήν τη φορά δεν είχα σκοπό να ακούσω κανέναν.
«Αυτό είναι ανήκουστο, σκοπεύεις να με παρακούσεις;» απαντάει έτοιμος για επίθεση. Το σίγουρο ήταν ότι αυτό δε θα έμενε έτσι, κάποιον τρόπο θα έβρισκε να με αναγκάσει, που δε θα μου άρεσε καθόλου.
«Δε θέλω να σε παρακούσω πατέρα, αλλά ούτε και να σε ακούσω μπορώ. Όλο αυτό που μου συμβαίνει δεν μπορώ να το σταματήσω, είναι πέραν των δυνάμεων μου». Ένα πράγμα δεν είχα καταλάβει όμως, γιατί τόση επιμονή τώρα με την Έβελυν. Τι να μου έκρυβαν άραγε αυτός και η μητέρα; Τι να ήταν αυτό που αγνοούσα; Με κάποιον τρόπο έπρεπε να ανακαλύψω, το μυαλό μου είχε γεμίσει με αναπάντητα ερωτήματα.

«Το καλό που σου θέλω να μη με παρακούσεις» λέει κάνοντας μια παύση και συνεχίζει, «αδιαφορώ που έχεις σκοτώσει ένα φίλο του Τζάκ και το ξέρεις αλλά αυτό το κορίτσι πρέπει να εξαφανιστεί από τη ζωή μας».

«Γιατί πατέρα, τι το διαφορετικό έχει η Έβελυν από τη Λόρελ; Και οι δύο θνητές. Δε σε άκουσα ποτέ να ασχοληθείς με την προηγούμενή μου σχέση. Αν δε μου δώσεις κάποιες εξηγήσεις τίποτα δεν μπορεί να αλλάξει, ακούστηκα αποφασισμένος, θέλοντας να λάβει τέλος το μυστήριο γύρω από την Έβελυν.

«Θα σου πω ό,τι χρειάζεται να γνωρίζεις, αλλά όχι από το τηλέφωνο. Σε περιμένω να έρθεις στο σπίτι σου και Κέννεν μην το ξεχνάς είσαι ο γιος μου, απόγονος αυτής της αυτοκρατορίας. Δεν πρόκειται να αφήσω κάτι να μου το χαλάσει, μην το ξεχνάς αυτό» απαντάει κλείνοντας απότομα το τηλέφωνο.

Τι να ήταν και αυτό πάλι, δεν είχα συνηθίσει ποτέ σε τέτοιου είδους συναισθηματικές εκδηλώσεις, πόσο μάλλον να φοβάται για τη ζωή μου. Το μόνο σίγουρο ήταν ότι εδώ κάτι περίεργο συμβαίνει και ο μόνος τρόπος να το ανακαλύψω είναι να πάω στη Σκωτία στο σπίτι μου. Αυτό και αν ήταν πρόκληση! Αυτός ο πύργος για εμένα υπήρξε η φυλακή μου. Μια φυλακή σε μια εποχή που δεν ήμουν ο εαυτός μου, αλλά ένα τέρας εγκλωβισμένο και εξαρτημένο στους πόθους του. Από τότε έχω δουλέψει τόσο πολύ με τον εαυτό μου που έμαθα να μην εξαρτώμαι τόσο πολύ από αυτούς. Αναμφισβήτητα ήταν μια περίοδος που θα ήθελα να διαγράψω. Ευτυχώς το ξύπνημα της Έβελυν με έβγαλε από όλες τις σκέψεις και αμέσως βρέθηκα στο πλάι της. Ακόμα δεν είχε ανοίξει τα μάτια της, ήταν διασκεδαστικό να τη βλέπω να κινείται αργά κάτω από τα σεντόνια, αφήνοντας ένα χαριτωμένο χασμουρητό. Το ευχάριστο ήταν ότι ο πυρετός της είχε πέσει και σιγά σιγά άρχισε να ανοίγει τα ματάκια της.

«Καλημέρα άγγελέ μου» της λέω και της αφήνω ένα φιλί στο μέτωπο.

«Κέννεν εσύ, εμ καλημέρα» νιώθω τόση ντροπή που δεν περιγράφεται, φαντάζομαι πως θα είναι η εμφάνισή μου σήμερα. Ακόμα θυμάμαι πως ο καημενούλης μου με φρόντισε στην κατάσταση που ήμουν χθες το βράδυ.

«Εγώ είμαι άγγελέ μου, τι συμβαίνει νιώθεις άσχημα να φωνάξω τον γιατρό;»

«Όχι μια χαρά νιώθω, απλά νιώθω άσχημα για όσα έγιναν χτες. Θα ήθελα να σου ζητήσω συγνώμη και να σε ευχαριστήσω για όσα έκανες για εμένα» εγώ και ο ευμετάβλητος χαρακτήρας μου φταίνε για όλα.

«Μην ανησυχείς όλα θα πάνε καλά, απλά τώρα μην τα σκέφτεσαι αυτά. Χρειάζεσαι ξεκούραση είπε ο γιατρός.»

«Θα ξεκουραστώ αλλά εσύ φαίνεσαι χάλια, έγινε κάτι άλλο που δε γνωρίζω;»

Φαινόταν ανήσυχος και το ύφος του ήταν κάπως, τι να είχε συμβεί άραγε όσο κοιμόμουν;

«Τίποτα άγγελέ μου, εσύ να μην ανησυχείς για τίποτα» της είπα και χάιδεψα απαλά τα μαλλιά της να την καθησυχάσω δεν μπορούσα να της πω τίποτα, όλα θα γίνονταν χειρότερα. Η αλήθεια ήταν ότι ήμουν τρομοκρατημένος με τα τελευταία γεγονότα, ήταν χειρότερα από όσο τα φανταζόμουν. Η ζωή της Έβελυν βρισκόταν σε κίνδυνο και δεν είχα ιδέα γιατί. Ποτέ δεν έδωσαν σημασία οι γονείς μου για κανένα θνητό και πόσο μάλλον να με απειλήσουν να μην το συνεχίσω. Έπρεπε να το ψάξω καλύτερα και αυτό θα κάνω, αλλά ταυτόχρονα πρέπει να βρω ένα τρόπο να προστατέψω την Έβελυν. Ο άγγελός μου αποκοιμήθηκε στην αγκαλιά μου και 'γώ έμεινα να τη χαζεύω για άλλη μια φορά χαμένος στις σκέψεις μου.

«Κέννεν αλήθεια δε φαίνεσαι καθόλου καλά, τα μάτια σου είναι μαύρα από πότε έχεις να φας;» ρωτάω και αμέσως αποστρέφει το βλέμμα του από πάνω, θέλοντας να κρύψει την πείνα του υποθέτω.

«Αυτό δεν είναι κάτι που πρέπει να σε απασχολεί, θα το τακτοποιήσω αργότερα. Το σημαντικό είναι να γίνεις εσύ καλά όσο το δυνατόν γρηγορότερα, θα σου ετοιμάσω κάτι ζεστό στα γρήγορα να φας» απάντησα και έφυγα γρήγορα από το δωμάτιο.

Είχα ξεχάσει να τραφώ, αλλά δε θα μπορούσα να την αφήσω τώρα είναι πολύ επικίνδυνο γι' αυτήν πλέον. Ο πατέρας μου, η αρρώστια της και οι υπόλοιποι βρικόλακες που ψάχνουν για εκδίκηση σίγουρα δεν μπορώ να την αφήσω μόνη.

«Γύρισε και έφυγε ξαφνικά με μια δικαιολογία από κοντά μου, το κεφάλι μου πάει να σπάσει, δεν μπορώ να σταματήσω να σκέφτομαι ότι κάτι συμβαίνει κάτι μου κρύβει και σίγουρα δεν είναι καλό».

Σηκώθηκα γρήγορα από το κρεβάτι να ετοιμαστώ, θα κατέβω κάτω να τον βρω να μιλήσουμε. Το πρόσωπό μου στον καθρέφτη κάτασπρο χλωμό κάτι πρέπει να κάνω γι' αυτό, ξεκίνησα να βάφομαι και ντύθηκα στα γρήγορα. Ο Κένεν ετοίμασε μια σούπα με κοτόπουλο και λαχανικά υπέθεσα από τις μυρωδιές. Γυρίζει να με κοιτάξει και του χαμογελάω, στο πρόσωπό του διαγράφεται ένα αμυδρό χαμόγελο με μια πιο σκανδαλιάρικη υπόνοια.

«Λοιπόν είναι έτοιμο το φαγητό μου σεφ;» απαντάω πίσω ναζιάρικα.

«Λίγη υπομονή ακόμα πριγκίπισσα και θα είστε έτοιμη να απολαύσετε το 5 αστέρων πιάτο μου».

«Η υπομονή όπως γνωρίζετε κύριε Μπλέικ δεν είναι προνόμιο μου» χαμογελάω από πίσω.

«Ωω πίστεψέ με άγγελέ μου αυτό το γνωρίζω από πρώτο χέρι» απάντησα και μείναμε και οι δύο εκεί να κουβεντιάζουμε για λίγο, να τη βλέπω να τρώει και στη συνέχεια καθίσαμε για λίγο στο σαλόνι.

«Κέννεν να σε ρωτήσω κάτι;»
Φεύγοντας από την αγκαλιά του, γύρισα να τον κοιτάξω στα μάτια μήπως μάθω επιτέλους τι κρύβεται πίσω από την περίεργη συμπεριφορά του.

«Αν μπορώ να απαντήσω ευχαρίστως, να με ρωτήσεις, αλλά γύρνα πίσω στην αγκαλιά μου, θέλω να είσαι συνέχεια δίπλα μου.»

«Όχι, όχι άσε με να σε βλέπω θέλω να μιλήσουμε να ξεκαθαρίσουμε κάποια πράγματα που είναι μπερδεμένα στο μυαλό μου, εντάξει;»

«Εντάξει άγγελέ μου πες μου είμαι όλος αυτιά» της λέω και κινούμαι από τη θέση μου. Ένα πράγμα έμαθα τόσα χρόνια, όταν μια γυναίκα σου λέει θέλω να μιλήσουμε σίγουρα κάτι δεν πάει καλά.

«Θέλω να ξέρω τι μου κρύβεις, και πριν προλάβεις να απαντήσεις, μη μου πεις τίποτα, γιατί σίγουρα κάτι συμβαίνει και θέλω να το ξέρω, σε παρακαλώ, δε θέλω άλλα μυστικά» του απαντάω ικετευτικά.

«Λοιπόν η αλήθεια είναι άγγελέ μου ότι δεν ξέρω τι συμβαίνει μακάρι να μπορούσα να σου απαντήσω αλλά και 'γώ έχω τόσες πολλές απορίες και αναπάντητα ερωτήματα, το μόνο σίγουρα είναι πως η σχέση μας προκαλεί πολλές αντιδράσεις όχι με την καλή έννοια», της είπα την αλήθεια.

«Τι εννοείς; Τι έγινε, οι δικοί σου έχουν κάτι εναντίον μου; Μήπως έχει να κάνει με την Καμίλ. Είπες πως η οικογένειά της είναι πολύ ισχυρή και φίλη της δικής σου οικογένειας.»

Ούτε να τη σκέφτομαι δε θέλω αυτήν, ακόμα θυμάμαι με πόση μανία προσπαθούσε να με σκοτώσει.

«Δεν ξέρω άγγελέ μου, μην κουράζεις το κεφαλάκι σου με διάφορες σκέψεις. Άσ' το σε μένα, θα τα αντιμετωπίσω όλα για σένα» της απάντησα κλείνοντάς της το στόμα με ένα φιλί που δε θα τελείωνε γρήγορα, το μόνο σίγουρο. Την ένιωθα να ανταποκρίνεται σε μένα με όλο της το είναι, τα κορμιά μας άρχισαν να κινούνται σε ρυθμούς τόσο έντονους που η επιθυμία του έρωτα μας προκαλούσε ανατριχίλα σε όλο μου το κορμί.

«Αχ άγγελέ μου, σε θέλω τόσο πολύ που πονάω» ψιθυρίζω στο αυτί της, ενώ στη συνέχεια βρεθήκαμε γυμνοί πάνω στο καναπέ με το τζάκι να γίνεται ανυπόφορο από τη θέρμη του έρωτα που ανάδευαν τα κορμιά μας. Ο άγγελός μου αφέθηκε στα χάδια μου μέχρι που βρέθηκα μέσα της και ήταν ολοκληρωτικά δική μου, ο δικός μου προσωπικός παράδεισος. Τελείωσε φωνάζοντας το όνομά μου και αποκοιμήθηκε στην αγκαλιά μου κάτι που δε θα συνήθιζα ποτέ.

Η σκοτεινή πλευρά του κάστρου

Στην ψυχρή αγκαλιά του σκότους, ο πύργος της οικογένειας Μπλέικ δεσπόζει ως ένα στοιχειωμένο πελώριο κτίριο, σαν απόγονος κάποιας ταινίας τρόμου. Ανάμεσα στις σκιές, σκοτεινά πλάσματα της νύχτας αναζητούν το επόμενο θύμα τους, με πείνα αχόρταγη για ανθρώπινο αίμα. Στο εσωτερικό, μια ένταση αιωρείται απόκοσμα, ταράζοντας την ηρεμία της οικογένειας.

Γύρω από ένα τεράστιο μεσαιωνικό τραπέζι, με μπαρόκ πολυτέλεια, οι παρευρισκόμενοι περιμένουν με αγωνία. Το σκηνικό, γεμάτο από πανέμορφα, αλλά αποστειρωμένα πρόσωπα, αποπνέει μια αίσθηση ψυχρότητας, σαν να κρύβει μέσα του, τους πιο ψυχρούς δολοφόνους. Η σιωπή διακόπτεται από τα αργά και σταθερά βήματα που ακούγονται από τον σκοτεινό διάδρομο. Ο απόλυτος κυρίαρχος του κάστρου, ο Δράκουλας, πλησιάζει.

Με φωνή που αντηχούσε στον χώρο, λέει αυστηρά. «Αγαπητοί φίλοι και οικογένεια, καλώς ήρθατε. Ευχαριστώ που με τιμήσατε με την παρουσία σας στο αποψινό μας δείπνο. Παρακαλώ, συνεχίστε με το φαγητό σας.»

Καθώς κάθεται πίσω στη βασιλική του καρέκλα, ο κύριος Μπλέικ, ή αλλιώς ο κόμης Δράκουλας, όπως συχνά τον φωνάζουν, δε φημίζεται για την υπομονή ή τη φιλοξενία του. Αλλά απόψε, έχει βαρυσήμαντα θέματα στην ατζέντα του.

«Ρόμαν καλέ μου προς τι αυτή η μυστικότητα, γιατί κάλεσες όλους αυτούς απόψε στο σπίτι μας;» ρωτάει γεμάτη ανησυχία η Κλαιρ για τις προθέσεις του άντρα της πίσω από όλο αυτό το αυστηρό σκηνικό που την τρόμαζε.

«Κάτι που ήδη γνωρίζεις αγαπητή μου γυναίκα και προσπάθησες να το κρύψεις, θεωρώντας ότι προστατεύεις τον αγαπημένο σου γιο».

Η απάντησή του την έκανε να παγώσει ολόκληρη. Όλα είχαν βγει στο φως, ο αγαπημένος της γιος θα λογοδοτήσει για τις πράξεις του. Ξαφνικά η όρεξή της είχε κοπεί, σηκώθηκε απότομα πάνω αφήνοντας το πολύτιμο ποτήρι από αίμα να χυθεί στο τραπέζι, πετώντας στους καλεσμένους της ένα ξερό χαιρετισμό.

«Απολαύστε το δείπνο σας» φώναξε κοιτώντας ειρωνικά τον άντρα της στα μάτια.

«Κλαιρ καλή μου δυστυχώς δεν μπορείς να αποσυρθείς, δεν μπορούμε να στερηθούμε την παρουσία σου απόψε. Όπως γνωρίζεις πολύ καλά κάθε μέλος του συμβουλίου πρέπει να παρευρίσκεται όταν πρέπει να ληφθούν σημαντικές αποφάσεις» της απαντά ειρωνικά, ενώ την ίδια στιγμή την έχει ακινητοποιήσει πάνω στην καρέκλα της με το χέρι του.

«Ρόμαν τι σημαίνει αυτή η συμπεριφορά, δεν μπορώ να παρευρίσκομαι σε αυτό το φιάσκο και σε καμία περίπτωση δε θα λογοδοτήσει κανένα παιδί μου» απαντάει πίσω με απόλυτη σιγουριά

Γνώριζε πως ήταν η μόνη σε αυτήν τη γη που είχε την εξουσία και δύναμη να αντεπιτίθεται στον Δράκουλα, τον άντρα της. Από την άλλη ο Δράκουλας άρχισε να αλλάζει στάση απέναντί της, το ύφος του έγινε πιο γλυκό. Το τελευταίο άτομο που ήθελε να πληγώσει ήταν η αγαπημένη του γυναίκα, ο έρωτάς του για αυτήν παρέμενε ο ίδιος εδώ και τόσους αιώνες, τίποτα δεν είχε αλλάξει. Της χάιδεψε το χέρι και με τα μάτια τής ζητούσε να παραμείνει.

«Mon amour, ηρέμησε μια συζήτηση θα κάνουμε» της είπε στο αυτί και εκείνη κατένευσε θετικά και η συζήτηση έμελλε να συνεχιστεί στο υπόλοιπο δείπνο.

«Λοιπόν ας συνεχίσουμε φίλοι μου από εκεί που το αφήσαμε. Μετά από τόσα χρόνια υπάρχει μια επικείμενη καταστροφή μπροστά μας και αυτή δεν είναι άλλη από μια κοινή θνητή κοπέλα που τυχαίνει να είναι η φιλενάδα του μεγαλύτερου μου γιου Κέννεν.»

Σταματάει και αμέσως αρχίζουν οι φωνές και οι αντιδράσεις από τους παρευρισκόμενους με πρώτο και καλύτερο τον Όριον. Ο επόμενος στη σειρά αρχαιότερος βρικόλακας μετά τον Ρόμαν και ο πιο λυσσαλέος. Στο πλευρό του, η κόρη του Καμίλ, με ύφος γεμάτο εκδίκηση, χαμογελάει αυτάρεσκα με την τροπή της συζήτησης.

«Τι σημαίνουν όλα αυτά Ρόμαν, σε ποια καταστροφή αναφέρεσαι; Εγώ δε βλέπω κανένα εμπόδιο εδώ, το μόνο που έχουμε να κάνουμε είναι να τιμωρήσουμε όσους μπαίνουν εμπόδιο στην επιβίωσή μας» δηλώνει με τη σειρά του ο Όριον με αυτό το απαίσιο αλαζονικό του ύφος.

Πολλοί βρικόλακες στην αίθουσα συμφώνησαν με τη δήλωσή του, μερικοί ήταν δειλοί να πάρουν θέση και άλλοι απλά αδιαφόρησαν τελείως. Η μόνη που ήταν σε ένταση, γεμάτη ανησυχία, για την τροπή που είχε πάρει το όλο θέμα ήταν η Κλαιρ. Το μόνο που σκεφτόταν ήταν να ειδοποιήσει τον Κέννεν και να του πει να κρυφτεί όσο καλύτερα μπορούσε για να μην μπορέσουν να τον βρουν ποτέ, να μην μπορέσουν να του κάνουν κακό. Ήταν ο αγαπημένος της, τον είχε ξεχωρίσει από την πρώτη στιγμή, ήταν διαφορετικός. Δεν μπορούσε να ακούει όλες αυτές τις κατηγορίες για τον γιο της και να μείνει αμέτοχη, κάτι έπρεπε να κάνει κάπως να αντιδράσει να τον υπερασπιστεί πάση θυσία. Σηκώθηκε ξαφνικά από τη θέση της και κτύπησε με δύναμη τα χέρια στο τραπέζι, φωνάζοντας σαν τρελή στην αίθουσα.

«Όλο αυτό τελειώνει εδώ και τώρα, με ακούτε! Κανένας δε θα τιμωρήσει το παιδί μου, αλλιώς θα έχει να κάνει μαζί μου.»

Είχε πάρει ύφος λιονταρίνας που προστατεύει το μωρό της. Όλοι στην αίθουσα είχαν κοκκαλώσει με τη συμπεριφορά της. Ο ίδιος ο Ρόμαν απέμεινε να την κοιτάζει με το στόμα ανοικτό. Κανένας δεν περίμενε από την Κλαιρ την πιο καλοσυνάτη, κομψή, πανέμορφη βρικόλακα όλων των εποχών να έχει μια τόσο έντονη αντίδραση. Αλλά αυτήν ήταν η πραγματική Κλαιρ, συμπονετική με όλους και με όλα εκτός και αν κάτι ή κάποιος έβαζε σε κίνδυνο όσους αγαπά. Ο Ρόμαν την ήξερε πολύ καλά την είχε επιλέξει για όλα αυτά τα χαρακτηριστικά που την κάνουν αυτό που είναι όχι μόνο εξωτερικά αλλά και εσωτερικά. Όπως όταν την πρωτοαντίκρισε για πρώτη φορά σε έναν χορό στο παλάτι του Παρισιού. Η Κλαιρ ήταν ακόλουθος της βασίλισσας, αλλά ξεχώριζε από όλες μέσα στο πλήθος των γυναικών που την περιέβαλλαν. Ήταν σαν μια αχτίδα φωτός σε μια σκοτεινή νύκτα, σαν ο ήλιος να είχε δώσει όλο του το φως να τη συνοδεύει παντού. Τα μακριά κατάξανθα μαλλιά της, τα καλοσχηματισμένα χαρακτηριστικά του προσώπου της και η χάρη του κορμιού της χαρακτήριζαν την ύπαρξή της. Ήταν έρωτας με τη πρώτη ματιά, ήταν αυτό που νιώθει ένας βρικόλακας όταν βρει το ταίριασμά του, το παντοτινό του ταίρι και ας είχε συναντήσει άπειρες γυναίκες στα τόσα χρόνια ύπαρξής του. Τώρα την έβλεπε μέσα στην αίθουσα να υπερασπίζεται το γιο της, ένα γιο τον οποίο αγάπησε σαν να τον είχε γεννήσει η ίδια. Από τη μια μεριά είχε νευριάσει με τη συμπεριφορά που επιδείκνυε, από την άλλη τη θαύμαζε που είχε το θάρρος να μιλήσει.

«Γλυκιά μου ηρέμησε, δεν είμαστε εδώ για να τιμωρήσουμε τον Κέννεν, αλλά να τον προστατέψουμε και αυτόν και την ύπαρξή μας» είπε και τα μάτια του συνάντησαν τα δικά της εκλιπαρώντας τη να καθίσει για να συνεχίσουν τη συζήτηση.

«Εξήγησέ μου λοιπόν Ρόμαν, όλη αυτή η μυστικότητα με κουράζει, τι είναι αυτό που αγνοούμε;» Όλα τα μάτια ήταν στραμμένα πάνω του. Άραγε τι θα τους έλεγε, τι ήταν τόσο σημαντικό για τη επιβίωσή τους; Τόσα χρόνια γνώριζαν μόνο την αθανασία, έλεγχαν τα πάντα, ένιωθαν ότι όλη η δύναμη ήταν στα χέρια τους. Ήθελαν να γνωρίζουν τι ήταν αυτό που θα μπορούσε να τους το στερήσει.

«Ξωτικά, νεράιδες, αγαπητοί μου» απαντάει δυνατά, όλοι στην αίθουσα ξέσπασαν σε γέλια εκτός από δύο άτομα φυσικά, οι δύο παλαιότεροι βρικόλακες, οι καλύτεροί του φίλοι, σώπασαν και το βλέμμα τους είχε πετρώσει για τα καλά.

«Αυτό είναι αδύνατο, δεν υπάρχουν δηλαδή δεν υπάρχουν πλέον Ρόμαν. Εγώ ο ίδιος ήμουν παρόν όταν ...» σηκώθηκε όρθιος πανικόβλητος, ουρλιάζοντας σαν μανιακός, δεν μπορούσε να μιλήσει ούτε να σκεφτεί καθαρά.

Η Καμίλ η κόρη του προσπαθούσε να τον ηρεμήσει μάταια. Κρατούσε το κεφάλι του σαν κάτι να έκαιγε το μυαλό του, κανείς δεν τον είχε δει ξανά τόσο πανικοβλημένο.

«Επιτέλους μετά από τόσα βαρετά χρόνια ύπαρξης, θα πεθάνουμε σύντομα» πετάει ο Ίαν με μια χαλαρότητα στη φωνή του. «Δεν έχεις βαρεθεί αυτή την υποτιθέμενη ζωή που ζούμε αγαπημένε μου φίλε;» Ο Ίαν ήταν ο μόνος που δεν το πήρε καλά όταν τον άλλαξε ο Ρόμαν. Προτιμούσε χίλιες φορές να είχε πεθάνει, παρά να μετατραπεί σε αυτό που είναι. Για αυτόν ο θάνατος θα ήταν μια λύτρωση.

«Είσαι τρελός όπως πάντα. Εγώ δε σκοπεύω να αφήσω την αιωνιότητα για τη υποτιθέμενη λύτρωση σου αδελφούλη» του απάντησε όλο ειρωνεία, καθώς συνέχιζε να πηγαίνει πάνω κάτω στην αίθουσα νευρικά.

«Κανένας δε θα πεθάνει. Θα τα τακτοποιήσουμε όλα, θα σκοτώσουμε το κορίτσι» φωνάζει ο Ρόμαν και η φωνή του αντηχεί πέρα από το κάστρο.

Η Κλαιρ δε γνώριζε τίποτε από όλα αυτά που ακούγονταν στην αίθουσα, το σώμα της είχε κοκκαλώσει, αλλά το μυαλό της ταξίδευε άλλου κάπου πιο μακριά, κάπου που όλα αυτά φάνταζαν σαν μια κακόγουστη φάρσα. Σκεφτόταν τον Κέννεν και τη συζήτησή τους. Είναι ερωτευμένος με αυτό το κορίτσι που όλοι αποκαλούν νεράιδα και συγχρόνως αυτή που αποτελεί τον μεγαλύτερο κίνδυνο για το είδος τους. Τι να έκανε άραγε να άκουγε την καρδιά ή το μυαλό της. Ήταν μπερδεμένη, αν ενημέρωνε τον Κέννεν έθετε σε κίνδυνο το είδος τους, αν δεν έλεγε κάτι ο γιος της θα έχανε για δεύτερη φορά την αγαπημένη του και βαθιά μέσα της γνώριζε ότι αυτήν τη φορά θα έχανε τη μοναδική του αγάπη, το ταίρι του και αυτό δε θα το άντεχε. Έπρεπε να μάθει περισσότερα για το πρόβλημα. Αν υπήρχε κάποια άλλη λύση, από αυτή που ήθελε ο Ρόμαν .

«Εγώ προτείνω πρώτα από όλα να μας εξηγήσετε εσείς που γνωρίζετε γιατί να αποτελεί απειλή ένα κορίτσι και τι εννοείτε νεράιδα;» ρωτάει η Κλαιρ με ηρεμία αυτή τη φορά, τουλάχιστον να καθυστερήσει λίγο την απόφαση που είχαν πάρει. Έπρεπε να γνωρίζει ποιος είναι ο κίνδυνος και αν μπορεί με κάποιον άλλον τρόπο να τον αποτρέψει.

Ο Ρόμαν την κοίταξε περίεργα, τη γνώριζε καλά. Ήξερε κατά βάθος ότι ήθελε να τους καθυστερήσει, αλλά δεν τον ένοιαζε. Σηκώθηκε απότομα από τη θέση του, σήκωσε και τα δύο χέρια και τους υπέδειξε να προχωρήσουν προς το σαλόνι στο δίπλα δωμάτιο. Δεν το λες και κανονικό σαλόνι, ήταν ένας τεράστιος χώρος γεμάτος πανάκριβα έπιπλα και ένα τεράστιο πιάνο, οι πίνακες είχαν την τιμητική τους και παντού σε κάθε γωνιά του χώρου υπήρχαν υπηρέτες με σκυμμένα κεφάλια κρατώντας ποτήρια γεμάτα με αίμα.

«Πολύ καλύτερα τώρα φίλοι μου να συζητήσουμε εδώ που είναι πιο άνετα» είπε και κάθισε σε μια τεράστια πολυθρόνα που έμοιαζε πιο πολύ με θρόνο.

Του άρεσε να επιδεικνύει τα πλούτη του και να γοητεύει τους πάντες. Έτσι και αλλιώς όμως δεν τα είχε ανάγκη όλα αυτά, είχε γεννηθεί άρχοντας με όλη τη σημασία της λέξης. Από πλούσια οικογένεια με τίτλους και όλα τα συναφή. Η εξωτερική του εμφάνιση δεν έμενε διόλου απαρατήρητη, ήταν ψηλός μυώδης και με μελαμψή επιδερμίδα. Το πρόσωπό του ήταν η αντρική βάρβαρη εκδοχή ενός αρρενωπού άνδρα παλαιάς κοπής. Μπορούσες να τον κατατάξεις στην κατηγορία των μπρουτάλ αρσενικών.

«Φαντάζομαι ότι έχετε πολλές απορίες για τα ξωτικά νεράιδες, όπως σας έχω αναφέρει, αλλά προτού πάρετε την απόφασή σας θα ήθελα να σας πω μια μικρή ιστοριούλα» είπε και κάθισε όσο πιο αναπαυτικά μπορούσε στον θρόνο του.

«Όταν ήμασταν ακόμη στην αρχή της μετάλλαξής μας δεν είχαμε ιδέα ότι υπήρχαν άλλα όντα φανταστικά όπως εμείς. Στην πορεία του ταξιδιού μας συναντήσαμε λυκάνθρωπους, ανθρώπους με περίεργα χαρίσματα, μάγισσες και διάφορα άλλα. Τίποτα από όλα αυτά δε φαινόταν να μας ανησυχεί, ώσπου μια μέρα εμφανίστηκε μπροστά μας ένα ον τόσο όμορφο τόσο εξωτικό που δεν έμοιαζε με κανένα άλλο, έμοιαζε να μαγεύει τους πάντες γύρω του. Το αίμα αυτής της παράξενης γυναίκας μύριζε σαν παράδεισος, έμοιαζε να είναι κάτι εξωπραγματικό. Το βλέμμα της, η μυρωδιά της, μαγνήτιζαν όλους τους άνδρες θνητούς και μη. Εγώ και οι συνοδοιπόροι μου αφού είχαμε ακούσει για αυτή σπεύσαμε να τη γνωρίσουμε από κοντά. Ήταν όλα αλήθεια. Όλες οι φήμες ήταν πραγματικές, η πείνα μας για αυτήν ήταν ανεξέλεγκτη αλλά ο φίλος μου Νικόλας και πιστός μου συνοδοιπόρος είχε μαγευτεί. Δεν άφηνε κανένα να την αγγίζει, την είχε ερωτευτεί και την προστάτευε από όλους και από όλα.»

«Ρόμαν τι σημασία έχουν όλα αυτά; Χάνουμε πολύτιμο χρόνο.»

Έντρομος ο Όριον και μόνο στην αναφορά της δεν μπορούσε να συγκρατηθεί, στριφογύριζε σαν τρελός μέσα στο δωμάτιο.

«Σε παρακαλώ αγαπητέ μου, άσε με να ολοκληρώσω την ιστορία για να έχουν και οι υπόλοιποι την εικόνα για το τι έχουμε να αντιμετωπίσουμε» απάντησε ο Ρόμαν στον φίλο του.

«Λοιπόν όπως έλεγα αυτή η κοπέλα είχε συνταράξει τον Νικόλα και ο ίδιος άρχισε να την προστατεύει από τους πάντες. Εγώ δεν μπορούσα να επέμβω, φαινόταν ότι ήταν το ταίρι του και η έλξη άρχισε να φαίνεται αμοιβαία. Άρχισαν να βρίσκονται μόνοι τους να περνούν πολύ χρόνο μαζί, όλοι το είχαν αντιληφθεί. Όμως αυτό που δεν είχαν καταλάβει ήταν η αλλαγή του Νικόλα και εξωτερικά, αλλά και εσωτερικά. Αυτή τον είχε μαγέψει, τον είχε κάνει ευάλωτο. Όταν αντιλήφθηκα ότι κάτι δεν πήγαινε καλά με τον φίλο μου άρχισα να παρακολουθώ την κατάσταση από κοντά. Ο Νικόλα τρεφόταν μόνο από αυτήν, αλλά το πιο περίεργο ήταν ότι φαινόταν κουρασμένος εξουθενωμένος. Τον κοίταζα από μακριά και αντίκρισα έναν άνθρωπο. Στην ουσία άρχισε να αλλάζει το δέρμα του είχε χρώμα, στις φλέβες του κυλούσε το δικό της αίμα και η καρδιά του είχε ένα περίεργο κτύπο, αλλά κτύπο. Τι ήταν αυτό,

πανικοβλήθηκα έμεινα σε μια σκοτεινή γωνιά και περίμενα καρτερικά να φύγει αυτή η μάγισσα ώστε να μπορώ να αξιολογήσω την κατάσταση. Ακούστηκαν διάφορα επιφωνήματα έκπληξης και φόβου σε όλη την αίθουσα εκτός από τον Ίαν. Όλοι είχαν τρελαθεί με αυτά που άκουγαν, ο τρόμος ότι θα μπορούσαν να χάσουν την αθανασία τους θα τους τρέλαινε. Ο Ρόμαν τους ένευσε να ηρεμήσουν, για να μπορεί να συνεχίσει.
«Όπως έλεγα φίλοι μου, μόλις αυτή έφυγε πήγα κοντά του. Ο Νικόλας φαινόταν ξαφνιασμένος με την άφιξη μου όπως και 'γώ με την αλλαγή του. Θυμάμαι τον είχα ρωτήσει τι ήταν όλα αυτά, τι του είχε συμβεί, όλα αυτά τα ανεξήγητα που δε θα το αρνηθώ αλλά με είχαν φοβίσει για πρώτη φορά στη ζωή μου. Στην αρχή δεν ήθελε να μου πει κάτι, αλλά με τη συζήτηση άρχισε να μου εξηγεί τι συμβαίνει. Φαινόταν τόσο χαρούμενος σαν να είχε ξαναγεννηθεί άνθρωπος από την αρχή. Μου εξηγούσε ότι λίγες μέρες αφότου άρχισε να τρέφεται από αυτήν άρχισε να αλλάζει. Στην αρχή ένιωθε μια ζέστη στο σώμα του, ένιωθε να κουράζεται πιο εύκολα, το δέρμα του άλλαζε υφή από κρύο λευκό αψεγάδιαστο άρχισε να παίρνει χρώμα, φλέβες άρχισαν να φαίνονται, ώσπου μια μέρα άρχισε να κτυπά ξανά η καρδιά του. Η όρεξή του για αίμα μειώθηκε και ξεκίνησε να τρώει κανονικό φαγητό. Κοιμόταν κανονικά, δηλαδή με άλλα λόγια γινόταν απλός θνητός. Αυτό ήταν τραγικό για το είδος μας, αν μαθευόταν όλο αυτό θα είχαμε καταστραφεί. Του ζήτησα να τον κάνω ξανά αθάνατο αλλά δεν ήθελε, του ζήτησα τουλάχιστον να μου πει πού μπορώ να βρω αυτήν τη μάγισσα, αλλά ούτε αυτό δεν έκανε. Δε μου άφηνε άλλη επιλογή από το να πάρω δραστικά μέτρα. Η κατάσταση φαινόταν πολύ σοβαρή, διακυβευόταν η ύπαρξη όλου του είδους μας. Τον έδεσα με το ζόρι σε μια καρέκλα και περίμενα ωσότου να εμφανιστεί αυτή. Όσο και αν

προσπαθούσε να ξεφύγει δεν μπορούσε, ήταν πλέον θνητός. Τι απογοήτευση ένιωθα! Ήταν ένας από τους καλύτερους φίλους και στρατιώτες μου. Τώρα απλά η ύπαρξή του ήταν ακούσια για μένα, είχε καταντήσει απλά ένα 'γεύμα', όσο σκληρό και αν ακούγεται. Οι ώρες περνούσαν είχα ήδη κουραστεί να ακούω τα παρακάλια του Νικόλα ώσπου ξαφνικά η μυρωδιά της ήταν παντού στον χώρο. Έστεκε φοβισμένη να κοιτάζει τον αλυσοδεμένο άντρα της και εμένα δίπλα του μην ξέροντας τι την περίμενε. Την καλωσόρισα και της ζήτησα να καθίσει ήρεμα χωρίς φωνές, γιατί αλλιώς ο καλός της θα πέθαινε. Κατένευσε και κάθισε σε μια καρέκλα κάπως μακριά από μένα, χωρίς αυτό να κάνει κάποια διαφορά και μου ζήτησε να αφήσω τον Νικόλα και θα έκανε ό,τι της ζητούσα. Εγώ φυσικά δε χρειαζόμουν διαπραγματεύσεις, μόνο κάποιες απαντήσεις. Άρχισα να ρωτάω αν γνώριζε τι έκανε το αίμα της σε μας και μου απάντησε πως ναι και στη συνέχεια έμαθα ότι υπήρχε ολόκληρο βασίλειο από αυτούς και το κερασάκι στην τούρτα ήταν πως αυτή είναι η πριγκίπισσά τους. Δηλαδή δεν ήταν ανάγκη να σκοτώσουμε μόνο αυτή, αλλά και όλο της το είδος. Ο μόνος τρόπος να μάθαινα πού βρίσκονταν όμως ήταν μέσω του Νικόλα και αυτής. Έπρεπε να φερθώ έξυπνα να ενημερώσω τους πάντες, ώστε όταν θα ερχόταν η ώρα να την ακολουθήσουμε μυστικά. Υπό άλλες συνθήκες θα τους είχα σκοτώσει επί τόπου αλλά όλο αυτό ήθελε σκέψη και σχέδιο, το οποίο θα έβαζα σε εφαρμογή πολύ γρήγορα. Τους καθησύχασα στα ψέματα ότι δε θα τους έκανα κακό και έφυγα. Ήξερα μέσα μου ότι ο Νικόλας δε θα το πίστευε γιατί με γνώριζε καλά αλλά δε γνώριζαν ότι η υπομονή είναι αρετή και αυτό θα εφάρμοζα. Τους είχα αφήσει αρκετές μέρες ελεύθερους να πιστεύουν ότι τίποτα δε θα γινόταν, ενώ εγώ στο μεταξύ συσπείρωνα στρατό από παντού. Ήταν όλοι σε ετοιμότητα για επίθεση. Μόλις η νεράιδα έκανε το λάθος να επισκεφθεί το βασίλειό της, θα σκοτώναμε τους πάντες.

«Ρόμαν τι είναι όλο αυτό που ακούω, θα σκότωνες αθώα παιδάκια για την εξουσία σου» πετάγεται ξαφνικά η Κλαιρ, χωρίς να μπορεί να ελέγξει τα νεύρα της. Ένιωθε αηδία για τη συμπεριφορά του άντρα της. Άραγε είχε ερωτευτεί τον ίδιο άντρα ή όλα αυτά που άκουγε για πρώτη φορά περιέγραφαν ένα τέρας που είχε το πρόσωπο του άντρα που είχε ερωτευτεί.

«Καλή μου Κλαιρ όλα αυτά τα έκανα για μας, κινδύνευε όλο το είδος μας και σαν αρχηγός έπρεπε να επέμβω με κάθε κόστος. Μην ξεχνάς καλή μου όλο αυτό έγινε πριν να σε γνωρίσω.»

Προσπάθησε να πάει κοντά της, να την ηρεμήσει ή έστω να την ακουμπήσει. Ποτέ δεν είχαν τσακωθεί πραγματικά για κάτι, αλλά η Κλαιρ απομακρύνθηκε από αυτόν πηγαίνοντας να καθίσει νευρικά στην άλλη πλευρά της αίθουσας. Ο Ρόμαν αποκαρδιωμένος από τη συμπεριφορά της γυναίκας του επέστρεψε στη θέση του παραμένοντας σιωπηλός ώσπου ο Όριον πήρε τον λόγο να συνεχίσει την ιστορία.

«Όπως όλοι γνωρίζετε εγώ δε δείχνω οίκτο. Μόλις επιτέλους είχαμε μάθει το χωριό τους, επιτεθήκαμε ξαφνικά χωρίς να το περιμένουν. Είχαμε δώσει εντολή σε όλους να μην πιουν ούτε σταγόνα αίμα από αυτούς, όσο ωραία και αν μύριζε γιατί δε γνωρίζαμε τις επιπτώσεις του. Εγώ ο ίδιος επέβλεπα και ήμουν υπεύθυνος να μη μείνει ούτε ένας πίσω, αλλά η πριγκίπισσα δε βρέθηκε ποτέ όπως ούτε ο Νικόλας. Δεν είχαμε δώσει πολλή σημασία εκείνη τη στιγμή γιατί είχαμε καταστρέψει τη μεγαλύτερη απειλή. Τους ψάχναμε για μερικά χρόνια μέχρι που το θέμα ξεχάστηκε αρκετά, αλλά μέγα λάθος. Τώρα βρεθήκαμε ξανά στην ίδια απειλή. Το θέμα τώρα είναι αν είσαι σίγουρος Ρό-

μαν ότι αυτή η κοπέλα είναι όντως μια από αυτούς» γύρισε προς τον Ρόμαν για να λάβει την απάντηση που περίμενε.
«Αγαπητέ μου φίλε, όντως η κοπέλα είναι αυτό που φαντάζεσαι. Το έχω ερευνήσει από τη στιγμή που ο γιος μου ξεκίνησε να τη βλέπει. Τον είχα επισκεφτεί χωρίς να γνωρίζει κάτι και την εξέτασα από κοντά. Το αίμα της δε θα μπορούσα να το ξεχάσω ποτέ,είχε την ίδια μυρωδιά μ' εκείνη. Πιστεύω ότι είναι απόγονός της, έβαλα κάποιους να ψάξουν το ιστορικό της και σύντομα θα σιγουρευτούμε ότι δυστυχώς έχω δίκαιο. Γι' αυτό φίλοι μου θέλω να είστε όλοι σε επιφυλακή και μόλις σας ενημερώσω να είστε έτοιμοι για τη μάχη.»

Δεν πρόλαβε να τελειώσει την πρότασή του και η Κλαιρ πετάχτηκε ξανά από τη θέση της να λάβει τον λόγο.

«Για ποια μάχη μιλάς Ρόμαν; Είναι δυνατόν να δώσουμε μάχη με ένα απλό κοριτσάκι που τυχαίνει να βγαίνει με το παιδί μας; Όλα αυτά φαντάζουν γελοία.»

«Σε ενημερώνω ότι μόνο γελοία δεν είναι αγαπητή μου. Τόσα χρόνια έχω μάθει ότι και ένα απλό μυρμήγκι μπορεί να κάνει τη διαφορά, πόσο μάλλον αυτή και το είδος της. Δεν μπορεί να πιστεύεις ότι είναι μόνη της αγαπητή μου. Συγγενείς,φίλοι οποιοσδήποτε μπορεί να έχει το ίδιο αίμα με αυτήν, μπορεί να κάνει κακό και αυτό δεν πρόκειται να το αφήσω να συμβεί ξανά» είπε φωναχτά και έφυγε από την αίθουσα, αφήνοντάς τους όλους πίσω του, ακόμη και αυτήν, την Κλαιρ, τη μοναδική του αγάπη.

Γνώριζε ότι η συμπεριφορά του θα είχε επιπτώσεις στις μεταξύ τους σχέσεις αλλά αυτό δεν τον είχε εμποδίσει να πάρει την απόφασή του. Οι υπόλοιποι βρικόλακες άρχισαν να φεύγουν ένας ένας σιωπηλά. Είχαν απομείνει μόνο η Κλαιρ αποσβολωμένη να ατενίζει το κενό και ο Ίαν να κοιτάζει την Κλαιρ. Ο καημένος τρελά ερωτευμένος μαζί της δεν κατάφερε να κερδίσει πρώτος την αγάπη της, από τότε του αρκεί να είναι τουλάχιστον φίλοι για να την έχει κοντά του. Ήταν και αυτός όμορφος άντρας όμως τελείως διαφορετικός από το Ρόμαν. Ήταν ψηλός, ξανθός με λεπτεπίλεπτα χαρακτηριστικά και ευγενικό πρόσωπο.

«'Ιαν το πιστεύεις αυτό που συμβαίνει;» ρώτησε η Κλαιρ ξαφνικά, χωρίς να χρειάζεται συγκεκριμένα απάντηση.

Εκείνος απλά καθόταν και την κοίταζε, δεν τον ένοιαζε τίποτα άλλο παρά μόνο να τη βλέπει. Γι' αυτόν η ζωή δεν είχε νόημα χωρίς την Κλαιρ, κάτι που η ίδια δε γνώριζε και δε θα το μάθαινε ποτέ ούτε από τον 'Ιαν, αλλά ούτε από τον Ρόμαν, ο οποίος το γνώριζε από την αρχή. Τώρα η Κλαιρ κοίταζε τον 'Ιαν για να ακούσει την άποψή του, αλλά αυτός παρέμεινε να την κοιτάζει χαμένος στις σκέψεις του.

«'Ιαν τι συμβαίνει; Μήπως μου κρύβεις κάτι;»

Ξύπνησε απότομα από τις σκέψεις του και ένιωσε ένα μικρό κάψιμο στο στήθος, όταν επανήλθε στην πραγματικότητα.

«Συγνώμη αφαιρέθηκα, δε γνωρίζω κάτι αλήθεια, τώρα τα έμαθα και 'γω» απάντησε ειλικρινά βλέποντάς τη στα μάτια.

Η Κλαιρ συνέχιζε να τριγυρνάει νευρικά στο δωμάτιο, τα νεύρα της δεν την άφηναν να σκεφτεί λογικά.

«'Ιαν φίλε μου, βοήθησέ με, τι να κάνω; Πάω να τρελαθώ. Δεν μπορώ να μην ενημερώσω τον Κέννεν για τα γεγονότα» είπε και ο 'Ιαν της έπιασε το χέρι στοργικά.

«Σε παρακαλώ Κλαιρ μην το κάνεις αυτό, μην πεις κάτι στο Κέννεν, ο Ρόμαν δε θα το επιτρέψει αυτό και αν το μάθει θα υπάρξουν συνέπειες» την κοίταξε στα μάτια και οι δύο γνώριζαν για τι ήταν ικανός ο Ρόμαν αν κάποιος δεν υπακούσει στις διαταγές του.

«Τι μου λες δηλαδή Ίαν, να σιωπήσω, να αφήσω τον Κέννεν να πληγωθεί ξανά ή αλλιώς θα δεκτώ την ποινή από τον ίδιο τον άντρα μου;»

Ήταν όλα μπερδεμένα στο μυαλό της, έπρεπε να σκεφτεί να πάρει τη σωστή απόφαση. Έφυγε γρήγορα από την αίθουσα χωρίς να χαιρετήσει κανέναν και κατευθύνθηκε κάπου που δε θα την έβρισκε κανείς, στο καταφύγιό της. Μακριά από το κάστρο, πάνω σε ένα βουνό υπήρχε ένα αίθριο γεμάτο λουλούδια, πουλιά να κελαηδούν, όλα ήταν ήρεμα μπορούσε να σκεφτεί να μιλήσει χωρίς να ξέρουν όλοι τι λέει, ήταν το θεραπευτήριό της. Το μυστικό μέρος όπου ένιωθε ασφάλεια, ηρεμία, γαλήνη. Τα τελευταία χρόνια ο Ρόμαν σκεφτόταν μόνο το κύρος, τη δύναμη, την εξουσία και όλη την περιουσία που έκανε και συνεχίζει και κάνει. Εκείνη είχε έρθει σε δεύτερη μοίρα, δεν ήταν πλέον όπως παλιά, όλα είχαν αλλάξει, εκείνος είχε αλλάξει και μετά από τα σημερινά γεγονότα όλα θα ήταν διαφορετικά.

«Θα κάνω το σωστό» σκέφτηκε και πήρε το τηλέφωνο στα χέρια της.

Η απομάκρυνση

Ο Κέννεν πλέοντας σε πελάγη ευτυχίας, έχοντας την αγαπημένη του αγκαλιά να κοιμάται, σκεφτόταν πως τίποτα και κανένας δε θα μπορούσε να χαλάσει αυτό που ζούσαν. Ξαφνικά κτύπησε το τηλέφωνο και σηκώθηκε από τον καναπέ σιγά σιγά, τοποθετώντας ένα μαξιλάρι κάτω από το κεφάλι της Έβελυν για να μην την ξυπνήσει και κατευθύνθηκε έξω. Κοιτάζει την οθόνη του κινητού τηλεφώνου και ήταν η μητέρα του. Παράξενο του φάνηκε. Τις τελευταίες μέρες έπαιρνε συχνά και οι κουβέντες της είναι περίεργες.

«Γεια σου μητέρα, συμβαίνει κάτι;» ρωτάει για να μπει κατευθείαν στο θέμα.

«Κέννεν καλέ μου σε χρειάζομαι, θέλω να έρθεις στο κάστρο».

Η Κλαιρ δε γνώριζε ποιος ήταν ο καλύτερος τρόπος να του ζητήσει να έρθει,να του πει για το σχέδιο που καταστρώνει ο πατέρας του, όλα ήταν μπερδεμένα στο μυαλό της. Το μόνο που μπορούσε να κάνει ήταν να του ζητήσει να έρθει στο κάστρο, αν τα κατάφερνε.

«Τι συμβαίνει μητέρα ακούγεσαι φοβισμένη έγινε κάτι; Είναι ανάγκη να έρθω; Δεν μπορώ να αφήσω την

Έβελυν μόνη, δεν μπορώ να διακινδυνεύσει επειδή θα λείπω.»
Πολλοί βρικόλακες ήταν αυτοί που θα ζητούσαν εκδίκηση για το χαμό του φίλου τους και πρώτος και καλύτερος ο αδελφός μου.
«Κέννεν καλέ μου, αν δεν ήταν επείγον δε θα στο ζητούσα πρέπει να έρθεις να τα πούμε από κοντά. Ας προσέχει η αδερφή σου την Έβελυν, της έχω απόλυτη εμπιστοσύνη, είναι πάντα με το μέρος σου καλέ μου.»
Όντως η αδερφή του φάνταζε η καλύτερη επιλογή, ήταν από τα λίγα άτομα που δε θα τον πρόδιδαν ποτέ. Προσπαθούσε να το σκεφτεί με το μυαλό του πώς θα το έκανε, από τη μια η Έβελυν και από την άλλη η μητέρα του.
«Εντάξει μητέρα θα έρθω» απάντησε και το έκλεισε.
Τώρα έπρεπε να κοιτάξει πόσο σύντομα θα ερχόταν η Τζέιν και πόσο χρόνο θα του έπαιρνε να φτάσει στο κάστρο. Ο Πωλ σκέφτηκε ότι θα μπορούσε να κανονίσει τις διαδικασίες. Τον πήρε τηλέφωνο, πρόθυμος όπως πάντα να ικανοποιήσει τον Κέννεν πάση θυσία, ο Πωλ κανόνισε το ιδιωτικό τζετ να είναι έτοιμο για τον Κέννεν και ταυτόχρονα η Τζέιν να είναι ήδη καθοδόν για το Σαουθάμπτον. Το μόνο που δεν μπορούσε να κάνει ο Πωλ ήταν το πιο δύσκολο κομμάτι που ήταν στο χέρι του Κέννεν. Πώς θα της έλεγε, πώς θα της εξηγούσε, ότι ήταν ανάγκη να φύγει και να την αφήσει για λίγο. Όσο δύσκολο ήταν να της το πει, άλλο τόσο πιο δύσκολο ήταν να το εφαρμόσει και στην πράξη. Ποιον κορόιδευε άραγε, για τον μόνο που θα ήταν δύσκολο, ήταν γι' αυτόν. Ούτε λεπτό δεν μπορούσε να την αποχωριστεί, δεν έπρεπε να συμφωνήσει να πάει στο κάστρο. Άκουσε την Έβελυν να ξυπνάει μέσα και αμέσως πήγε κοντά της. Την πήρε αγκαλιά και ένιωσε ότι η απόσταση θα τον σκότωνε, μακάρι να έμεναν έτσι για πάντα.

Τα μάτια της είχαν ανοίξει και τον κοίταζε κάπως μελαγχολικά. Έμειναν να κοιτάζονται για αρκετή ώρα, ώσπου τελικά ο Κέννεν έσπασε τη σιωπή.

«Πρέπει να λείψω για λίγο άγγελέ μου» της είπε χαϊδεύοντας τα μαλλιά της.

«Κέννεν αγάπη μου δεν είναι ανάγκη να φύγεις, σε παρακαλώ, απλά μπορείς να τραφείς από μένα» του είπε και σήκωσε το μανίκι της φανέλας της.

«Σε παρακαλώ άγγελε, αυτό ξέχασέ το, όσο δύσκολο και αν μου είναι, δε θέλω να σε βάζω σε κίνδυνο. Απλά άκου, χρειάζεται να λείψω για λίγες μέρες μόνο» της είπε και σηκώθηκε από την αγκαλιά της.

Πήγαινε πάνω κάτω νευρικά μέχρι να ακούσει την άποψή της. Η ίδια έμεινε κάπως σκεπτική, τη μια στιγμή κοιμόταν στην αγκαλιά του και την αμέσως επόμενη μάθαινε ότι θα φύγει.

«Άγγελέ μου σε παρακαλώ απάντησε μου» την ρωτάει ξανά μην ξέροντας τι σκεφτόταν. Έπιασε τα χέρια της και άρχισε να χαϊδεύει την παλάμη της. Τι έγινε πες μου φοβάσαι;

«Τι; Όχι Κέννεν, δε φοβάμαι απλά σκέφτομαι αφού θα λείψεις για λίγο και δεν μπορώ να έρθω μαζί σου μάλλον να επιστρέψω σπίτι μου. Μου έχουν λείψει οι δικοί μου, τα κορίτσια και θα ήταν μια ευκαιρία να ιδωθούμε.»

Η ίδια ήξερε ότι αυτό που ζητούσε ήταν λίγο εξωπραγματικό, αλλά είπε να δοκιμάσει την τύχη της. Ο Κέννεν σαφώς εκνευρισμένος με την πρότασή της, μόνο καπνούς δεν έβγαζε από τα νεύρα, την κοίταξε για λίγα δευτερόλεπτα και απέφευγε τη μάτια της.

«Ξέχασέ το, θα έρθει η Τζέιν να σε προσέχει για λίγο και θα γυρίσω προτού αρχίσεις να κάνεις και άλλα περίεργα σχέδια στο μυαλό σου» της απάντησε φανερά εκνευρισμένος.

«Πόσο ηλίθια είμαι που πίστεψα ό,τι δεν είμαι φυλακισμένη σου, φυσικά αφέντη, θα κάνω ότι ζητήσετε εσείς» είπε γεμάτη ειρωνεία, σκύβοντας μπροστά του σαν να προσκυνά βασιλιά. Η σχέση μεταξύ τους έμοιαζε σαν τα τρενάκια ενός πάρκου ψυχαγωγίας, μια πάνω μια κάτω.

«Γνωρίζω την απέχθειά σου για την κατάσταση, αλλά δεν έχω άλλη επιλογή άγγελέ μου συγχώρα με, θα γυρίσω πίσω προτού καταλάβεις ότι έφυγα» είπε καθώς την πλησίασε για μια τελευταία αγκαλιά πριν να φύγει μακριά της.

Εκείνη έτοιμη να κλάψει έφυγε μακριά του. Ο Κέννεν δεν ήθελε να την εκνευρίσει περισσότερο όμως μέσα του είχε γίνει κομμάτια, δεν το άντεχε. Έλεγε συνέχεια στον εαυτό του ότι δεν είναι κάτι και θα περάσει γρήγορα η ώρα, και ότι όλα θα πάνε καλά αλλά τίποτα δεν άλλαζε. Σε εικοσιτέσσερις ώρες θα ήταν πίσω...

Η Τζέιν ήταν ήδη εδώ μαζί με την Έβελυν στο δωμάτιο, τουλάχιστον θα είχε παρέα όσο θα έλειπε, σκέφτηκε ο Κέννεν. Είχε αφήσει οδηγίες στην Τζέιν να τον ενημερώνει ανά μία ώρα όσο θα έλειπε. Χαμένος στις σκέψεις του είχε ξεχάσει ότι ο Πωλ περίμενε στο αυτοκίνητο όση ώρα αυτός δεν έλεγε να αφήσει την Έβελυν. Άρχισε να κατευθύνεται προς την πόρτα και σταμάτησε απότομα στο άκουσμα της φωνής της. Γύρισε πίσω και την κοίταξε στα μάτια, φαινόταν ότι έκλαψε πολύ, τα ματάκια της ήταν κόκκινα και πρησμένα από τα δάκρυα, ένας λυγμός ακούστηκε στη φωνή της.

«Να προσέχεις...» του είπε και γύρισε τρέχοντας στο δωμάτιο.

«Και εσύ άγγελέ μου» κατάφερε να της πει και έφυγε και αυτός όσο πιο γρήγορα γινόταν, αλλιώς δε θα τα κατάφερνε ποτέ.

Το αεροπλάνο είχε φτάσει στη Σκωτία και ο Κέννεν ήταν ήδη καθοδόν για το κάστρο. Ενημερωνόταν ανά μία ώρα για την Έβελυν από την Τζέιν και όλα έμοιαζαν να πηγαίνουν ρολόι. Μόλις έφτασαν στο κάστρο οι πύλες άνοιξαν και άρχισε να αντικρίζει αυτή τη φυλακή που απεχθανόταν επί χρόνια. Ο Πωλ φαινόταν τρομοκρατημένος, πρώτη φορά συνόδευε τον Κέννεν εδώ και όλα έμοιαζαν τρομακτικά για έναν θνητό. Στην είσοδο πρωτοαντίκριζες πελώρια ανατριχιαστικά αγάλματα, ένα στρογγυλό σιντριβάνι και κατά μήκος μια σειρά πελώριων πολυτελή μαύρων SUV αυτοκινήτων με κατάμαυρα τζάμια για να μην εισχωρεί το φως της μέρας μέσα. Ο Κέννεν αντιλήφθηκε πως για να υπάρχει σύναξη στο κάστρο κάτι όντως σοβαρό συνέβαινε, αυτό που δε γνώριζε όμως ήταν γιατί δεν τον κάλεσε εδώ ο πατέρας του και το κυριότερο γιατί το κάλεσε η μητέρα του μυστικά. Το μυστήριο όλο και μεγάλωνε στο μυαλό του, το μόνο που έμενε τώρα ήταν να μάθει τον πραγματικό λόγο που βρισκόταν εδώ. Μπήκαν στο κτίριο από πίσω, σε ένα κλειστό πάρκινγκ που οδηγούσε στο κάστρο. Εκεί ήταν μαζεμένοι όλοι οι οδηγοί των υπολοίπων αυτοκινήτων και συζητούσαν πίνοντας καφέ. Ο Πωλ το βρήκε καλή ιδέα να πλησιάσει την παρέα τους, ενώ ο Κέννεν προχώρησε μόνος του στο κάστρο. Στο κάτω κάτω ήταν το πατρικό του, ήξερε όλα τα κατατόπια και μόνο από τη μυρωδιά δεν άργησε να βρει τη μητέρα του. Μόλις τον είδε έτρεξε πάνω του και δεν τον άφηνε από την αγκαλιά της. Αυτόματα του έκανε νόημα να μείνει σιωπηλός και να την ακολουθήσει, όπως και έκανε. Η αγωνία του είχε κτυπήσει κόκκινο, δεν του περνούσε τίποτα από το μυαλό του, περπάτησαν για λίγο στα στενά μονοπάτια των κρυφών περασμάτων που είχε το κάστρο και έφτασαν στο κελάρι. Σταμάτησαν και κοίταζαν ο ένας τον άλλον στα μάτια, μέχρι που η σιωπή έσπασε.

«Κέννεν καλέ μου αγαπημένε μου γιε, δεν έχουμε πολύ χρόνο μέχρι να μας εντοπίσει ο πατέρας σου γι' αυτό άσε με να σου εξηγήσω στα γρήγορα πώς έχει η κατάσταση» του είπε και άρχισε να του διηγείται τι έχει γίνει.

Ο Κέννεν την άκουγε προσεκτικά και όσο προχωρούσε η συζήτηση το σώμα του πέτρωνε από θυμό. Όταν του είχε πει τα πάντα πλέον, ξέσπασε. Έβγαλε μια κραυγή και αμέσως η επόμενη σκέψη ήταν αυτή, έπρεπε να φύγει. Έπρεπε να βρισκόταν μαζί της να την προστατέψει, ένιωθε ανήμπορος, απελπισμένος, ακούμπησε το χέρι του πάνω στον τοίχο και δεν μπορούσε να σκεφτεί λογικά.

«Ηρέμησε παιδί μου θα σε προστατέψω, γι' αυτό σε κάλεσα να σου τα πω όλα. Δεν πρόκειται να αφήσω να γίνει κάτι, ο Ίαν είναι στο πλευρό μας» του είπε και έμεινε να περιμένει την απάντησή του.

Γύρισε απότομα και άρχισε να κρατά το κεφάλι του με τα χέρια του νευρικά.

«Τι με νοιάζει για μένα, μόνο γι' αυτή με νοιάζει, κατάλαβέ το αν πάθει κάτι θα τρελαθώ. Είναι αλήθεια ό,τι μου είπες για την Έβελυν, μήπως έγινε κάποιο λάθος; Πρέπει να πάρω την Τζέιν να της πω να την πάρει από εκεί, να πάνε σε ασφαλές μέρος μέχρι να φτάσω» είπε και πριν προλάβει να πάρει τηλέφωνο, η μητέρα του τον σταμάτησε, η έκπληξη δε θα σταματούσε εκεί.

«Νόμιζες θα σε άφηνα να χάσεις τη ζωή σου για κάποια τυχαία;» του πέταξε δυνατά «Δεν πρόκειται να τη δεις ποτέ ξανά, την έστειλα με την Τζέιν κάπου που δε θα μάθεις ποτέ».

Ο Κέννεν δεν πίστευε στα αυτιά του, η ίδια του η μητέρα του είχε στήσει παγίδα, χωρίς κανένα δισταγμό.

«Πώς τόλμησες να μου κάνεις κάτι τέτοιο; Σου εκμυστηρεύτηκα τα αισθήματα που έχω για αυτή, δεν έχω ξανανιώσει ποτέ έτσι σε ολόκληρη την αιωνιότητα. Τι να κάνω αυτή τη ζωή αν δεν μπορώ να είμαι μαζί της; Δε γίνεται, ξέχασέ το απλά πες μου πού βρίσκονται και όλα θα πάνε καλά» το κεφάλι του κόντευε να σπάσει, ήταν σαν βασανιστήριο, σαν να κοιμόταν και να ξύπνησε σε αυτόν τον εφιάλτη.

Ξαφνικά ακούστηκε να ανοίγει η πόρτα και να εμφανίζεται ο 'Ιαν. Πετάχτηκε πάνω στον Κέννεν και τον πήρε αγκαλιά, είχε πάρα πολύ καιρό να τον δει.

«Φίλε μου καλωσόρισες στο σπίτι σου, πόσο χαίρομαι που θα έχω κάποιο να μιλάω κατάντησε ανυπόφορη αυτή η σιωπή. Ξέρεις ο πατέρας σου δεν είναι και ο καλύτερος ομιλητής πόσο μάλλον ακροατής.»

Το μόνο πράγμα που τον κρατούσε από το να φύγει ήταν αυτή, αλλά δε θα μπορούσε να το ξεστομίσει ποτέ.

«Χαίρομαι που σε βλέπω και 'γώ φίλε μου, αλλά όχι κάτω από αυτές τις συνθήκες, φαντάζομαι ξέρεις τι έγινε στο συνέδριο. Αυτό που μάλλον δε γνωρίζεις είναι το λαμπρό σχέδιο της μητέρας μου να απομακρύνει την Έβελυν από μένα για το δικό μου καλό όπως λέει» του απάντησε φανερά εκνευρισμένος, συγκινημένος γεμάτος ένταση.

«Τα γνωρίζω όλα, μάλιστα θαρρώ πως έβαλα και 'γώ λίγο το χεράκι μου σε αυτό».

Ο Κέννεν δεν πίστευε στα αυτιά του, εδώ κρυβόταν ολόκληρη σκευωρία εναντίον του.

«Δε θέλω τη βοήθεια σας δε θέλω τίποτα από σας, θα ψάξω και θα τη βρω μόνος μου» είπε και γύρισε να φύγει.

Ο 'Ιαν τον σταμάτησε και του έκανε νόημα να τον ακούσει. Σταμάτησε για ένα λεπτό να ακούσει τι ήταν αυτό, γεμάτος ένταση και οργή.

«Έχεις ένα λεπτό, δεν έχω χρόνο για χάσιμο» λέει ο Κέννεν.

«Όλο αυτό το κάναμε για την ασφάλειά σου, τη δική σου και της κοπέλας, με αυτό τον τρόπο ο πατέρας σου δε θα τη βρει να της κάνει κακό, ξέρεις πόσο επίμονος γίνεται όταν θέλει κάτι, πόσο μάλλον τώρα που έχει και τον Όριον στο πλευρό του που συσπειρώνει ολόκληρο στρατό. Γι' αυτό ηρέμησε και άκουσε το σχέδιο που προτείνουμε εγώ και η μητέρα σου, η οποία σε ενημερώνω πρώτη φορά στα τόσα χρόνια πάει ενάντια στη διαταγή του πατέρα σου.»

Ο Κέννεν φαινόταν ξαφνιασμένος και συνάμα προβληματισμένος με τα λόγια του Ίαν, άραγε αυτή θα ήταν η καλύτερη λύση; Να παίξουν αυτό το θέατρο στα μάτια του πατέρα του, ώστε να γλιτώσει η Έβελυν. Από τη μια ήταν αυτό και από την άλλη εκείνο σαν να λέμε 'μπρος γκρεμός και πίσω ρέμα'. Πηγαινοερχόταν για λίγα λεπτά στο δωμάτιο μέχρι να βάλει τις σκέψεις του σε τάξη, ωσότου επανήλθε δριμύτερος να λάβει δράση.

«Λοιπόν παιδί μου, ποια θα είναι η απόφασή σου, δεν έχουμε πολύ χρόνο» ρώτησε η Κλαιρ όλο αγωνία.

«Θα ακολουθήσουμε το σχέδιο σας για αρχή και βλέπουμε, όσο και αν δε μου αρέσει η κατάσταση το απαιτεί».

«Εντάξει λοιπόν πάμε πάνω να δειπνήσουμε, φαντάζομαι έχεις πεθυμήσει και τον πατέρα σου να μην καθυστερήσουμε τη συνάντησή σας» έκανε ο Ίαν και σκούντηξε φιλικά τον Κέννεν στον ώμο πειράζοντας τον.

Ο Κέννεν είχε δεχτεί την πρότασή τους, αλλά η πρόταση αυτή θα του έκαιγε τα σωθικά. Από τότε που ήταν μαζί με την Έβελυν δεν την είχε αποχωριστεί ούτε μια φορά, η απόσταση φάνταζε θανατηφόρα για τον ίδιο, ήταν σαν να του στερούσαν το ίδιο το οξυγόνο, σαν να ζούσε μηχανικά. Αναρωτιόταν άραγε πώς επιβίωνε πριν από αυτήν. Όλες οι σκέψεις και στιγμές που πέρασαν μαζί, ακόμη και οι τεράστιοι τσακωμοί τους, περνούσαν όλα σαν ταινία από τα μάτια του και χωρίς αυτή τίποτα δεν είχε νόημα πια. Το μόνο που του έδινε κουράγιο να συνεχίσει ήταν η σκέψη ότι θα ξανασμίξουν σύντομα.

Είχαν φτάσει επιτέλους στην τραπεζαρία και αντίκρισαν όλους όσους ήθελαν να αποφύγουν και πρώτο και καλύτερο τον Δράκουλα. Αμέσως γύρισε ξαφνιασμένος με την άφιξη του Κέννεν αλλά τίποτα δε φαινόταν να του διαταράσσει την εικόνα του. Καθισμένος στο θρόνο του, περικυκλωμένος από όλους αυτούς τους δήθεν φίλους του, οι οποίοι μόνο φίλοι δεν ήταν. Όλοι φοβισμένοι από κάθε κίνηση ή βλέμμα του ήταν καθισμένοι σαν αγάλματα γύρω από το μεγάλο τραπέζι. Εκτός από τον Όριον φυσικά τον δεύτερο στην κυριαρχία και τσιράκι του Δράκουλα ο οποίος μόλις είδε τον Κέννεν πήρε το πιο απειλητικό βλέμμα που μπορούσε να πάρει και ξεκίνησε να μιλήσει.

«Ωω, τι τιμή να παρευρίσκεται και ο αγαπητός μας Κέννεν εδώ μαζί μας σήμερα, μήπως ήρθες να αναλάβεις τις ευθύνες σου ή μήπως σκότωσες επιτέλους αυτό το άθλιο πλάσμα που είχες για να περνάς το χρόνο σου;» απευθύνθηκε ο Όριον γεμάτος ειρωνεία προς τον Κέννεν.

Η Καμίλ από την άλλη έκρυψε ένα μικρό γελάκι στην άκρη των χειλιών της. Περίμενε να πάρει την εκδίκησή της και τώρα έπαιρνε μια μικρή δόση ευχαρίστησης. Ο Κέννεν δεν άντεξε τα λόγια του Όριον και χωρίς να το σκεφτεί πήγε να του ορμήξει αλλά τον σταμάτησε η Κλαιρ, δεν ήταν ώρα να μπλεχτεί η κατάσταση. Όλα έπρεπε να πάνε βάσει σχεδίου, αλλιώς όλα θα χάνονταν σε ένα λεπτό.

«Σιωπή. Δε θέλω να ακούσω κάτι άλλο, καθίστε όλοι και ας δειπνήσουμε για αρχή» ακούστηκε ο Δράκουλας και με μια κίνηση του χεριού του όλοι είχαν καθίσει στις θέσεις τους. Οι σερβιτόροι οι οποίοι έφερναν το πολύτιμο αυτό κόκκινο ποτό σε μεγάλες κανάτες κρασιού ήταν άνθρωποι και το αίμα που μετέφεραν ήταν δικό τους.

Άνθρωποι εθισμένοι να υπηρετούν αυτούς και να τους παρέχουν υπηρεσίες. Φυσικά όλοι τους υπέγραφαν κάποια έντυπα για να μείνει μυστική η ύπαρξή τους, όπως επίσης δεν επιτρεπόταν η επαφή με τον έξω κόσμο. Ο Κέννεν δεν είχε ακουμπήσει καν το ποτό του παρά μόνο καθόταν σκεπτικός αναμένοντας τη συνέχεια. Ο πρώτος που είχε σπάσει τη σιωπή ήταν ο Ίαν με ένα ηλίθιο κάπως αστείο που έφερε κάποια στιγμή γέλιου στην αίθουσα, αλλά αμέσως μετά έπεσε σιωπή στον χώρο για άλλη μια φορά, ωσότου το μεγάλο αφεντικό αποφάσισε να μιλήσει.

«Κέννεν παιδί μου δεν περίμενα την άφιξή σου, σε τι οφείλεται αυτή η απρόσμενη επίσκεψη;» τον ρωτάει χωρίς να έχει γυρίσει καν το βλέμμα να τον κοιτάξει.

«Δε γνώριζα ότι χρειάζομαι άδεια για να επισκεφτώ το σπίτι μου πατέρα» αντιγυρίζει ο Κέννεν.

Εντωμεταξύ τα βλέμματα των υπολοίπων στην αίθουσα έμοιαζαν σαν να βγήκαν από ταινία τρόμου και συνάμα τόσο γελοία.

«Δεν είπα παιδί μου ότι χρειάζεσαι άδεια, απλά με παραξένεψε η ξαφνική σου επίσκεψη, εσύ δεν έρχεσαι σχεδόν ποτέ εδώ, τι ήταν αυτό που σε έφερε εδώ ή μήπως ποια είναι αυτή που σε προσκάλεσε χωρίς να μου πει κάτι, σωστά Κλαιρ αγαπητή μου».

Τίποτα δε θα μπορούσε να μείνει κρυφό από αυτόν. Η Κλαιρ δε νοιάστηκε για τα λόγια του, η απογοήτευση των όσων είχαν προηγηθεί την έκανε να αλλάξει απέναντί του. Η Κλαιρ τον κοίταξε για λίγα δευτερόλεπτα και εκείνος κατάλαβε τη στάση της. Ο Δράκουλας παρόλο που ήταν άτρωτος, παρόλα τα χρόνια που είχε ζήσει δεν είχε ξεχάσει πως είναι να είσαι άντρας και η γυναίκα σου να σου κράτα μούτρα για κάτι, όσο αστείο και αν ακούγεται. Έπρεπε να πάρει μια πιο φιλική στάση σκέφτηκε γιατί αυτό θα ήταν εναντίον του.

«Φυσικά χαίρομαι που ήρθες οποίος και αν είναι ο λόγος αγαπητέ μου» είπε στην πορεία.

«Απλά βαρέθηκα πατέρα και ήρθα, δεν υπάρχει πλέον κάτι σημαντικό να με κρατήσει μακριά από την οικογένεια μου» είπε ο Κέννεν, χωρίς να πιστεύει λέξη από όσα είπε αλλά όπως είχαν τα πράγματα πλέον έπρεπε να σκεφτεί τρόπους να γλιτώσει η Έβελυν.

Η Καμίλ από την πλευρά της στην άλλη άκρη της αίθουσας φαινόταν να χαίρεται με αυτήν την έκβαση των πραγμάτων. Υπήρχε κάποιος όμως ο οποίος δεν ήταν τόσο ευκολόπιστος.

«Εννοείς ότι άφησες αυτήν τη θνητή;» ρώτησε ο Δράκουλας τον Κέννεν.

«Φυσικά πατέρα και την άφησα, απλά πέρασα τον χρόνο μου, αυτό ήταν όλο» του απάντησε ευχόμενος να πειστεί.

«Και όλα αυτά που έκανες για αυτήν τόσο καιρό Κέννεν παιδί μου, τι ήταν; Ομολογώ ότι σε έχει δασκαλέψει σωστά η μητέρα σου αγαπητέ μου και προς τι όλο αυτό το θέατρο μπροστά μου, περιττό δε νομίζεις;» απάντησε και σηκώνεται πάνω με αποτέλεσμα να σηκωθούν όλοι όρθιοι μαζί του.

Ο Κέννεν έκανε τα χέρια του γροθιές και το στόμα του τέντωσε από θυμό. Ο Δράκουλα σήκωσε το τηλέφωνο και το έβαλε ανοικτή ακρόαση, το άφησε να κτυπά μέχρι που ακούστηκε μια γνώριμη φωνή. Ο Κέννεν και η Κλαιρ πάγωσαν... Η αίθουσα αντηχούσε ξανά και ξανά την πρώτη λέξη που βγήκε από τα χείλη της... Βοήθεια Κέννεν... Βοήθεια... Και μετά σιωπή, η απόλυτη σιωπή...

Λίγα λόγια για τη συγγραφέα

Η Γεωργία Αντωνίου με λογοτεχνικό ψευδώνυμο JoJo A γεννημένη στην Κύπρο, στην επαρχία Λεμεσού το 1989, ανέπτυξε από μικρή ηλικία μια βαθιά αγάπη για τα ποιήματα, την ιστορία και τα λογοτεχνικά κείμενα. Στα 18 της, αποφάσισε να ακολουθήσει το πάθος της και να σπουδάσει Ιστορία και Αρχαιολογία στο Πανεπιστήμιο Ιωαννίνων, στην Ελλάδα.

Μετά την αποφοίτησή της, εργάστηκε για λίγο στον επιστημονικό της κλάδο, ενώ ταυτόχρονα εξερευνούσε διάφορες άλλες επαγγελματικές διαδρομές. Η ανάγνωση βιβλίων ξεκίνησε ως χόμπι και μορφή χαλάρωσης, αλλά σύντομα εξελίχθηκε σε μια παθιασμένη συνήθεια. Η αρχική της αγάπη για τα ιστορικά μυθιστορήματα επεκτάθηκε στη ρομαντική επιστημονική φαντασία και σύντομα ξεκίνησε να σκέφτεται τη δημιουργία του δικού της βιβλίου, αφιερώνοντας καθημερινά χρόνο στο γράψιμο.

Με τον καιρό, παντρεύτηκε και αφιερώθηκε στην οικογένειά της, αγκαλιάζοντας τον ρόλο της μητέρας με ένα αξιολάτρευτο παιδί. Παρά τις προκλήσεις, με την ενθάρρυνση και υποστήριξη του συζύγου της, κατάφερε να ολοκληρώσει το πρώτο της λογοτεχνικό έργο.

Πιστεύω της: «Μην ξεχνάτε ότι στη φαντασία μας καραδοκούν οι πιο κρυφοί μας πόθοι».

www.ingramcontent.com/pod-product-compliance
Lightning Source LLC
LaVergne TN
LVHW041914070526
838199LV00051BA/2618